LOCUS

LOCUS

LOCUS

LOCUS

to

fiction

to 106
天吾手記

作者：雙雪濤
責任編輯：林盈志
封面設計：林育鋒
內頁排版：江宜蔚
校對：呂佳真
出版者：大塊文化出版股份有限公司
台北市10550 南京東路四段25號11樓
www.locuspublishing.com

讀者服務專線：0800-006689
TEL：(02)87123898 FAX：(02)87123897
郵撥帳號：18955675　戶名：大塊文化出版股份有限公司
法律顧問：董安丹律師、顧慕堯律師

本書中文繁體字版由雙雪濤先生授權出版

總經銷：大和書報圖書股份有限公司
地址：新北市新莊區五工五路2號
TEL：(02) 89902588　FAX：(02) 22901658

初版一刷：2019年8月
定價：新台幣380元
ISBN：978-986-213-997-4

天吾手記

雙雪濤 著

最要緊的是，
我們首先應該善良，
其次要誠實，
再其次是以後永遠不要相互遺忘。

——陀思妥耶夫斯基《卡拉馬佐夫兄弟》

台灣版序

雙雪濤

《天吾手記》原叫《融城記》，寫於二〇一二年冬天，起因是參加了當年台北文學獎年金獎的申報，另一個原因是二〇一一年第一次去台灣，受到了觸動，便自大地張織了一個雙線的故事，一部分是在台北發生的，因為我只去過台北。

昨晚我做了一個夢，夢見了上學時候的事情，好像是因為考試的分數正在焦慮，醒來發現自己已三十六歲，夢中的人與事已經過去了二十年，往日不可追，這真是隨著年齡的增長越來越清晰的痛苦，我已經度過了自己的青春，再也沒機會重來了，它只是一種記憶，一種而今的原因，一個遠處的他者，一種談資，一塊素材，人生無意義的焦慮就是在這種回望裡顯現的，你可以選擇耗盡自己人生的方式，但是最終的意義為何，確實搞不明白。寫《天吾手記》時並不知道這點，那只是想成為名作家的一種嘗試，或者說是實現夢想的努力，究其實質到底是何種文學，自己並不敢擔保，寫得倒是認真的，投入的真情實感也是不少，其間也有台灣朋友無私的幫助，如果現在寫這個故事會寫成什麼樣，也許會包含更多的謹慎，不對，也許乾脆就不會寫的，如此想來，那時的莽撞和急切也有些用處，就是到底留下了一部小說，回望時又多了一件可以望見的東西。

我對台灣的瞭解實在很皮毛，所寫下的台北部分極多是自己的想像，怎麼寫了這麼長，我也有點納悶，可能當時確實對想像台灣有一種熱情吧，S市的部分也不能說是特別瞭解，只是想像的策略略有不同。這部小說在這點有另外一個意義，就是我正在練習通往自己腹地的方法，其中出現的人物有的在我後來的小說也出現過，雖然可能只是個名字，但是在小說中，一個名字可以代表很多東西。這次在台灣出版的版本，我曾在二〇一五年年末通改過，題目也是那時候調整的，閱讀的感覺可能比原來稍好，文稿比最初消瘦了些。我應該還會寫小說的，從二〇一一年開始到現在，每一篇小說、每一部小說都在暗處相互關聯，我的生命就耗在這上面，所以每一個東西都像是浸透了時間的手巾，花時間擰一擰，總有有點水出來。

寫完《天吾手記》初稿時，我曾手舞足蹈，興奮異常，現在卻可以冷靜地談論此事，因為人類的內心是極複雜的，那個瞬間為什麼那樣，現在是無論如何也想不起來了。我確實對別的事情沒有太大的熱情，觀察生活和書寫生活可能是逃離生活的最好的方法，因為每當如此，生活這種偉大的存在就在腦中一點點消融了。

二〇一九年四月六日星期六

目錄

第一章　照相機和貓城

一百個小時之後，死亡就要來臨，這是站在台北街頭的李天吾知道的為數不多的幾件事情之一。

已經在台北轉了一天，毫無線索。不得不說，這是一座相當令人舒適的城市。除去建築本身的美觀，高大的樓群與矮小的咖啡館相得益彰，日式的總統府周圍充滿了風格迥異的中式建築，街道整潔。成群結隊的機車在巨大廣告板底下湧過，濕潤的風在樓宇之間盤旋，人們泰然自若地走動，毫不慌張，目不斜視，兩隻手應著某種韻律輕擺。自在，從來沒有人告訴他，這些人看起來如此自在，這種自在震撼了他，也讓他感到悲傷。

街上走過這麼多自在的人，可他一個也不認識。

他伸手摸了摸腰上的手槍，那是維持他體面的最佳方式。一把小巧的半自動手槍，裝有八發子彈，重量四百八十克，每顆子彈三十五克，只需要三十五克就可以把他送去另一個世界。需要細緻的操作才好，按下扳機的一刻要絕對果斷，才能把後坐力對於精確度的影響降到最小。子彈通常不會像電影一樣，橫貫大腦，從另一個太陽穴飛出來，大腦雖然給人一種虛無其中的印象，其實裡面的組織十分厚密，大約一百二十億個腦細胞集聚成一個牆體，子彈會在裡面形成一個梭形的血槽，做三到四個前空翻，然後停留在鼻腔左右的位置。與從嘴裡發射不同的是，頭骨不會完全飛出去，而是會碎成幾個大塊，但是仍保持著似乎完整的假象，只不過腦漿和血水會從鼻子耳朵和嘴巴流出來。不過沒關係，只要入殮師仔細的擦淨，看上去就和一個心臟病突發的年輕屍體沒什麼區別。

太陽落到他的眼前。一輪幾乎完美的落日在兩樓之間緩緩落下，帶著某種自然界的莊嚴，如同一個老去的時代，雖然落幕，餘威尚存。他注視著這個陌生的太陽，和故鄉的完全不同，家鄉的太陽若是在盛夏，光芒四射，顯得浮誇，若是在冬日，就算你完全被陽光籠罩，也沒有多少暖意，它只是每天按時上班，並沒有履行自己的工作，或者說是已經變成了傀儡，垂簾聽政的是漫布四周的寒冷空氣。而這裡的太陽，即使就要落山，也帶著溫潤的詩意，並不是告別，而是暫且小憩，打一個愜意的盹，不久就會再來。他有了和人擁抱的念頭，在離開這裡之前。他想在這個好像兄長一樣的太陽的餘暉裡，在這個沒人認識他，而注定要離開的地方，敞開心扉和雙臂，與人擁抱，把頭放在對方的髮際，把手鎖在對方的腰間，身體完全貼在一處，交換彼此生理上的氣息和心理上的密碼。他站了起來，閉上眼睛，幻想自己向著機車和行人交錯湧動的馬路，努力伸展雙臂，抻開胸骨，好像想要用手指尖觸到兩輛平行行駛的列車。面前有棵大樹就好了，真夠傻逼啊，他心想，這個動作的精髓是放下所有防備。

「你在幹嘛？」

他嚇了一跳，睜開眼睛，面前站著一個女孩兒，穿著薄薄的毛衣和格子襯衫，腿上是一條深色的牛仔褲，兩條褲管上各有一個窟窿，露出白色的肌膚。頭髮黝黑，用一朵深紅的綢子繫在腦後。他發現，這個女生長著一雙好像深井一樣的眼睛，只是深井上面好像飄著霧氣。

看起來只有十八、九歲年紀。

李天吾有些狼狽，雙手下意識地張開了，他一時不知道該怎麼解釋，張開嘴舌頭在口腔裡動了動，沒有發出聲音。他下意識指了指自己的嘴巴，這個動作的意思是，他是一個大陸人，說起話來十分難聽，還是不說為好。女孩兒湊近了一點，看著他的嘴一張一合，說：「那麼你耳朵能聽見嗎？」李天吾馬上點頭，然後明白，女孩兒把他當成啞人了。他想，過不了幾分鐘，我和這個女孩兒就要分別，就算她把我看成一隻拉布拉多犬又有什麼關係呢？他便指了指自己的嘴巴和耳朵，搖了搖頭。女孩兒忽然拉住他的手說：「不要怕，我可以帶你回家，我能懂你的意思。」李天吾心想，這下完蛋了，我的表演太拙劣，她不但以為我沒法講話，還以為我的腦筋有問題，迷了路。可是她的手很軟。死亡，或者更準確說叫作回去，就在不遠處的事實也又在腦海中浮凸出來，這隻陌生的小手就好像兒時哭泣中媽媽突然送到手裡的糖果一樣，不是因為糖果多麼香甜，而是突然有個東西來到你的身體環繞之內，使人有了安全感。李天吾遠行的孤獨感，無法完成心願的挫敗感，遲早要離開的無力感，一時間都擠在眼眶。哭泣這件事對於他來說極其罕見，應該說成年之後絕無僅有，也許正是因為這樣，淚水極其碩大，奔湧而出，轉瞬之間便流經了整個臉龐，若他此時躺下，眼淚一定像噴泉一樣壯觀。女孩兒沒有驚慌，好像一切都在預料之中，雖然面前站著一個看起來瘦削硬朗的男人，可他的心智一定和五六歲的小孩子差不多。小孩子的特點就是自己委屈時不哭，等到面前有大人時才哭。

女孩兒把李天吾抱住，就在此時，天吾的心裡忽然升起一絲異樣，不知道為什麼，雖然李天吾比女孩兒要高出一個腦袋，可兩人的身體十分貼合，每一寸都和對方的那一寸絲絲入扣，像一對虎符，流落日久，終成一體。李天吾馬上警惕起來，眼淚也止住了。他鬆開胳膊，用袖子擦乾了眼淚，伸出一隻手，食指和中指做走路狀，另一隻手拍了拍胸脯，意思是：請放心，我可以自己走路回家。然後雙手合十，給女孩兒深深地鞠了一躬。女孩兒扯住他的袖子，說：「不要走，你知道我為什麼在人群裡發現你了嗎？」李天吾再一次展開了雙手，意思是我這個姿勢實在有點招人注意。女孩兒指著他背後說：「對啊，你站在這裡好像耶穌耶。」天吾轉過身，原來身後是一座教堂，有三層樓高，鑲著彩繪玻璃，牆磚看起來極厚，他的身體正對一扇暗紅色的木門，木門上面，越過三排玻璃，越過所有的牆磚，在教堂的頂端是一個白色的十字架。身後竟然是座教堂，雖然看高度，不是他要找的那座，可它一直在他的身後，他竟沒有一點察覺。女孩兒說：「你先不要走，再等幾分鐘好不好？」天吾不知道該怎麼拒絕，女孩兒的聲音伴著一雙深井一樣的眼睛，讓他沒法像兩隻手指一樣邁步走開。太陽已經完全落下去了，街燈一盞一盞亮起，好像有一隻看不見的手拿著火柴逐個兒把燈芯點燃。天吾望著逐漸亮起的街燈，想起家鄉冬天的大雪，鵝毛大雪，漫天飛舞，可只有在街燈底下的最美，那束光好像舞台一樣，雪花們穿過舞台時肆意起舞，謝幕的地方就是燈下灰暗的土地。突然教堂裡響起了鐘聲，悠遠得好像來自於地下幾千米處，鐘聲清楚而緩慢的響了六下，停了下來。一群孩子在教堂裡面唱起了歌：

大山可以挪開，小山可以遷移，
但神對人的大愛，永遠不更易，
祂使過犯離我，遠似東離西，
祂使慈愛臨我，高如天離地，
被壓傷的蘆葦，祂總不折斷。
將殘滅的燈火，祂總不吹熄，

天上飛的麻雀，一個也不忘記，
野地生的小花，妝飾多美麗。
日頭照耀好人，也照耀歹人，
降雨賜給義人，也給不義人；
這愛長闊高深，一視皆同仁，
但願萬人得救，不忍一沉淪。

聖詩！好像開始有了眉目。新鮮的血液好像又回到了他的心臟和大腦。

「很美是吧？」

天吾點頭，歌聲已經停下來，教堂裡面傳出了腳步聲，一群穿著黑色袍子的孩子推開重重的木門走出來，好像一群黑色的鳥兒低飛在城市的街道上。他們互相輕快地說著話，一個女孩兒不知道說了什麼突然從人群裡跑開，另一個男孩兒提著袍子追過去，女孩兒已經跳到了一輛公車上，從窗子裡伸出頭做著鬼臉。

教堂的門隨著公車的駛離已經緊閉。女孩兒的臉在暮色裡，顯得更加年輕，就算太陽落去，她還是有一張青春俏麗的面龐。但是同時李天吾發現，女孩兒臉頰好像有隱約的不真實之處，具體哪裡不真實，他又說不上來。

「那麼，我們可以走了嗎？」

他再次伸出兩隻手指擺動。

「不可以，你一定會走丟。如果你不喜歡我的話，我可以叫警察來。」

李天吾可不想在這裡碰到同行，以他這樣的狀態，只要一個三流警察就可以看出無數的破綻，他可不想在逃跑時被台北的同行用陌生的子彈了結。

那就一起走到賓館去吧，他想，沒什麼非分之想，只是一起走到賓館門前，我就開口說話，就算她搧了我一巴掌也沒關係。他看了一眼女孩兒的手，十分小巧，好像一隻大貓的手，而不是一隻小人的手，打在臉上應該不會太疼。不過就算是手，也好像在某種意義上有些不真實，一定是我的眼睛在暮色裡出了問題，可是一個警察是經常要檢查身體的，如果患了夜盲症可不是鬧著玩的，每到黃昏，疑犯就消融在沉沉的暮靄裡，無法看清，豈不是十分難辨？疑犯可一般都是在那個時候走上街頭的。可他轉念一想，這是一個完全不同的世界，雖然曾經在同一個時間的坐標軸上，可因為在某一個特別的時刻，有人扳動了軌道轉換器一樣，使大陸和島嶼各自踏上了自己的時間維度，即使是在一個空間裡，經常有人、金錢、貨物的來往，可其實早已經不在一個時間裡了。那在這個世界裡，無論發生什麼，又有什麼好奇怪的呢？這是一個跑在我身前的世界。

李天吾指了指自己賓館的方向，然後示意女孩兒跟上他。女孩兒露出笑容，跟著他的步子走起來。其實只有大約兩千米的距離，他故意把腳步放慢，構思怎麼問聖詩的事情，可他走得越慢，看起來越像是智力有問題的人。

「你叫什麼名字？」

天吾歪頭，發現女孩兒已經從背著的書包裡拿出紙筆，原來她背著書包，怪不得剛才擁抱的時候感覺到手被什麼東西擋開，沒法觸及她的後背。

他接過紙筆，努力回憶小學時候的字跡，寫上：小吾。他毫不猶豫寫上這兩個字，其實很少有人這麼叫他，媽媽會叫他李天吾，字正腔圓，好像只有點出全名才不會和別人弄混。同事們有人叫他吾子，取痞子的諧音，倒沒什麼問題，他臉上根本就沒有痞子，所以不算是取笑。到底是誰曾經叫過他小吾，他一時想不起來了。

「小吾，小吾，是小小的自己的意思嗎？很好玩的名字。」

天吾笑了笑，這他倒是沒有想到，於是點了點頭。然後指了指她。

「我叫小久，男生的名字，地久天長的久，這個久說久了其實很煩。」

才十幾年就已經心煩，果然是小孩子，他心裡想。

來到賓館的門口，小久十分詫異地看著他。

到了該結束的時候，天吾不知道第一句話該說什麼，也許應該說，請你用你小巧的右手擊打我的臉頰吧，我是一個可恥的騙子。或者，非常感謝你，就是剛才一瞬間，我突然能夠說話了，這是擁抱的力量。

「為什麼你會住在這裡？」

天吾這次不是表演，而是突然語塞，因為確實一言難盡。

小久把紙筆遞過來：「你住在幾號房間？」

「409。」

小久看著紙上的數字，許久沒有說話。

「真奇怪，我就住在你隔壁。你喜歡那首聖詩對嗎？」

點頭。

「你也是從家裡逃出來的對嗎？」

點頭，確實可以這麼說。

「你和我一樣，不想回去，或者說，不能回去了，對不對？」

點頭，如果回去的地方指的是他出生長大的城市的話，確實正確。

「你有想去的地方嗎？」

搖頭，目前沒有目標。

「小吾，我有個奇怪的想法，或者說，我有個奇怪的請求，你逃出來，沒有地方要去，我逃出來，有地方可以去，而且必須去，但是我需要一個幫手，你不要害怕，不是很難，只需要按一個按鈕就可以。也許我們應該一起去，當然你也可以拒絕我，不知為什麼，我突然有了這個念頭。」

李天吾看著小久的眼睛，裡面有著類似透明的物質在流動。

他沒有回答，只是讓好奇心從內心升騰。他指了指自己的腦袋，皺了皺眉頭。

還請明示，大概是這個意思。

小久走在前面，伸手向服務台拿到鑰匙，道了謝，李天吾也同樣伸手。賓館前台負責接待的女孩兒大約二十六七歲，穿著十分素雅的西服，頭髮俐落的盤起，每個動作都那麼洗練美觀，可這時卻滿臉狐疑，好像在問：咦，你們兩個怎麼搞到一起？但她還是把鑰匙放在他手裡，天吾隨著小久進了電梯，上樓。他一直跟在小久後面，走過了自己的房門，小久用鑰匙扭開411的門鎖，然後示意他走進去。他嘆了口氣，這口氣嘆得極長，幾乎把門吹得咔嚓一聲在他身後關上了。

和他的房間一樣，是一個精緻的單人間，床和浴室的距離僅僅可以走過一條腿，紅色木製的寫字桌上方一面長方形的鏡子和一個金屬的歪著腦袋的小燈。書桌上放著一個玻璃杯，一支鉛筆。床上亂丟著襪子和髮夾。

「不好意思，我這裡好亂，你知道，女孩子通常是這樣，漂漂亮亮出門，可是房間裡卻亂七八糟。」

天吾伸手索要紙筆。

「你的襪子很漂亮，」他首先寫道，然後撕下來遞給小久，他沒有抬頭看，而是繼續寫道：「請跟我說說按鈕的事。」

小久把背包拿下來，放在書桌上，從裡面掏出一部相機，是佳能600D，他所在的警局，採集證據都用的是這一牌子和型號的相機，一模一樣。就連帶子上Canon圖案略微變淺的磨損程度都幾乎一樣。

她指著相機上的快門。

「就是這個按鈕，我需要你對著我，按下這個按鈕，我就進到裡面去了。然後我們找地方把我洗出來，放進這裡面。」

她從背包裡掏出一本極大的相冊，封面是整個台灣島的地圖，不過不是攝影作品，而是一幅畫作，蠟筆畫，不像是畫家的作品，倒像是小孩子用了幾個晚上認認真真一筆一筆畫上去的。然後歪歪扭扭的在已經畫好的不規則的格子裡用黑色的蠟筆寫上：新竹，宜蘭，苗栗，台中，嘉義，彰化，南投。只有「台北」兩個字是用紅色的蠟筆寫的，十分顯眼，好像大陸的天氣預報裡，會出現兩次的略大而醒目的「北京」字樣。

天吾打開女孩兒的相冊，裡面一張照片都沒有，透明的塑料背後還是透明，然後是硬邦邦的紙骨。

原來是讓我幫她照相。雖然和一般的要求比起來有點詭異，可是和他模模糊糊的預感相比，已經非常真實和正常。

不過，她離家出走，只是為了照相然後把相片放在目前空蕩蕩的相冊裡。照相本身看起來並不詭異，可是裡面的邏輯頗令人費解。

「本來我今天是去教堂祈禱的，經常去的教堂，雖然不是基督徒，可是很喜歡去教堂坐坐，放空自己。今天被你一哭，弄得忘記進去了。不過聽聖詩的時候我已經祈禱過了，不用擔心。小吾，這個東西你可以操作吧，就是這麼用食指按下去。」

她一邊示範食指的用法一邊給李天吾照了一張相，然後把相機倒轉，給李天吾看已經變成數碼訊息的他。李天吾一時有點恍惚，他沒想到自己的演技如此精湛，無論是神態表情，都已經和一個啞人無異。他抓過聾啞人的小偷，他們大都技術精細，很難被人察覺，一旦被發現又馬上變得暴跳如雷，會毫不猶豫地掏出身上的刀來，給你一下，並不為別的，似乎是職業技能的程度受到了侮辱。如果落網，又迅速裝出一副又啞又傻的可憐人樣子，任你怎麼審問，都不會有任何反應，看起來好像真的既聽不見也不識字一樣。李天吾現在的表情就如同落網的聾啞人小偷，一副任你如何審訊我也不會招供的模樣。

「對著你，按下去，用食指。」李天吾的字跡也越來越幼稚，好像在向嬰兒時期挺進。

「沒錯，然後就大功告成。」

「為什麼要這樣做？」這是這次談話的核心問題，李天吾覺得時機已到。

「很難解釋，不過，即使你聽不懂，我也應該告訴你，畢竟我們是拍檔。而且最重要的理由是，不知道為什麼我很信任你，雖然我們剛剛認識，可我就是突然之間十分信任你，沒有任何理由的信任。所以，更確切的說，我想要告訴你，真是奇怪，越說這種感覺越是迫切，我現在都等不及要把所有事情告訴你了。」

小久拉著天吾的胳膊讓他坐在床上，自己把寫字桌前面的椅子扭轉過來，對著天吾坐下。拿起玻璃杯喝了一口水，「咕嘟」一聲嚥下去。金屬的小燈發出昏黃的光，照在小久的臉上。她把繫在腦後的綢子解開，頭髮披下來，長度相當可以，髮梢流過肩膀。燈光和直髮或者還有別的什麼東西使她看起來變成另一個樣子。

好像審訊一樣，不過，她是自願講出來的，李天吾感覺不錯。

「在講我的故事之前，我要先講一個貓城的故事。這個故事據說是個德國人記錄的，不過我看很有杜撰的嫌疑，這並不重要，重要的是故事本身。也許所有的故事都是如此，在記錄和杜撰之間。」

看到小久要從貓城的故事上岔過去，天吾指了指自己的眼睛。

專注。

「不好意思，現在貓城的故事開始。故事發生在在一戰和二戰之間，有一個青年喜歡遊山玩水，沒有特別的目的，走到哪覺得不錯就從火車上跳下來，不過當然是要在火車停下來的時候。一天火車在一個小站停歇，他看見窗外有一條美麗的小河和一座靜謐的古橋。不用說，橋的那頭一定有一座古色古香的小城了。他便受了好奇心的驅使，從車上下來，走進這座城裡。可惜看起來是一座無人小鎮，店鋪和街道看上去都十分正常，只是一個人也沒有，他便覺得十分無聊，決定第二天火車再來的時候，就離開此地。到此為止，有點像《千與千尋》的故事，不過不要擔心，後來就沒那麼單純了。這是一座貓兒的小城，等到黃昏降臨，貓兒們就走上街頭，和人一樣吃飯，玩耍，在店鋪裡購物，還有幾隻坐在鎮辦公室的桌子前面辦公。他嚇壞了，趕快跑到鎮中央的鐘樓上躲起來。不過你知道，貓兒的鼻子最靈了，他們發現小鎮裡有了人的氣味，便四處搜尋，沒多久就來到了鐘樓上面。青年覺得自己一定要被發現了，結局如何尚未可知，但是一定不會是什麼好下場。可是貓兒就從他面前走過，明明嗅到了他的氣味，卻沒有看見他，百思不得其解地離去了。青年覺得自己逃過一劫，心想第二天火車來的時候一定要馬上上車逃走，實在是太可怕的小鎮。可是，第二天火車沒有停留，甚至沒有減速，好像忘記了這裡還有一個小站，從他面前眼睜睜的開走了，之後幾天的列車也是如此。他終於覺悟了，這不是什麼貓城，這是一個他注定要消失的地方，他已經在某種意義上變成透明的了，或者說，喪失了自己。」

李天吾在傾聽的過程中，感覺到自己好像被什麼冰冷的東西從當中穿過，現在他急需要聽到小久自己的故事。

「那麼現在開始講我自己的故事了。用一句話說。」小久停下來，喝掉了玻璃杯裡剩下的水，李天吾感覺到自己的心臟在她停下來的時候幾乎停止了。

「用一句話說：我正在淡去。我不知道還有沒有更加確切的動詞，我只找到了淡去這個詞。就在不久之前，我發現自己的顏色正在一天一天變淺，不是像貓城裡那個青年一下子消失了自己，而是逐漸的變淡了。我的父母在我很小的時候離婚，可是在發現我生了怪病之後，他們兩個又湊到一起，好心地為我看病。開始是看心理醫生，他們認為我的心理出了問題，可是看了一陣子，連心理醫師也承認，我變淡了。其實說白了，不是顏色，也不是一種皮膚病，只是感覺上整個人正在變淡。之後去了幾家有名的醫院，都沒有辦法，醫生們每天圍著我看，驗了幾十次血和尿液，都沒有發現一點問題，他們除了承認我每天正在變淡，就好像畫在教堂食堂裡那幅著名的壁畫一樣，沒有任何辦法和結論。」

最後的晚餐，那幅畫的名字。

「從正常的邏輯來看，我終有一天會消失，這似乎是不可逆轉的趨勢，而且最近幾天這種趨勢有越來越快的跡象。不是像科幻小說那種，變成透明人，走在街上人們看見的是衣服在半空中飄浮，怪嚇人的。我會徹底消失，用不了太久，這點我能清楚無誤地感覺到。消融在台北這座城市裡。所以我需要一部相機，一本相冊，當然還有你，小吾。即使找不到我變淡的原因和我與這座城市的聯繫，至少能留下一本有著我清晰形象的相冊，或者說，一本記錄我慢慢變淡然後消失的相冊。小吾，也許你不會明白，這是我能夠和變淡對抗的唯一辦法。所以我從家裡逃了出來，不希望任何人參與我的計劃，當然除了你。今天是我行動的第一天，我去教堂祈福，希望上帝保佑我，不要太快消失，能夠多走一些地方。然後就看見你張開雙臂等著我。那麼，我的故事講完了。你聽不懂也沒關係，是我講得太爛了。」

嚮導，李天吾想，李天吾的心裡忽然浮現起這個詞。也許他不用著急去用手槍打碎自己的腦袋了，他應該馬上把關於老闆的事情告訴她，看她到底知道些什麼。即使她什麼也不知道也沒有關係，一個女孩兒會消失掉，這樣的事情在這裡會發生，那一座比101大樓還高的教堂，或許也會存在。還有就是，他確實會使用那個照相機，他可以幫她。

女孩兒朝他伸出小指，說，你願意幫我嗎，小吾？

李天吾將那個纖細的小指鉤住，想說：成交。請聽聽我的故事。

他張開了嘴，沒有發出一點聲音。

他發現他啞了。

第二章　存檔——1　警察蔣不凡

最後一次和蔣不凡出警的時候，我站在他身後，等了好久，天也沒有黑下來。透過窗戶，我看見那人穿著東北老式的藍色棉襖蹲在地上生爐子，先墊上舊報紙，再放上細柴，最上面是細碎的煤塊，然後他點燃了報紙留出的一角。不一會煙從生鏽的小煙囪上面飄散出來，消失在冬日傍晚的天空裡。

「回車上。」

車上比外面還冷，因為早已經熄了火，這時也不能發動，我們要裝作我們並不存在，或者說，並不在此地。S市冬天的傍晚最為寂寥，脫光了葉子的樹木歷歷在目，沒有足夠陽光的照射，像乞兒的胳膊一樣顫動。如果是夜晚，一切溶解在黑夜裡，單純的冷空氣即使讓人覺得寒冷，也不過覺得孤單，而傍晚則不同，景象俱在，寒冷初臨，即使成群結隊的在街上行走，也會覺得孤寂，覺得自己像是給栽在路邊的樹，無所依賴，求援的手得不到回應。

「冷吧。」蔣不凡摸出兩支煙，遞給我一支。

「不冷。」我放在嘴裡，吸了一大口，好像暖和了一點。

我第一天見到蔣不凡，是二〇〇七年的夏天，穿著剛剛發到手裡的警服夏裝。主管人事的副局長把我領進他的辦公室，指著蔣不凡說：蔣不凡，我們最牛逼的警察，刑偵能手。然後他指著我說：李天吾，今年警校畢業的最好的學生，各項評測都是前幾名。你們聊聊。看看能不能當你的兵。他出去之前拍了拍我的肩膀說，不要拘謹，跟不了老蔣，也不會把你開除，懂嗎？我點了點頭。

蔣不凡當時也許沒聽見我們說話，他正在網上下棋，盯著電腦屏幕自言自語：我不將死你。將死你算我輸。我折磨死你。我站在他電腦背面等著，電腦的背面實在沒什麼可看，任何機器的背面都是如此吧。也許下棋是刑警的必修課，和小擒拿一樣，我當時這麼想。

蔣不凡贏下那盤棋之後，端起茶杯喝水，缺口的老式陶瓷杯，每喝一口之前，都先吹走水面上的茶葉。

「看見暖壺了嗎？」

「看見了。」

「看見我茶水要喝完了嗎？」

「看見了。」

「為什麼不把暖壺給我拿過來？」

這叫什麼問題，好多事情等著我做，拿暖壺幫他倒水算哪一樁呢？

「如果可能的話，我想……」

「想看看卷宗，想跟點案子，這就開始？」

「是，而且我還沒有槍。」

「明白。」他翻開桌子上我的簡歷。

「李天吾，男，未婚，一九八三年九月生於S市，二〇〇三年以文化課第一名的成績考入刑警學校。二〇〇七年七月畢業，射擊、格鬥、理論考試、實戰演習的畢業成績全優。祖籍北京，滿族後裔。」

「是。」

「警校這幾年混得不賴。」

「不算，把應該做的事情做了而已。」

蔣不凡把槍套摘下來，放在桌上。

「這是什麼？」

「五四式半自動手槍，彈匣裡有八發子彈，重量四百八十克，每顆子彈三十五克。」

「你確定？」

「確定。」

「拆了。」

我拿起槍，拆了個稀碎，不知是什麼原因，也許是壓力使然，差點打破了自己的記錄，二十七秒。

「挺快。」

「不算。」我說。

「看看有多少顆子彈。」

一顆也沒有，號稱市局最好的刑警，槍裡竟然沒有子彈。

「你說的八發子彈呢？」

「應該有八發。」

「給我記住三件事兒，一，出事兒的都是因為快。二，我裝幾發子彈它就有幾發子彈，沒有他媽的應該。三，把你的學生氣收一收，不是為了別的，是為了你能多活幾年。」

「明白了。」

「不是讓你明白，是讓你給我記住。」

「記住了。」

「再記一件事兒，好警察不需要子彈，但是不代表槍裡就不裝。把我的槍裝上。」他遞給我一個裝滿子彈的彈匣。「裝完之後跟我走，去給你申請一把槍。聽好嘍，從今往後我對你的要求只有一個，聽指揮，否則就給我滾蛋。能做到嗎？」他看了一眼我的簡歷，「李天吾。」

「我盡力。」我實事求是地說。

蔣不凡把打火機揣回兜裡，說：

「冷的話就想點熱乎的東西，比如你對象的屁股。」

「我還是凍著吧。」

「怎麼著呢？」

「這時候想她，耽誤事兒。」

「告訴你，不想才耽誤事兒，拿本記上。」

炊煙還在升著，天終於要黑了，遠處的樹枝漸漸變成了樹影，那人從爐子旁邊站起來，跺了跺腳，進了裡屋，看不見他的藍棉襖了。

「他能跑不？」

「他進屋洗菜去了。」

「你咋知道？」

「生完爐子，就該進屋洗菜，你媽都知道。」

「他這樣的，也能殺人？你確定嗎？」

「九個，不過不算主犯，給人遞繩子的。」

「就幹這個？」

「把繩子兩頭繫兩嘎達，也給人開車。」

「因為他面，所以先抓他？」

「和同夥比，他算膽小的，但是和咱們比，他算膽大的，所有殺人犯都比咱們膽大。其實也不是因為這個，主要是因為我們現在只能找到他。」

「他不是嫌疑犯嗎？得等法院判了才知道是不是他。」

「放屁，我蔣不凡就沒抓過嫌疑犯。」

據說蔣不凡沒開過槍，據說他抓過的人累計判了五百年，如果無期徒刑算十五年的話。據說他極愛他的老婆，卻一直沒要孩子。最後一個據說應該是真的，因為是據他自己說，他說老婆跟著他，是老婆自己選的，孩子沒得選，生下來就得跟著他，所以他選擇不生。我問他是怕仇家來尋嗎？他說，也說不好，主要是作為警察看過太多走上歧途的孩子，心理和常人不同，怕教不出正常的孩子。我說，你就沒想過不當警察啦？他盯了我半天，說，我退伍就進了警察局，要不就得當工人，你知道當工人是什麼感覺嗎？我說，我知道，我父母就是工人。他說，那我就不多說了，我還是當警察吧。蔣夫人是個普通人，見過幾次，在民政局工作，給人發結婚證，當然還有離婚證。不怎麼會講話，但是自有一種威嚴，不知道這種威嚴是來自於蔣不凡的溺愛，還是說手裡掌握著無數樁婚姻的離合。沒見過蔣不凡尊敬什麼人，他可以輕易指出任何一個人的毛病，唯獨提起老婆，必稱之為我夫人，既文氣又彆扭，所以蔣夫人便有了蔣夫人這個綽號。蔣夫人除了給人頒發愛情和愛情破裂的證明，就是四處買房子，然後仔細裝修，賣給陌生人，然後再買，再裝修，再賣給陌生人，多少年樂此不疲，好像把房子當成了自己的孩子，只不過成人之後要過繼出去，自己再生。

不知從什麼時候起，蔣不凡和我說的話越來越多，我不抗拒，也不逢迎，有一說一的回應，那時我已確定他是一個像他自己所說的好警察，甚至他對自己的評價還有自謙的成分，可以說他是一個天生的警察，雖然他很少穿警服。按道理說，一個天生的警察應該具備一張毫無個性的臉，那種五官如同經過縝密的篩選，從最平庸的眉眼裡找到五個組裝而成的臉。可蔣不凡不然，他長了一雙鷹一樣的眼睛，看人就好像看著一塊鮮肉一樣，即使年近五十，眼睛裡沒有一點污濁，還是清爍發亮，和他散漫的個性頗不協調。身高一米七〇左右，有著軍人的硬腰板和極快的步行速度，夏天穿深色的polo衫，春秋穿深色的皮夾克，冬天穿深色的羽絨服，下半身永遠是黑色的西裝褲和黑皮鞋。他喜歡吃麵，拌麵，每次都掄著胳膊吃得呼呼作響，滿頭大汗，好像拌麵就應該是這個吃法，拌著吃。他經常把煙蒂隨手丟在辦公室裡，走在五星級酒店的大堂也隨地吐痰。而對於腳下這座城市，他瞭如指掌，每一條小街他都可以張口說出名字，然後告訴你這條街上有什麼樣的人物在遊蕩，過去的和現在的。我經常懷疑也許他當警察之前做過出租車司機，知曉城裡所有的單行道。可他說，這些在他看來常識性的東西，是他剛剛參加工作的時候騎著自行車一點一點趟出來的。他的時間觀念差得驚人，每次出現場他都姍姍來遲，不過他還是不停地破案，這讓很多同事無法理解。

一次他問我，說說，勘察現場最重要的是什麼？我說，細心。他說：廢話，勘察現場最重要的是破壞現場。他破壞的現場不計其數，在兇殺案的房間裡四處亂走，還把地上的兇器隨手撿起來查看，然後再隨手一丟。斧子，一次他說，然後拿起扔在屍體身上的斧子遞給我，說，說說。我接過來，差點掉在腳面上，我說：兇手是個壯漢，至少臂力過人。他說，把那些傻逼偵探小說忘了吧。這人心裡有恨。

二〇〇八年盛夏，北京奧運會前夕，也是我跟他一年之後，城市邊緣的一棟聯體別墅裡，發生了一起滅門案。受害人一家三口，兩個大人，一個上小學一年級的男孩兒，在家中被割喉，死相很慘，家中藏的現金一分沒留，連零錢都拿走了。那時候已經很少人願意在家中放大量現金，除了像受害人那種，搞輕工業產品批發的生意人。他用受害者家中的筷子挑開喉嚨看，然後把筷子留在傷口裡，站起來說，一刀，可以可以。我在旁邊皺眉，他說，怎麼著？噁心？我說，不是，我覺得你有點不尊重受害人。他說：最尊重受害人的方式是把案子破了，你給我破破看看，你尊重。我說，兩碼事，你這是偷換概念，老把兩件事混成一件事說。他說：能混成一碼事，就是一碼事。說說你的想法。我說，凶手是個老手，而且缺錢，或者說，好幾年不幹了，不知道為什麼又幹了。他說：湊合，不過還是棒槌。我讓你看這幾年的卷宗你看了沒？我說，都看了。他說，是，都白看了。二〇〇二年大年三十兒凌晨五點二十左右，一個賣鞭炮的離異男人和十三歲的女兒在家裡被割喉，現金全沒了，那案子一直沒破，一是手法確實高明，二是為了節日氣氛，局裡沒敢大動干戈，結果錯過了破案的最佳時機，三是那案子沒讓我負責，一個傻逼破了四個月，沒破了，調走了，案子就扔那了。無頭案很多，都是負責人沒頭腦，懂嗎？我說，懂了，一個人幹的？他說，殺人的方式有很多，割喉的我幹了這麼多年警察見到的很少。凶手一定是非常有自信才敢這麼幹，因為出血量太大，很容易弄自己身上，如果一刀沒割好，受害人的慘叫可是驚天動地。兩個案子死者都是一個以上，說明他殺第一個的時候，根本就沒出什麼動靜，這活兒你能幹了嗎？我說，幹不了。他說，你不但要尊重受害人，還得尊重凶手，他幹的事兒我們都幹不了，所以我們才得抓他們。這案子就是例子，他的自信心完全是上次那起案子給的，結果多死了一家子人。不過這次他跑不了了。我說，難說吧。他說，兩次都是入室，窗戶上都有柵欄，門也沒撬。我說，熟人。他說，第一次也這麼覺得，這人很可能當晚就睡在受害人家裡，排查了，沒排出來，凶手沒前科是肯定的啦。這次又是這手法，把兩次受害人的朋友圈交叉排查一下，這人就浮出來了。應該也是做生意的，而且最近生意有點周轉不靈，我估計這人除了手黑，還有很強的嫉妒心，兩次搶的人都是蒸蒸日上的同行，自己生意受挫，就殺幹得紅火的同行搶錢，就好像你沒當好警察，就給我一槍，一個意思。我說，別老拿我打比方行嗎，你算我半個師傅。他說，少套近乎，我從來就不是你師傅，差輩兒，咱倆就算半個朋友。我說，那半個呢？他想了想：那半個是陌生人，別廢話了，回去排吧，排出來這案子就算你破的。我說，不行，這案子是你的。他說，我還有別的案子，顧不了這個，這案子你負責，抓人的時候多帶點人，你在後面跟著，因為你沒親手抓過人，不會弄。這人做事相當縝密，理智得很，家裡可能還藏著別的傢伙，而且手上的人命太多，已經生死不懼。所以，你給我小心點。我忽然問，你以前帶過別的警察嗎？他說，沒有，你是第一個。麻煩。我說，知道了。他說，知道個什麼？我都煩死你了，一年多了還像個靶子一樣，不過我是再也升不上去了，可老王還得用我，你升上去之後，我還得找你給我報銷呢，就為這個，懂嗎？

如果永遠不親手抓人，你就永遠也學不會如何把人抓住，我是這麼想的。所以我被一把自製的五子蹦打中了鎖骨和左臉，就好像一輛滿載沙子的東風卡車從我胸前碾過，死亡的錯覺從中樞神經傳來，似乎在一瞬間就失掉了所有記憶，然後進入了非生非死的維度裡，飄浮著，等待著靠岸。也許是擺渡我的老人嫌我太年輕了吧，在快到對岸之際又原路返回，把我扔在生的南岸，草長鶯飛的南岸。我看見一隻火紅的鳥兒，風箏一樣從我受傷的左臉邊飄起，拍打著翅膀，久久無法飛入天際，好像腿上被拴了一根細線。我睜開眼睛，原來是窗台上瓶中的一束鬱金香，插在一只潔白的大肚瓶裡。窗外漆黑一片。蔣不凡坐在床邊，地上都是煙蒂和濃痰，護士在哪，怎麼能讓人在病房抽煙。然後我又昏睡過去，等我再次醒來，媽媽和衣睡在我腳底下的行軍床上，蔣不凡坐在床邊的椅子上，翹著二郎腿，沒有抽煙，也沒有睡覺，地上也沒有煙蒂，也許上一次是我的錯覺，可是房間裡的煙味是怎麼回事兒？

「你是不是在我的病房裡抽煙？」說完了這句話，我的胸口好像又被打了一槍。

「來一顆嗎？」

「我不抽煙。」

「遲早的事兒。」

他在嘴裡點了兩顆煙，放我嘴裡一顆，我吐在地上。

「你是要嗆死我。」

「五子蹦都沒打死你，沒啥可怕的啦。」

他把地上的煙撿起來，捏滅了火，放在耳朵上。

「李德全抓住了嗎？」

「他把子彈都打你身上了，能跑得了嗎？」

「活捉？」胸口好了一點，風吹了進來。

「嗯，他是完好無損，過陣子就是個全屍。」

「還有別人受傷嗎？」

「哪有那麼多傻逼？」

我閉上眼睛，心裡重複著：人抓住了，我沒死。

「你是不是像他們說的，替大川擋了一槍？」

「忘了。就記得像蹦爆米花的一聲響。」

「跟你說，你對這地方不瞭解。」

「我在這兒長大的。」

「那也沒用，你不瞭解這地方，你就不瞭解這些人，你不瞭解這些人，你他媽就別往前衝。」

「和瞭解有什麼關係，我衝不衝。」

「說過了，你不瞭解，都是連著的。說多了你也不懂，等你好啦，我帶你走走。」

「好吧。」

媽媽還沒醒，睡得很沉，也許和我過去幾天一樣。

「我認識的人太多了。」

「沒明白你的意思。」

「我又認識了你媽。」

「這有什麼不好？我媽埋怨你啦？」

「沒有，你媽是個好人，幾十個小時沒合眼了，都是你鬧的。」

「你也不錯，兩次睜眼你都在。」

「這感覺不好。既然已經這樣了，說也沒有用，屁用沒有，所以——」他把耳朵上那顆煙拿下來放在嘴裡，「不說了。」

「我什麼時候能下床？」

「很快，槍傷就是這樣，只要救回來了，很快就是好人一個。不過你得留疤。臉上。」

我想伸手摸自己的臉，他這麼一說，臉忽然極其不自在，自己臉上的事得別人告訴我。

「別動，傷口破了，你又得進急救室。不是那種一片的疤，是兩坑，比酒窩大點，你就當酒窩吧，比死強，而且警察這張臉，沒那麼重要。」

「那不光是警察的臉，還是我的臉。」

「兩坑，換了一個二等功，也算可以啦，不是所有挨槍子兒的警察都能評上。」

「按你這麼說，我這回還算衝對了？」

「你給我聽明白了，別以為自己挺了不起的，在公安局裡，英雄全得完蛋。榮譽是給死人的，當警察最重要的是什麼？」

他點上煙看著我。

「能不抽嗎？聞著難受。」

「不能，是什麼？」

我想了想，這個問題其實已經困擾我很長時間了。

「也許是讓城市更好一點吧。」我說。

「你可別侮辱城市了。是活著，一直活著的刑警是最牛逼的。」

說完他站起身來，把抽了一口的煙扔在地上，說：

「花是你對象送的，明天她還能來，你歇著吧，留著話明天和她說吧。」

「你看見她了？」

「嗯，挺漂亮的，有點浪費，一般的就夠用啦。」

「她說什麼了沒？」

「放心吧，不會因為你臉上有坑就把你甩了。不用審就能看出來。」

「你明天還過來嗎？我的意思是，是不是還來聊聊什麼的？」

「不來啦，我還有案子，而且我在這兒抽煙，你也難受，上班之後直接到我辦公室吧。對了，如果你下次再不聽指揮，就給我滾蛋，愛跟誰跟誰，不是和你開玩笑。」

我把腦袋歪過去，朝向他，好像在擰一枚陳年的螺絲。

「如果我死了，你咋想的？」

「我就單幹。」他說。

車裡的溫度升起來一點，蔣不凡把車窗搖下來，伸頭出去看了看煙囪上飄蕩的煙。

「開始炒菜了。」

「什麼時候行動？」

「等他吃完飯，再進廚房的時候，吃完飯的人都有點懶。把槍拿出來檢查一下。」

八顆子彈一顆不少，腰後面還有兩個彈匣。

我摸了摸臉上的傷疤，確實如蔣不凡所說有兩個深坑，一個直徑半釐米左右，一個直徑大約七點五毫米，相距一釐米，好像一大一小兩個島嶼，隔海相望，除了這些，其實還有一片細小的類似於磨砂面的傷痕，在兩個傷疤周圍，如同湧動的海浪。原本我是一個相貌周正的人，上學的時候，收到過不少女生的紙條和情書。應該是遺傳父親，他比我好看很多，我只是繼承了一點五官的輪廓，沒有其相呼應的精髓，不過也足以稱之為一個周正的小夥。那些女孩子怎麼也不會想到，除非她們站在我的右手邊，否則我已經大大變了模樣。想到這裡我就有點竊喜，好像忤逆什麼東西，傷疤什麼的，我並沒有在意，選擇當警察那一天，這副皮囊就已經不屬於我自己，只要沒有死，使命還有機會完成，就算是徹底變成了一個醜八怪也沒有關係，只是對於媽媽，殘忍了一些。想到媽媽，我敲了敲自己的腦袋，媽媽要的半導體還沒有買給她，這次任務結束之後，就和天寧去買，買東西這樣的事情她相當在行。

我下床之後，蔣不凡開始領著我在S市裡四處遊走，第一站是大帥府。到了售票處，他亮出警官證，說：跟蹤嫌犯，不要聲張。給我兩張全票。售票員一臉興奮撕了兩張票給他。

進了大門，站在垂花小門樓前，他讓我抬頭看那塊牌匾，上面寫著：宏開塞外。兩邊一幅黃底黑字的對聯：開塞仗金鋒屹甲千城萬里，海外接半壁昭澤三省六洲。

「匾是新的，字是原來的意思。」

「原來的匾呢？」我問。

「毀了兩茬。日本人砸了一次，文革的時候砸了一次。」

進了中廳，左邊是大帥的會客室。很簡單，紅木的桌椅，老式的電話，筆筒裡裝模作樣的放著滿是灰塵的毛筆。牆上鑲了很多幅工筆畫，畫工普通，不過在這樣的房間裡有點新穎，好像是連環畫，後來才知道好幾個房間都有，連起來講了一個完整的故事，當時鞍山的一個老畫家畫的。

「去椅子上坐一坐。」

「不行，都是文物，而且人家拿紅繩隔著呢。」

蔣不凡把圍繩挪開，走了進去。

「坐，放心吧，和匾一樣，都是新的。」

坐在上面沒什麼特殊的感覺，灰塵的氣味讓人覺得好像坐在棺木裡。

「怎麼樣？」

「不怎麼樣，有點高。」

「那對，大帥一米五八。」

「你在我身邊站著，感覺有點怪呢！」

「哪怪？」

「覺得你有點張學良。」

到了張學良揚名立萬的老虎廳，兩隻黃老虎站在廳中央。虎這東西真是奇妙，即使是假的，即使做工粗糙，也還是威風凜凜，只不過毛有點舊了。

「要是在當初，咱們這樣進來，就得給槍斃。」

「犯了什麼罪？」

「不能帶槍，槍都得放在承啟處裡。有點下馬石的意思，文官下轎，武將下馬。老虎廳事件那兩位可能是因為沒帶槍，才讓張學良輕輕鬆鬆給撂了。」

然後他指了指牆上大帥的畫像：

「這小個子曾經主宰了奉天城。」

「東北王。」

「怎麼死的？」

「皇姑屯，讓日本人炸死了。常識。」

「日本人為什麼炸死他？」

「他有民族氣節。」

「如果你是日本人，讓一土匪當孫子玩了，還一點甜頭沒嘗著，你怎麼想？」

大帥府的布置，在某種程度上，其實應該叫作少帥府，因為關於大帥的東西少得可憐，紀念張學良的展廳和物件佔了大部分篇幅。看過了中正劍，在西安事變展廳的液晶電視上，張學良戴著基督徒的黑色圓帽，眉毛幾乎脫盡，正用東北的鄉音顫顫巍巍的講著：西安事變，我送蔣先生回南京，李協和先生講了一句話，不是和我講的。我到現在都記得，一輩子我都記得那句話，我覺得那句話特別好，我特別喜歡，對我們父子倆都有點意思。他說：你不愧是大帥的兒子。這話我一輩子都記得。

「人能記一輩子的話，通常都不是事實，而是他對自己的期待。」蔣不凡仰頭盯著液晶屏。

「他在台灣過得怎麼樣？」

「那只有他自己知道了，不過他能一直活著，這事兒有點意思。」

「蔣中正的心胸？」

「就讓你活著，讓你看看，到底誰對誰錯，你到底幹了什麼，可能有點這個意思。」

「你的角度怎麼老這麼奇怪？」

「我還覺得你的角度奇怪呢，從你那書上學的雞巴角度。」

「我問你啊，在你的心裡是不是就沒有英雄？」

「我問你啊，什麼叫英雄？」

「心裡有大義。」

「誰啊？」

「張學良不算？」

「你知道他殺了多少人嗎？他扣住老蔣，共產黨因為抗日拿了天下，後來又死了多少人？老蔣到了台灣，台灣又死了多少人？」

「那是時逢亂世。」

「亂世怎麼來的？我告訴你，這幫人全是殺人犯，不管有什麼目的，你不是警察嗎，殺人犯怎麼回事你不知道？信了基督就他媽不是殺人犯了？擱到現在，我們抓人，他說他已經皈依了天主，我們就讓他走了，說，沒事兒了，好好做您的禮拜吧。」

「跟基督什麼的沒關係，就好像我們現在法律上的正當防衛，別人要殺你，你把他殺了，你可以脫罪，或者我們現在抓了殺人犯，殺人犯如果給判了死刑，按你的意思，我們也是間接殺人啦？」

「我們是警察，不能比較。」

「他們是軍人。」

「我他媽過去還是軍人呢。」

「那就對啦，軍人的天職不就是把敵人趕盡殺絕嗎？」

「所以，我們也不是英雄，我們就是吃這碗飯的，吃人家嘴短，就得拿人。職業。」

「所以我們的職業就是拿人，有時候殺人。」

「拿該拿的人，殺該殺的人。」

「不管怎麼說，蔣不凡，如果有那玩意的話，我們是不是得下地獄？大帥、張學良都在地獄裡等著我們吶。」

蔣不凡不說話啦，瞪著老虎廳裡的什麼東西，或者什麼東西也沒瞪。半晌之後他說：

「你看那老虎多威風，讓蔣夫人也買一個，擺家裡。」

「我問你吶。」

「我不信這個，我沒有信仰，我就信人死燈滅。」

「如果沒滅呢，就是換了一燈座兒。」

「你是不是因為差點死了，才想這些。」

「不是，我是因為李德全判了死刑，才想的。」

「那你就不對啦，他可是罪有應得，那孫子拿一把雙立人水果刀滅了兩門。」

「他爸就是個勞改犯，八二年的時候，因為偷鄰居晾的衣服，給判了八年，從小沒媽，跟別人跑了，一直跟著爺爺奶奶長大，飯盛多了，爺爺就打他。我們怎麼不抓他爸、他媽、他爺、他奶奶呢？」

「小子，能上天堂的人不多。如果有那麼一地方的話。」

「我們能去嗎？」

「不知道，可能裡面住的都是牛頓、愛因斯坦什麼的吧。」

即使我不願意承認，以免增強自己的懦弱，即使我看起來一如往常，除了臉上的傷疤使我周正的樣貌有了奇異之處，事實是，自從受傷之後，噩夢不斷襲來。我夢見自己被裝在氧氣鐘裡，放入海洋深處，去觀看深海的生物。那些生物在極大的強壓裡面生活，因而變成了極扁的形狀，紙片一樣在我周圍游動，有的沒有眼睛，有的眼睛長在屁股上，有的眼睛長在細長的鬚子上，水袖一般飄飄然，不知道是在看我，還是僅僅在探路。氧氣鐘上的探照燈照過去，在隧道一樣的光柱裡，一切都詭異地真切，五彩斑斕，卻又似乎根本就沒有顏色。生物們並沒有被強光嚇走，而是圍攏過來，有幾個莽撞的撞在玻璃罩上，好像要鑽進我的懷裡，可是我聽不見一點聲音。撞上來的生物越來越多，後來簡直是蜂擁而至，雖然還是沒有聲音，玻璃罩上開始出現了裂紋，我大聲呼救，沒有任何用處，連我自己都聽不見，終於海水淹沒了我，氧氣鐘的碎片在我周圍向上升起，而我再次墜入非生非死的維度裡，還是那條河，那條船，擺渡的老人對我說：這次沒得辦法，高低要把你送到北岸去啦。我問，北岸有鳥嗎，有花嗎？老人說：北岸鳥不會落地，花不會枯萎，太陽永遠不會落下。我說，那敢情好。他說，只是你變成了另外一個人，忘記了現在的你。我說，不行，我還有事沒做。老人說，上了船，你就沒得選啦，我保證你不會後悔的，因為你什麼也記不得了。我說，不行，我還有事兒沒做。船疾馳向前，我想跳入水中，可是腳上好像給綁了細線，如何也跳不起，掙扎了許久，聽見老人說：北岸到了。我突然睜開了眼睛，房間裡一片漆黑，我坐起伸手摸了摸腳踝，沒有細線，天寧也醒啦，撫著我的背問，做夢啦？我說，夢見腳上綁了線，讓人綁架了，跑不了。天寧把手放在我的臉上，準確地說，是放在我的傷疤上：那就對了，我的腳上也有一條，我們倆誰也跑不了。我說：我沒有你想的那麼好。她說，大半夜不要講道理。快睡。

李德全獲判了死刑之後，沒有上訴。離執行還有兩個星期的時候，我去看守所看了他一次。他正坐在自己的床上靠著牆低頭寫字，像個小學生一樣一板一眼，時不時扶一下向下滑的眼鏡。

「寫信呢？」我問。

他抬頭看了看我，摸了摸自己的下巴。

「鬍子長了，他們不讓我用剃鬚刀。」

「這地方，對刀字兒比較敏感。」

他摘下自己的眼鏡，用囚服的下襬擦著，鐐銬的聲音清脆悅耳，說：

「沒寫信，寄出去怕嚇著人，練練字兒。」

「認識我嗎？」

他戴上眼鏡。

「見過。我是應該叫你政府呢還是叫你長官？或者叫你同志？」

我說：「不用，都不是。字能拿過來給我看看嗎？」

他說：「恐怕不能，你是來看你的戰利品的？」

有點意思，還用了一個比喻。

我摸了摸左臉說：「我差點成了你的戰利品好不好？」

他說：「這事兒不能怪我，我沒想打你。」

我說：「知道，這事兒是我的責任，讓你給打啦。」

「有什麼事兒就說吧，我聽聽。」

「嗯，也不算有事兒，就是想跟你聊聊。」

「想採訪我？像電視上那種，採訪死囚，聽我懺悔，然後臨死前給我加個菜。」

「我可沒帶攝像機，我就是想聽你說點實話。」

「那你得失望。」

「說說你為什麼殺人？」

「這我說過了，你自己去查唄。」

「查了，你說是謀財。」

「當然。」

「就沒別的啦？」

「還有嫉妒。」

「還有嗎？」

「沒啦。」

「李德全，我覺得你應該珍惜。」

「什麼意思？」

「珍惜，我站著，你坐著，我在用心聽你講話，你講的每一句話我都會記得。」

「這對我沒意義，你以為你是誰？我不需要任何人記得我，就算你記得，你想起來的時候也會是：那個殺人犯李德全臨死之前和我說。我不需要。」

「我查了你的檔案，你雖然家庭問題很多，但是你從小成績很好，你現在四十一歲，大學學的檔案管理，可是大學畢業，在市委辦公廳幹了兩年之後，就辭職下海經商了，為什麼，單純是為了發財？」

「我能問你個問題嗎？」

「問吧。」

「你是不是替那人擋了一槍，當時？」

「聽說是，我記不得了。實話。」

「如果真有這事兒，你覺得你為什麼要替他死？他可能根本就不配替你活著？你跟他熟嗎？」

「下意識。他是分局的，我之前不認識他。」

「什麼叫下意識，能解釋解釋嗎？」

「下意識就是，如果我是你，你是我，你來抓我，你也可能替別人擋一槍。」

「你覺得我會？」

「不一定，有可能，這才叫下意識。」

「他怎麼感謝你的？」

「他來看過我，帶了點水果，在我昏迷的時候。」

「沒啦？」

「他也是被動的，事兒都是因我而起，不是，往前說，是因你而起。」

他把紙片放在床上，說：

「也不是完全為了發財。」

「還有什麼？」

「我這樣的在市委幹不起來。」

「成分問題？」

「那時候已經不叫成分了，九十年代中後期，不過，在提你之前，這方面還是會考慮。我能進去已經不錯啦，完全憑的是本事，可是怎麼幹，也達不到我的期望。」

「你是不是期望太高了？」

「我的期望就是能者居之，這期望高嗎？」

「你辭職下海經商，在當時看挺有魄力。」

「不算，那時候下海的人很多，是潮流，不知道別人怎麼想，我是覺得，可能那裡面比較公平。沒人注意我爸是誰啦。」

「開始的時候順利嗎？」

「一直都還算可以，如果不被別人騙的話。我沒做過虧心的買賣，儘管那個來錢快，當時也沒什麼風險，可能是家庭的關係，我不想和他們一樣。可是被熟人騙這部分，我控制不了，兩次都沒防備。」

「所以你做了兩次案。這一層你在口供裡沒說。」

「沒那個必要，這是我的私事兒，而且說這些，有用嗎？對於我來說。」

「你殺的兩家人，都騙過你。」

「第一家是，第二家不是，第二次那人跑了，我找不著他。」

「所以第二次被騙心裡更不痛快，一般都是這樣，掉進同一個坑裡，你就找了幹得最好的同行出氣。」

「能別老試圖分析我嗎？他騙過別人，有批貨他壓了人家一年的款，那人跳樓了，沒死，摔在水果攤上，殘了。」

「哦，除了報私仇，有時候你還替天行道。」

「不算，壓款這事兒經常發生。選他，第一，他確實害過人。第二，他和我熟，很熟，幾乎可以算是朋友，我第一次被騙之後，能再起來，除了搶的錢，他借給我三分之二。第三，他身體不好，有糖尿病，不是我的對手。」

我走開，用紙杯給他倒了杯涼開水。

「謝謝，正好渴了。」

「可以這麼說嗎？你第二次作案，選擇他們家，除了洩憤和作為一個罪犯專業上的考慮，還有羞愧，因為他幫過你，而你又搞砸了。」

他把水喝乾，把紙杯還給我說：

「也許可以，也許，真是這麼回事兒。不過，也可能是，我在毀滅自己之前，想先毀滅掉和自己有關的美好東西。就像是小孩兒生氣的時候，摔碎自己最好的玩具。」

「你知道第二次跑不了了。」

「說不好，有預感，但是也不是坐以待斃，如果你們抓不著我，我又不知道該幹什麼去，就是挺奇怪的一種狀態。」

「嗯，你對自己怎麼看，自己這個人？」

「到現在這步，我也有責任。」

「這個說法有點不磊落。」

「那我管不了，是你的事。如果非要換種說法，可以說，我其實可以更好。」

「你不一定非得這麼做，我這麼理解對嗎？」

「差不多吧，人做每件事都有理由，大部分時候，但是那些有理由的事不一定非得去做。」

他把眼鏡摘了下來，又擦了擦，我才發現，他的眼鏡沒有鏡片，他一直在擦的是鏡框。他戴上裸露的鏡框看著我，說：

「面對痛苦的方式有很多種，我的方式不好，坐在這裡我想清楚了這一點，尤其回想在殺那兩個孩子的時候，他們就像小兔子一樣被我擒住，割斷了喉嚨，連央求我的機會都沒有，我只是覺得，我不想讓他們和我一樣，像個孤兒一樣活著。也許我不一定非得替他們做這個決定，那是他們自己的生活，我的方式不好。你是不是想聽這個，我的懺悔？」

「我不認為是懺悔，說實話，但是有真實的成分。」

「對，也許我只是編給你聽的，打發時間。」然後他不說話了，拿起筆和紙片來繼續寫字。

「對了，還有一個問題，案子你只做過這兩起是嗎？」

他不說話，就好像我從來沒來過，他從來沒說過話一樣。

「二〇〇三年，住在皇姑區岐山路一棟日式民宅裡的一個十八歲女孩兒，失蹤了，沒有屍體，沒有遺書，那是你第一次作案第二年的事情，你記得些什麼嗎？」

他不說話。

已經夠了，也許他這麼想。

我說，保重吧，李德全。

我轉身走出走廊之前，他在我身後說：

「我從來不搬動屍體，我害怕那東西。」

我轉過來說：

「謝謝。」

「不用，我只是想告訴你，你在侮辱我。也請你保重，你不會每次都這麼命好。」

然後他繼續寫字，看起來那個時候，寫字是他人生中最重要的事情。

就像我不得不逐漸承認蔣不凡是個天生的警察一樣，在我跟了他三年之後，我就不得不逐漸承認，作為一個警察，他的力量實在太大了一點。除了警務，他還負責一些幫派活動的安全，也為幫派之間的爭端居中調停。調停這件事情程度可深可淺，或者，逐漸由淺入深。

他會在電話裡說：鐵軍，晚上六點黃河大街韓都烤肉，你來。席間他說：六子的事兒我知道啦，你先不用動他。鐵軍什麼也不吃，說：他容不下我。蔣不凡說：我知道，以後再說。鐵軍喝了口大麥茶說：好，蔣哥，那我先走。他說：吃片肉再走。鐵軍就從篦子上撿了片半生不熟的肉放在嘴裡，嚼爛，嚥進肚裡，說：蔣哥，那我先走。他說：過一個月回頭請你到家裡頭吃，你嫂子想你了。鐵軍站起來，衝我點點頭，然後走了。我跟他的時間久了，他開始介紹我，說：這是天吾，我朋友。對面說：天吾哥，多照應。我說：叫天吾就行。一次見到的那人頭髮已經花白，看上去怎麼也有四十歲左右。他說：別客氣，我是少白頭。蔣不凡指著我說：你們不要犯在他手裡，他是少年包青天。中年人說：不會，我們都是生意人，不做違法的事情。就算將來有點小毛病，也得繞著天吾哥走。蔣不凡說：那就好，掙錢是對的，錢沒得罪任何人。別幹違法的事兒。中年人說：是，錢是無辜的，是這意思嗎，蔣哥。蔣不凡點點頭，說：白頭，你去秦皇島住一陣。中年人喝了口酒，說：多久？蔣不凡說：不一定，先過去，那邊有朋友接你。中年人說：我老婆孩子怎麼辦？蔣不凡說：一起過去，機票已經買好了，去毛鋒那拿。到那之後，少出門，有事兒就報警，懂嗎？白頭點點頭說：我孩子上學怎麼辦？蔣不凡說：我想辦法。你最好改個名。白頭說：不改了吧，就這樣，用了幾十年了，老婆說夢話喊的都是這個。蔣不凡點點頭：好，你孩子最好改個名吧，別太自私。

白頭說：行，給她改了。蔣不凡說：她原來叫什麼？白頭說：叫唐琳。蔣不凡回頭看我：你說改個什麼名字好？我說：我不知道。蔣不凡說：知道你不知道，隨便說一個聽聽。我說：唐若琳。隨便說的。蔣不凡對白頭說：你覺得怎麼樣？白頭看看我說：好名字，唐若琳，唐若琳，好名字。蔣不凡說：那就叫唐若琳吧。再別改了。

一天我們一邊在茶社喝茶，一邊等人。蔣不凡拿茶水洗淨茶杯，然後用鑷子把茶杯舉在我面前，說：聞聞。

「聞不明白。」

「不急，再喝幾次，你就知道什麼是好茶了，這兒的茶葉一般，有點陳，不過環境還可以。」

牆上掛著高仿的《蘭亭集序》：此地有崇山峻嶺，茂林修竹，又有清流激湍，映帶左右。

「茶和環境，我都不懂，你覺得行就行。」

蔣不凡說：

「你跟我幾年啦？」

「四年多了吧。」

「我快要退休了。」

「還遠著呢，你才五十出頭吧。」

「你不懂，快退了，知道就行。」

「那你準備幹點什麼？退休之後。」

「沒想。」

「沒想是怎麼想的？」

「就是完全不知道的意思，如果你非要我翻譯一下的話。你為什麼老和我抬槓？」

「我第一天跟你的時候就這樣，那時候你完全可以讓我滾蛋，不對，你隨時可以讓我滾蛋。」

「你是不是有點瞧不起我？」

「一部分。」

「可你拿我沒什麼辦法，就算你一直在場。」

「我知道，我雖然一直在場，可我還確實沒拿到你什麼把柄。但是沒拿到把柄和什麼也不知道，是兩碼事，我這麼說你有異議嗎？」

「準確。我只是需要有點秩序。」

「外加很多的錢。」

「錢是秩序的一部分，你知道如果沒有我，如果我今天死了，這地方會變成什麼樣嗎？」

「你這句話像聯合國祕書長說的。」

「我他媽已經夠謙虛了，你知道，無論我們怎麼破案，犯罪率也不會降低，只有有秩序，這個城市才能更安全一點。你沒發現嗎？這裡很多街道的信號燈設計不合理，汽車、自行車、行人擠在一起，這時候就需要交通警察指揮，不要管什麼紅綠燈，打手勢就足夠了。」

「挺形象，但是還是狡辯。所以你破的案子都是秩序之外的，或者說，你的秩序之外的。」

「差不多。知道為什麼煙可以隨便賣而毒品不行嗎？因為煙便宜，出現得早，更大的秩序建立起來了。案子是破不過來了，到了一定程度之後，到了你不需要證明自己的時候，當警察是個良心活。」

「良心，你還真敢用詞兒。失蹤的事兒你管嗎，在你的秩序裡外？」

「這事兒你問過我一百八十回了，你知道全中國的失蹤人口有多少嗎？你知道一個人不想讓你找到，是多麼簡單的事兒嗎？」

「不需要知道，我說的是人，不是數字。」

「對於我來說是數字，而且那個案子已經結了，已經宣布死亡了，法律上的規定你懂吧。」

「我只知道宣布死亡和死亡有很大的區別。」

蔣不凡把我丟下，開始擺弄茶具，賭氣似的喝了兩杯茶之後，他說：

「我答應你，那個失蹤案我會盯著，只要我當警察一天，我就不會忘了。」

「這話我聽你說過，而且按你說，你也當不了幾天警察了，不過還是得謝謝你。」

蔣不凡給我倒了一杯茶。

「既然你覺得我不乾淨，為什麼你還來？」

「我有我的考慮，似乎我沒有義務解釋我的每一個行為。」

「你不怕下水嗎？」

「我看見河在那，而且你應該聽過，淹死會水的，我可不會游泳。」

「嗯，你不喜歡游泳。」

「喜歡，我是個普通人，正常人。」

「我可以幫你。」

「我有工資，有失業保險，有房屋公積金，逢年過節，局裡還發東西。」

「夠了？」

「足夠。」

「小子，你不是一般人，真心話。」

「我是，是你把一般人的標準定得太低了。其實我現在就應該把你銬起來，不過我只是想做自己要做的事兒，做完了就行啦，成為一個什麼樣的警察對於我來說不重要。」

「你撒謊。你正在不知不覺成為一個好警察，幹得勁勁兒的。」

「這我不知道，在完成我的事兒之前，我應該做點分內的事，我這麼想。」

「看來你不可能為我做事啦。」

「要看什麼事？」

「比如，接替我，在各個方面。」

「不可能，我沒那個能力。」

「好吧，喝茶，話說得太多了，我嗓子都他媽要啞了。」

「你以後還準備帶著我嗎？」

「廢話。目前我們還是半個朋友吶。」

夜晚終於來了，在S市的這片已經為數不多的棚戶區裡面，夜晚似乎比別處更黑。我們的車子停靠在一條小土路上，沒有路燈，矮房裡映出的燈光因此似乎比別處更暖。人們陸續的回家，有的手裡提著菜和酒，有的騎著自行車匆匆的趕路，此處位於城鄉結合部，屬於S市的轄區範疇，房租最為便宜，治安也最為寬鬆，落魄的市民，想要向城市進軍的農人，小偷小摸的遊民，都能在此找到適合他們的房子和鄰居。時不時能看到醉得搖搖晃晃的男人揭開褲子，站在路邊小便。很多房子的牆上寫著「徵收」，看來不久的將來，這裡也會是另一片商業開發的住宅區，也許剛才那個搖搖晃晃的男子就會拿到一筆數目不小的動遷款，而這筆動遷款有多少會變成他肚子裡的酒，然後變成某個黑暗角落的廢液，就不得而知了。

我們盯的那個中年人，已經陸續把菜擺在炕上的小方桌上，盤子裝的菜就有六個，最後又用海碗裝了湯擺上。在他們這個團夥裡面，有兩個全國A級通緝犯，是雙胞胎兄弟，算上那天的目標在內，一共五個人，平均年齡四十六歲，大多數有過前科或者離異無業。從一九九二年到二〇〇二年，他們在內蒙、黑龍江、吉林、遼寧，夜晚劫殺了四個出租車司機，通常是勒死，把屍體放在出租車的後備廂，第二天凌晨徑直開車搶劫銀行或者儲蓄所，射殺了兩個銀行職員，兩個保安，一個路人，從作案地點逃出之後，在郊區偏僻處，焚車解散。這夥人在二〇〇二年末突然銷聲匿跡了。這是非常少見的情況，通常這樣瘋狂的匪徒不會驟然收手，除非出現慘烈的內訌。據蔣不凡說，他們之所以停下來，是團夥的頭目，雙胞胎之中的大哥，一天突然上收了所有人的槍，然後宣布團夥解散，隻身一人去了廣州。據線人說，是為了一個女人。

如果破了這個案，你就是副隊長了，在那天上車之前，蔣不凡這麼跟我說。而他覺得，我猜，一個收手了十年的脫離了組織的中年逃犯，不會費我們什麼周折，而我當了副隊長之後，也許有一天會改變主意，接下他的衣缽，成為一棵根植於這座城市的闊葉槐，地上綠色的枝葉和地下灰色的根鬚同樣茂盛，不但能保護秩序，還能保護退休之後上了年紀的他。我相信他是這麼想的。直到小屋的方桌上擺了五副碗筷，事情向著我們不那麼有把握的方向發展了。

「你的線人不是這麼說的。」當我看見一對中年的雙胞胎向小屋走去，兩個幾乎一模一樣，只是一個嘴巴周圍留著濃黑的大約半寸長的小鬍子，另一個鬍子剃得十分乾淨。

「沉住氣，這樣更好，全在這兒了。」他伸手摸了摸槍，確定帶了。

「我們兩個？」

「恐怕不行，用手台，請求支援，把情況說清楚。」

我剛剛把手台拿起來，聽見有人敲蔣不凡那側的車窗，一個三十歲左右的女人，沒有化妝，長得很文靜，穿著單薄的白色女式夾克，凍得瑟瑟發抖。在我發愣的時候，蔣不凡已經搖下車窗。女人指了指蔣不凡手裡的煙說：同志，請問這附近有煙店嗎？南方口音。煙店。奇怪的問題，奇怪的口音，我忽然覺得這裡面有十分不妥之處。這時我這邊的車門被拉開。

「車裡冷，進屋說吧。」

五個人站在車周圍，我面前的那個，手禮貌地搭在車門上，嘴巴周圍的小鬍子上，上了霜。

第三章　鐵心臟和下旋球

李天吾能夠再次講話，是在半個鐘頭之後。他記起了他和老闆約定的最後一條，不論何時，只要想講出這個約定，就要被罰啞巴半個鐘頭。對於李天吾來說，聖歌已經找到，這是一個十分順利的開始，教堂沒有找到，像老闆所說的那個雄偉恢宏的台北最高建築，一個哥特式的大教堂，到現在沒有找到，可能比沒有找到更糟的是，也許它根本就不存在。因為不論他怎麼打聽，所有路人給予他的答案都是：台灣最高的建築是101大樓，教堂？沒聽過耶？比101大樓更高的教堂？不可能吧？也有人會笑出來說：比101大樓更高的教堂？我也在找耶，麻煩你找到了告訴我一聲好不好。眼神裡分明寫著：有什麼辦法？現在到處都是這樣白痴的陸客，要不然阿里山裡的小火車怎麼會翻？載了太多白痴嘛。嚮導呢？李天吾想起了嚮導這件重要的小事。當時在和老闆討價還價了一個光亮刺眼的下午之後，老闆同意配給他一個像樣的嚮導，就像蔣不凡曾短暫做過他的嚮導一樣。暗號是？事實上李天吾啞巴了足有一個鐘頭，因為餘下的半個鐘頭，他一直在努力回憶那個暗號到底是什麼來著。也許是降落的時候摔到了腦袋，他這麼覺得，不過如何降落的他也想不起來，只記得睜開眼睛的時候，一個胖胖的出租車司機在不停叫他：先生，先生，醒醒，我們快要駛出台北了，您到底要去哪裡嘛？這麼一直向前開也不是辦法。李天吾晃了晃腦袋說：這裡是哪裡？越過司機的肩膀，他看見計價器上顯示著五百塊。五百塊，從S市開到北京也沒有這麼貴，老闆從哪裡雇來這麼黑心的出租車司機。李天吾作為一個年輕警察的直覺讓他伸手摸了摸自己的腰間，確定是不是帶了手銬。當然帶了。

「這裡是忠孝西路，再往前開就上忠孝橋了。」

「忠孝橋？」

「沒錯，淡水河上的忠孝橋，在下開了二十五年的計程車，絕對不會搞錯，前面便是千真萬確的忠孝橋。」

「再往前呢？」

「再往前就是三重，然後是桃園，天后宮啊，桃園機場啊，就在前面啦，如果你是去這些地方，那不會錯，您是不是要去機場呢？」

「不是，我還沒到要走的時候。」

「那是去哪裡？觀音山？」

「讓我想一下，實在對不起，睡了一覺，腦袋有點糊塗。」

司機放慢了車速，把車子朝路邊開過去。

「沒關係，經常有這樣的客人，一時轉不過來，如果您不著急，就放心去想好啦，只要是在台灣，只要有路，哪裡我都可以載你過去，當然啦，如果您帶夠了錢的話。您是來探親的外省人親屬，還是單純的遊客？我這人喜歡講話，不願意回答可以不說。」

「有什麼分別？外省人是什麼人？」

「外省人就是，以為自己是遊客，沒想到回不去啦，就住了下來。」

「那我目前還是遊客。」

「第一次來台灣？」

「第一次。」

「台灣很好玩啊，保證你下次還會想來。」

「可能只有這一次啦，不過好玩總比不好玩強。我就在這裡下車吧。麻煩您。」

李天吾從懷裡拿出錢包，發現裡面滿滿塞了好多一千塊的大鈔，他掏出一張遞給司機，說：「您看看怎麼樣？」

「什麼東西怎麼樣？」

「錢怎麼樣？我是說這張鈔票。」

「還能怎麼樣嘛，讓人喜歡得不得了。」

李天吾鬆了一口氣，看來老闆不是跟他開玩笑，五萬台幣的現金，十萬台幣的匯豐銀行信用卡，貨真價實，只要不亂來，參照出租車的消費水平，在此地的幾天，應該可以放心的自由行動。只不過剛才錯怪了司機，能印出一千塊大鈔的地方，自然會有八百塊的出租車費。

「那怎麼行？太多了，小費可以有一點，比車費多出這麼多，不太禮貌啊。」

「那就請您收下。」

李天吾沒聽見司機的話，他已經走掉，在忠孝西路和中華路的交叉口找到了一家旅館，然後第二天的傍晚他便遇見了小久。

暗號是？李天吾似乎有了一些頭緒，老闆說，他和嚮導的暗號就在嚮導的身上，一個他一眼就能看出來的暗號，或者說一眼就能看出來那個可以稱之為嚮導的人和他有著微妙的聯繫。這個設計當時便讓李天吾十分惱火，總不能走在街上，逢人便說，對不起，打擾了，是不是可以麻煩您把衣服脫掉，也許在你身上有我用得上的暗號？可是老闆說他已經給出了有史以來最優惠的條件，他絕不再後退半步，如果李天吾覺得難以接受，那就待在那裡，哪也不要去好了。這是他的撒手鐧，李天吾知道自己除了接受沒有辦法，畢竟身分懸殊，職員和雇主的關係。小久講完了故事，正在忙著繼續整理東西，嘴裡不停提出晚上吃飯的備選方案，牛肉麵，士林夜市的麵線，還是一頓熱氣騰騰的火鍋，台北的五月，吃一頓火鍋不會熱到哪裡去的。她在不停地講著，既在等著天吾肢體語言的回應，也在為自己下一步的決定理清思路。李天吾心想，面前這個聲稱自己正在淡去的女孩兒，即使還沒看到那個暗號，他也已經確定這個女孩兒和他一定有什麼聯繫，他用鼻子深吸了一口氣，張開了嘴。

「其實我在找一樣東西。」

小久大叫了一聲，躲進衛生間。

「我不是有意騙你，只是因為一些……原因，剛才啞了。」

久久的沉默，然後是金屬水龍頭旋轉的聲響和隨之而來的水聲，李天吾無法確定小久是不是哭了，他極想走進衛生間看一眼，可是就算他再笨一百倍，也知道那樣做不合禮數。

「李先生，請你出去。」

如同在水簾洞後面發出的聲音。孫大聖，天兵天將，沒想到逐客令來得這麼快。

「我可以幫你完成心願的，而且如果我能夠講話，不是更方便嗎？」

「你說的對，只是我不需要一個騙子。」

「我不是騙子，我只是有點猶豫，你回憶一下，在你過去的人生裡，有沒有因為猶豫而看起來在說謊的時候？」

「沒有，如果我在猶豫，我會告訴對方我在猶豫，而不是假裝不會說話。」

剛才那個可愛的小久，那個襪子隨地亂丟的小女孩一瞬間不見了蹤影，取而代之的是一個言語犀利、思路清晰的辯論者，這讓李天吾措手不及。

「我也在找東西。也許需要你的幫助。」

「哈哈哈。」

「笑什麼？」

「原來你不是要幫我，是要我幫你。」

「我只是想，我在這裡人生地不熟，而你也需要一個人幫你照相，除了照相，我還能保護你的安全。我們可以互相幫助。」

「一個人生地不熟的人來保護我的安全，謝謝你。」

「只要在你身邊，我就不算人生地不熟，對不對？」

「恐怕你人生地不熟的狀況不會改變了，至少不會因為我改變，請你出去吧。你知道可以請你出去的方式有很多種，目前是對你最體面的一種，如果我是你的話，我就趕快把握住。」

李天吾站起來，向門的方向走過去，警察的強迫症又一次襲來，他說：

「你這麼伶牙俐齒，也許應該去當律師什麼的。」

在他拉開門的時候，門外的走廊如此陌生和空曠，小久在身後說：

「那曾經是我的志向。不過，還是再見。」

李天吾回到了自己的房間，在小久隔壁，和她一模一樣的房間，他發現自己正在不知不覺屏住呼吸，後腦貼靠著床頭上面的牆壁，傾聽著小久房間裡的聲音。

小久還是沒有動靜，天已經黑了，透過窗戶，李天吾看見月亮升了起來，上弦月，如同緊閉的嘴巴，台北這座著名的不夜城迎來又一個燈火通明的夜晚。這是一個現實世界，老闆許諾給他的現實世界，只不過是在一個現實的孤島上，無法與陸地上的人取得聯繫，在這點上，老闆不像在其他方面那樣有得商量，容許他做一些討論的嘗試，而是面無表情的告訴他：明說吧，只要你與任何大陸上的人取得聯繫，無論以何種方式，那個人就會馬上消失。當然也許你心裡已經想到了一個名單，那些你想讓其消失的人，那你大可以那樣做。不過我提醒你，如果你的名單搞錯了，我不會給你任何機會更改，不信你就試試。小久的房門開了，李天吾聽得清清楚楚，他很想悄悄跟出去，像一個稱職的警察那樣，看看小久到底要到何處去。可是那又能怎麼樣呢？除了在騙子的頭銜旁邊，再加上一個更可恥的尾行者。李天吾只有選擇逼自己睡去，或者說，只有強迫自己相信，小久不是那個嚮導，跟著她走只會誤入歧途，如果她就此消失了，那只能說明她短暫的存在沒有任何意義。可是無論怎麼開導自己，他還是無法睡著，他目前的狀態已經說明，即使小久是歧途，她的存在已經產生了無法抹掉的意義，便是鐵定讓他失去了一個晚上的睡眠。

敲門聲來得是那樣及時，李天吾還沒有脫去上衣。

「我需要一個理由，讓我再次相信一個騙子。而且還要讓我相信自己沒有出爾反爾。」

「首先，我相信你正在淡去，以不可逆轉的趨勢。我相信不是每個人都會相信的。」

「其次。」

「其次，其次我在台灣只認識你一個人。」

「這叫什麼其次？剛剛認識的。」

「但是我已經確信，你能幫助我，我也能幫助你，解決彼此的問題。」

「說說你的問題。」

「我在找一座教堂，台北最高的建築，裡面有我一個朋友的去向。」

「據我所知，台北應該沒有這麼高的教堂。」

「我知道，所有人都這麼說，可是不管有沒有，我都要去找它，你明白我的意思嗎？說實話，我曾經想要放棄了，但是我現在覺得，無論怎麼樣，還是要去找它。」

「不管有沒有，你都要去找它。」小久用不再凌厲的聲調重複了一遍。

「是。一個會使人淡去的城市，為什麼不會有比１０１大樓還高的教堂呢？」

「那個朋友對你很重要。」

「曾經對我極其重要，可我把她弄丟了。」

「一直沒有找到。」

「無論如何，也沒有找到。」

「另一個方面的問題，你會用照相機嘍。」

「我是攝影愛好者。」李天吾確定自己沒有撒謊，儘管他過去照的最多的是屍體。

「你為什麼會相信我正在變淡？這應該是很難相信的事情。」

「我看得出來。」

「不會吧，如果你一直盯著我看，應該很難察覺才對。」

「我是警察。」

「哪裡的警察？」好奇心是多麼健康而重要的溝通方式。

「大陸的警察。」

「公安嘍。」

「都可以，不過最準確的叫法應該是人民警察。」

「那麼人民警察先生，你除了看出我正在變淡，還看出了什麼，關於我。」

「還沒來得及，不過我相信在之後的幾天裡，我一定會看出其他東西來。」

「你的真名叫什麼？」

「李天吾，小名叫作小吾，我沒有騙你。你大可以叫我小吾，雖然我比你老一點。」

「老很多，小吾。」

「是。」

「來到最後一個問題啦，你確定你真的需要我？」

「我確定。」完全發自肺腑。

「那麼小吾，這是你的麵線，記住要吃麵線就去士林夜市，我從九歲吃到現在也沒有膩。」

「記住了。」接過麵線之後，李天吾再想說什麼，關於嚮導的事，小久已經提著自己的那份向411房走過去了。

第二天李天吾在七點一刻醒來完全是拜小久的電話所賜，小久用S市清晨的冷空氣一樣清脆的語調送出了簡潔的命令：五分鐘後，樓下見，記得穿運動鞋。李天吾剛想告訴她，運動鞋不在他此行必備的隨身物品之列，小久已經用同樣清脆的動作掛掉了電話。小久穿了一身白色的運動裝，馬尾辮上不見了紅綢，而是用一個黑色皮套繫住。腳上穿了一雙紅色的運動鞋，似乎身上非此即彼，一定要有紅色的一席之地。李天吾除了注意到她一雙修長的腿和渾身上下散發的洗練的活力之外，同樣發現睡了一覺之後，她整個人更淡了一些，明確說來，如同在用一種特殊的化妝品，每塗一層，人就消失一點。

「我沒有運動鞋。」

「那你今天可能要辛苦一點。」小久看著李天吾腳上的黑色休閒皮鞋說。

「看來你帶了很多衣服出來。」

「不是很多。」

「那是多少？」

「是所有。」

早餐吃牛肉麵好了。當然好，怎麼會不好呢。

牛肉麵店的櫥窗裡除了掛著誘人的牛腩，還有馬總統和麵店老闆的合影，兩人同舉著一只金色的獎杯。店裡懸掛在頂角的電視裡，身穿素色套裙的女主播正在播報早間新聞，政客們在嫻熟地相互指責，年輕的黑幫分子槍殺了某個重要的角頭，中部某個農民種出了台灣有史以來最大的西瓜。聽著女主播幾乎沒有氣口的播報，李天吾發現，他這個人的某個部分似乎正在起著某種變化：第一是在前一天晚上挽留小久之後，他好像變得願意講話了一些，雖然不可能一下子變成話癆那種狀況，可是比起過去那個大多數時候被動說話的他，他現在有了一點想要說話的欲望，也許是真正成為啞巴那一個鐘頭，使他知道了講話的珍貴；第二是他正在小心隱藏自己的東北口音，學著說更台灣腔的普通話，就像剛才小久問他：喜歡這家的牛肉麵嗎？

「喜歡呀。」

「我看是不喜歡，吃得這麼慢。」

「哪有？在聽新聞而已。」

哪有？這是什麼話，誰能告訴我。李天吾在心裡把這句話重新說了一次：沒啥，聽新聞呢啊。這還不夠，遠遠不夠，李天吾又把自己知曉的家鄉髒話統統在心裡罵了一遍，這才算找到了一點感覺。

「喂，你這麼凶幹嘛？」

「哪有？」操，又是哪有。

「你欺負人家沒帶鏡子是不是，要不然一照就知道，你明明是在和誰鬥狠嘛，臉上。」

「我覺得自己說話怪腔怪調。」

「當然，你是大陸人嘛。」

「我是東北人，可是現在怎麼開始有點台灣腔，短短一天？」

「所以你剛剛在氣自己不小心傳染上的台灣腔？」

「是，我把東北的髒話在心裡罵了一句，感覺好了一點。」

「為什麼要在心裡罵？」

「什麼意思？」

「講出來嘛，效果一定會更好。」

「那怎麼可以？」那怎麼可以，操，李天吾似乎在和一支看不見的軍隊作戰，捍衛自己的領地，可是目前看來，節節敗退。

「當然可以，罵一句聽聽。」

「不好。你們台灣人怎麼罵人？」

「台語你聽得懂嗎？」

「聽不懂。」

「罵起人來很威風的，這樣，你教一句你們的，我教給你一句台語的，保證你夠威。」

「誰知道你教的是不是罵人話，我又聽不懂，捉弄我我都不知道。」

「笨啊，世界上所有的髒話，一說就知道是髒話啦，要你聽懂？」

說出來會好一點，也許果真如此。痛快痛快的罵兩句髒話突然成為了很大的誘惑。

「好，我教你一句。這麼著，我有兩句，你挑一句。」李天吾又吃了一口半筋半肉的筋，等著身邊的一對情侶站起來去結帳。他說：

「王八犢子和滾犢子。挑一句。」

「你講得太快了嘛。」

「過時不候，挑吧。」

「那就後面那句吧，什麼意思？」

「就是前面那句的意思。」

「解散！」

「好啦，那，這句話的意思大概是，其實很難解釋，原意大概就是讓對方離自己遠一點的意思，犢子這兩個子，其實是動物後代的意思，不過在這裡差不多只是語氣助詞，為了加強那個滾字的效果。」

「LEAVE ME ALONE的意思，這麼說對嗎？」

「字面上的意思差不多，大概是去你的吧，這個意思。好啦，該你啦。」

小久清清嗓子，用台語大聲說：幹你娘。

剛剛結完帳的那對情侶轉過身來看發生了什麼事。

「麻煩你小聲一點。」李天吾低著頭裝作喝湯。

「這句一定要大聲說才夠力。」

錯誤大都是這種東西，當你認識它的時候，通常是你已經犯下了。李天吾陪著小久走進捷運站，走進車廂，和早高峰擁擠的台灣人貼在一起的時候，小久還在不停地練習著：滾犢子，喂，這句是不是比剛才好一點了。李天吾很想提醒小久不要對著他不停說這幾個字，他從小到大還沒有被別人如此集中的罵過，不過誰叫他剛剛自作聰明的解釋這句其實是個語氣助詞，而小久是學生向老師求教的姿態講出來的，李天吾一點辦法也沒有。他說的「夠好了，已經不用再練了，比東北人罵得還地道」絲毫不起作用。車廂裡各式各樣的人，雖然肢體相互緊緊挨著，不過還是看起來斯斯文文，很多人手中拿著蘋果iPad，一手抓住塑料環，一手托著看新聞或者電子書，目光和iPad以相同的頻率搖晃，也有人耳朵裡插著耳機，閉著眼睛，好像還沒有睡醒，趁這個機會睡一個簡短的回籠覺。車廂裡飄蕩著來源複雜的香水味，和S市的地鐵公交車的味道截然不同，不過似乎除了他沒有人在意。

「我們要去哪裡？」李天吾其實沒那麼想知道，無論去哪，他也都要跟著去，不過此時急需把小久從那幾個字的咒語中拯救出來。

「我的小學。原來你想知道啊。我還以為你根本不在乎。」

「我被你罵得腦袋都大了，剛剛想起來我們不是出來參加罵人比賽，而是去照相的。」

「告訴你，我已經學會了，如果有罵人比賽的話，我一定贏。」

任李天吾怎麼設想，他也不會想到，小久帶他來的小學竟然不是小學，而是一個公共棒球場。據小久說，她念的龍山國小離這裡很近。只是她念國小的六年，幾乎大部分時間都是在這個棒球場的看台上度過的。李天吾懷疑一定是她喜歡的男生經常在這裡打棒球，小久否定了他的說法，她說：我只是喜歡棒球而已。

這天是星期二的上午，五月的台北，陽光大好，明朗的陽光底下，棒球場空無一人，本壘的壘板上反射著另一種溫暖的陽光。李天吾想起自己小學附近的那座足球場，塵土，陽光，無網的碩大球門。他也曾在那裡的看台上度過了許多時光，他喜歡那種空曠的感覺，小小的他，大大的球場，無限的陽光。他的脖子上掛著家裡的鑰匙，戴著廉價的電子錶，有時候會幫別人撿球，用小手用力拋進場去，鑰匙就在他的胸膛上嘩嘩的響。有人在後面看著他，等著領他回家。好久沒有想起這個場面，更使得這樣的記憶鮮艷得好像油畫一樣。

「棒球好玩嗎？」

「好玩極了。」之後的半個小時，小久開始詳述棒球的規則，三振出局啊，全壘打啊，由原住民組成的紅葉少棒隊打敗日本少棒明星隊為台灣爭光啊。

「好啦，現在我們可以開始跑步啦。」

「跑步？我們？你不是來照相的嗎，我只管照相，可沒說還要陪你運動。」

小久露出福爾摩斯面對華生時的表情，把食指舉在李天吾面前說：

「出發之前就告訴你帶運動鞋，你沒有自己猜到，不能怪我。」

有什麼辦法，李天吾發現，似乎除了準備迎接眼前這個酷刑，別無他法，因為小久已經拉著他的手，走到了棒球場裡面。

「那，我們就繞著棒球場跑十圈，誰先跑完，算誰贏。」

「我認輸。」刑罰的等級超過了他的想像，如果讓犯人跑十圈，也許他們什麼都願意說。

「贏了的有獎品。」

「什麼獎品？」

「保密。」

自警校畢業之後，李天吾最激烈的運動是跟蹤疑犯，市公安局每星期組織的各種體育活動，諸如羽毛球、籃球、乒乓球、足球，他都不去參加，儘管這些活動除了鍛鍊身體，還能夠和領導們聯絡感情，或者有機會認識新進的女警，他還是選擇回到自己單位附近的公寓看電影或者讀書，也經常獨自去電影院看電影，一個人買票坐進去，通常是買最左邊或者最右邊的位置，這樣不會妨礙成雙成對的人，看完之後一個人走出來，慢慢回味電影裡的場景。他之所以還保持著相對勻稱的體型，沒有開始變成一個各個角度都開始走樣的準中年人，據他自己理解，應該完全是基因的問題。在他的基因裡種植著執拗的命令：任你怎麼懶惰，也不會發胖。基因就是這樣神祕的東西，即是科學本身，也可以對抗其他更普遍的科學。

開始的兩圈還好，這個棒球場的周長比警校的操場小很多，當年出早操的時候，可要穿戴整齊跑五圈的，下午還要去做其他訓練，一旦偷懶，懲罰便接踵而至。已是十年前的事情，時光真是經不起推敲。到了第三圈，李天吾發現果然不出自己所料，他的基因給他的命令是：既然你怎麼懶惰都不會發胖，還跑個什麼勁，趕快給我躺下。兩條腿隨時要脫離軀幹散落在球場上，幾乎被煙草毀掉的肺裡面，氧氣快要枯竭，單靠鼻子已經沒法喘氣，只好張開嘴大口大口的吞嚥空氣，可是越是這樣，氧氣越是消失得更快。在太陽下面，汗水從所有毛孔裡逃出來，好像泰坦尼克上的乘客一樣。可是出乎他意料的是，小久雖然看起來信心滿滿，可是跑起來之後，已經被他遠遠的甩在後面，而且看起來不是故意逗他開心，其痛苦程度和他不相上下。李天吾看到了勝利的希望，凡事滿不在乎的外表下隱藏的好勝心隨著汗水浮現出來。還剩七圈而已，憑什麼要讓我放棄，他對自己的身體產生了極大的叛逆心理。不管你樂不樂意，今天我一定要跑滿十圈才罷休，李天吾在心裡知會了身體一聲，繼續拖著腿跑下去。後面的小久雖然已經被他甩開大半圈的距離，可也沒有要放棄的意思，有幾次李天吾已經快要追到了她的後面，可是每當李天吾想要拚盡全力，從她身邊跑過，再奉送給她一個混合著安慰感和優越感的眼神的時候，小久都拚命快跑兩步，使得李天吾對她的優勢始終保持在一圈以內。跑過了六圈，李天吾的皮鞋已經不可逆轉的成了另一種東西，鞋幫大大變了形狀，小石子殘忍的磨破了原本光亮的鞋尖，鞋帶四散奔逃，好像蛇髮女妖的頭顱，李天吾沒有力氣蹲下來把鞋帶繫好，只要蹲下去，就會如同看見蛇髮女妖的人一樣，變成石頭，再也起不來。李天吾十分清楚自己目前的處境，體力是不是足夠支撐到十圈很難說，不過再怎麼樣，也不夠再去分心做別的事情了。小久為什麼還不認輸這個問題，在快到八圈的時候已經不是問題啦，就像他自己一樣，小久一定是在等著他先倒下才一直支撐到現在。到了八圈之後，已經沒有任何可以阻擋他的事情啦，疲勞感麻木了他的神經，基因修改了給他的指令：既然你要跑，那就跑好了，跑完了腿要廢掉，你自己負責。雙腿似乎天生就是該跑步的東西，或者說，已經習慣作為跑步工具的雙腿沒有任何要停下來的意思。汗水也已經流乾，貼在臉上，貼在內衣裡，變成了鹽巴。肺也似乎在這個過程中，排出了堵在氣孔裡的污垢，長出了鮮紅的通暢的新肺葉。

「我真的以為，我會這麼跑著跑著就消失了。」第二個衝過終點的小久雙手扶著膝蓋，汗水順著額前的髮梢滴在塵土裡。

李天吾雙手扠著腰，環顧棒球場，除了他們兩個，一個人也沒有。他真想向所有觀眾們鞠躬，感謝他們的歡呼，也感謝他們見證了剛才史詩一般的對決。

「你還滿能跑的嘛，啊？」喘息了好一會，看見李天吾一屁股坐在地上，小久說。

「專程來到這裡跑步，不會只是要證明運動鞋跑不過皮鞋的吧。」李天吾小心的掩飾自己嚥唾沫的聲音。

「喂，你一個大男人，這麼說不覺得丟臉？」

「有一點，不過事實如此，我也沒有辦法。」

「我從來沒有跑過步。」

「不可能。從小到大的體育課你都在幹什麼？」

「坐在旁邊看別人跑。醫生不允許我跑步。」小久已經坐回看台上，臉上的紫色已經消退，也許不是消退，而是變淡了。

「什麼意思？」

「心臟。涉及到很多的醫學術語，什麼上升血管啊，什麼左心瓣啊，概括來說，就是先天性心臟病或者說我的心臟有些結構上的問題。這也是我父母離婚的原因之一。」

「治不好嗎，比如手術。」

「國小四年級的時候做過，現在裡面還有一個小機器在運轉，用電的，換過一次電池。帶著機器的心臟，聽說過吧，我是一個部分意義上的機器人，怎麼樣，酷吧。」

「不覺得，尤其是我現在才知道，你剛才隨時可能口吐白沫死在這裡。」李天吾脫掉鞋子，看著腳上的血泡，一個，兩個，三個，六個，六個血泡。史詩一般的對決竟然差點成了愚蠢的自殺行為。而且他用六個血泡的代價拚命戰勝的，竟然是一個心臟病患者。

「死不掉的，死這件事沒那麼容易，我只是想在自己徹底消失之前，試一下痛痛快快的跑步是什麼感覺。」

「什麼感覺？」

「很棒，靈魂出竅耶，你沒覺得？」

「一點沒有，告訴你，靈魂出竅已經和心臟病發作已經很接近了。」

「好啦，先不要生氣，趁我的汗還沒消，我們來照相吧。」

小久走回棒球場邊緣，雙手扠著腰，勝利者一般留下了第一張照片。

一邊走出棒球場，小久一邊倒弄著照相機。

「麻煩你下次好不好把我照得再大一點。」

「如果我把你照大了，你一定會說，麻煩你下次能不能把背景收得更多一點。」

「有可能。不過你還是要努力。」

「我的獎品呢，我剛剛想起來還有獎品的事。」

「這就去領。我帶你去找我的初戀。」

「這是什麼狗屁獎品？」

「我還沒有講完，見他之前，我們先去商場，送你一雙運動鞋。還有他可不是狗屁，他是我們龍山國小最厲害的男生。」

李天吾和小久趕到的時候，龍山國小最厲害的男生正在仁愛圓環附近幫老爸經營一家藥房。藥房和商場一樣，使李天吾找回了一點親切感，也許世界各地的藥房和商場都差不多，世界經濟體獨立決定了商品販賣的樣式，即是使商品無不具備了一種請你買我的表情。站在藥房裡面，環顧著繁體字的阿司匹靈，抗生素和奶粉，唯一讓李天吾有點彆扭的是腳上那雙紅色的New Balance跑步鞋，當你容忍了一個女生怪異的偏執感之後，無論怎樣，身上的紅色可是不能或缺的（雖然最後還是由他付錢，無論如何也不能讓認識不久的十八歲女孩給他買鞋穿，這是屬於他的偏執），你就應該承受其顯著的後果，覺得自己在用別人的腳站立和走路。

「嘉豪在嗎？」

「小久！哇塞！」穿著藥房制服、還看不出哪裡厲害的男生叫了一聲。

「是我！怎樣？」

「沒有怎樣，好意外而已。這麼多年沒見，能認出你也算我厲害吧。」男生從藥品叢中轉出來，一個很健壯的男生，臉上還有蓄勢待發的青春痘，很像美國電影裡那類樂天派男生的台灣版。李天吾發現他的左臂比右臂粗了一圈。

「生意怎麼樣？」

「馬馬虎虎，人們總要吃藥的嘛。只是當兵之前讓人家看店，自己去打牌，有點沒人性。」

「這是天吾，這是嘉豪，是不是要握手？」

李天吾剛想把手遞過去，嘉豪說，不用了吧，握手這麼瞎。李天吾才意識到，對喔，這是一個年輕人的世界，no country for old men。

「你要買什麼？如果是驗孕棒什麼的，我有幾款推薦。」

「喂，小心講話，這位是大陸的人民警察。」

「哇，厲害厲害，是來台灣辦案的嗎？抓什麼人回去那種。」

「不是，不過，也差不多。」李天吾盡量縮短自己的話，多說無益，他們兩個大孩子敘舊就好了。

「昨天晚上有人一身是血，來買抗生素和紗布，是不是有什麼問題，那人一看就是有背景的。」

「不是。我查的是其他事情。」

「我們藥房只有這樣的事情比較像警察能夠跟的樣子，其他的想不出了。」

「喂，人家不是來查案的，是陪我來找你的。不要纏著人家說不停好不好。」

「知道啦，那，我問最後一句好了，你們的警察是不是也像台灣警察一樣沒人性，臉很臭，只知道開罰單。我前陣子只是在停在計程車……」

「我是刑警，不太瞭解。」

「瞭解瞭解。那最後一句，紅色運動鞋很酷。」

幹！

「嘉豪，我問你，台北有沒有很高的教堂。」

「有啊，慈濟會和天主堂都不矮啊，有三層樓。」

「有沒有比１０１大樓還高的教堂？」

「怎麼可能？你第一天住台北啊？秀逗啦？」

「那沒關係。你想一下我們多久沒見啦？」

「國小畢業就沒見過吧，除非你在哪裡見到過我我不知道。」

「確實沒再見過啦。你還打棒球嗎？除了開藥房之外。」

「不打了，偶爾看看比賽，不過最近洋基隊爛透了，被老虎隊追了那麼多分。小時候確實是很愛玩，受傷之後就不打了，球丟不快。你一定想像不到，我老爸的這家藥房，簡直沒有……」

「等一下，你知道我為什麼來找你？」

「對喔，你為什麼來找我？」

「小時候我以為你會打進美國職棒的，你的左手指叉球那麼厲害。」

「那時候他們都叫我天才豪嘛，我也以為自己會打去美國，那種指叉球沒那麼難的，如果國中時候左肘沒有受傷，隨便就丟它一百個。」

「你知道那時候，我每天都坐在南門棒球場的看台上看你打球嗎？」

「怎麼會知道？你又沒講過。如果我一直盯著看台，球會丟到哪裡去了。」

「那換種方式好啦，你記得我嗎？」

「坦白講，我們雖然同校，但是對你沒什麼印象，你不愛講話，又不喜歡和男生玩，當然又沒有現在這麼漂亮，我只記得你叫小久啦，全名不記得啦，你全名叫什麼？方不方便再把電話留給我？」嘉豪用手撓著後頸上方的頭髮。

「不重要，不重要，我確實是小久就對了。我來只是想告訴你，你知道嗎，你是我見過棒球打得最棒的男生。」

「是喔？」

「簡直有讓死火山爆發的那麼棒。」

「死火山爆發？」嘉豪的臉也紅了，帶有一點點困惑。

「總之，你是我見過最棒的棒球手，那，以後一定會成為最棒的藥房老闆。」

「嘿，是喔，雖然我老爸這間藥房很沒人性，也許等我回來我會把它弄得更好一點。其實，賣藥沒那麼無聊的，你看這些可愛的小盒子。」令李天吾有一點意外，天才棒球手和藥店老闆的滿足感竟然這麼接近。

「那現在，你可不可以站過來一點，讓天吾給我們照張相。」

「照相？」

「是照相。怎樣，不願意啊？」

「等一下喔。」嘉豪跑上了樓梯。

他再次出現的時候，換了一身棒球服，戴著棒球帽，手裡拿著棒球和棒球手套，只是這身行頭看起來正打著慵懶的哈欠，似乎不情願剛剛從大睡中被喚醒。棒球手套上還有殘留的灰塵，好像博物館裡正在展出的古代盔甲，突然穿在了一個頑皮的現代人身上。

「小時候那身衣服已經穿不下了，這身是後來買的，一直沒機會穿，還很新，正好用來照相。不過帽子可是國小的哦，奇怪，腦袋竟然沒有變大。」

棒球帽上果然繡著龍山兩個黃色的字。

與李天吾按下快門幾乎同時，龍山國小最厲害的男生在安靜站定的小久身邊擺出了一個瀟灑的投球姿勢，嘴裡嚷了一聲：

「時光倒流嘍！」

第四章　存檔——2　後進生安歌

安歌轉入我們班的時候，也就是我認識她的時候，我們都是十六歲。她的父親是個鋼琴家，母親是個雕塑家，而她是個後進生，且後進的程度相當驚人。自從她高一下學期轉到我們班，我們班其他的後進生突然之間發現，原來真正的後進是這麼回事，就是全方位的後進，不給別人一點機會。據住在她家附近的同學講，她原本是一個普普通通的學生，在十四歲之前，也就是初中二年級之前，都沒顯露出放棄自己的天賦。在十四歲時，她的大腦受到過一次重創，關於重創本身，有幾種說法，一種是在皇姑區寧山口一個相對陡峭的下坡，她鬆開了自行車的車把去紮自己披在肩膀上的頭髮，撞上了路邊的書報亭，在琳琅滿目的雜誌和報紙中昏了過去。另一種說法是她的媽媽除了是一個享譽亞洲的著名雕塑家以外，還是一個享譽鄰里的家庭暴力者，一次用她爸爸放在鋼琴上用以教學的節拍器，狠狠地擊打了她的太陽穴，致使她昏迷了好多天，醒來之後就變成了現在的樣子。還有一種更全面的說法是，她撞上了書報亭之後，她媽媽一氣之下又打了她。其實她看起來很正常，據說她的父母領她去北京、上海做過全面的檢查，智力測驗也做了無數，結果全部指向她的大腦沒有一點問題。可奇怪的是，從十四歲開始，無論什麼樣的原因，她都義無反顧的成了一個後進生。而這些本應該和我沒有任何關係，一點關係都沒有。

就像她的家庭和她的關係一樣，我從某種程度上說，也是一個異數。父母都是大型電機廠的工人，一輩子負責在生產線上製造三層樓高的大型電機。我清楚的記得自己很小的時候，也許是七歲，也許是八歲，父親一次端著一杯三塊五毛錢的老龍口口杯對我說：兒子，這裡面才是我的家啊。看我沒有聽懂，便抬手給了我一個嘴巴。而母親那時正在廚房裡，站著吃前一天的剩菜。而這些，包括酗酒最可怕的朋友，謾罵和暴力，都沒能阻止我成為一個不算太差的學生。在小學五年級的時候，我便基本上掌握了一套對付考試的方法，只有語文這個科目我無法完全掌控，尤其是作文，到了高中的時候，雖然其他科目隨著年齡的增長日益精進，作文卻還是停留在使用小學時的詞彙講一個無法自圓其說的故事的程度，這也是限制我成為頂尖選手的唯一因素。同樣不可否認的是，我不算聰明，不是那種老師一點就透，然後可以隨心所欲的玩耍的學生。我極其用功，到了類似於一種苦修的程度，具備這樣的能力不得不為父親酒後對待我的方式記上一點功勞，即是我從小便被迫養成了對自己殘忍的能力。

所以，非常容易理解，當老師宣布，我和安歌即將在五分鐘之後成為同桌的時候，我的憤怒失去了控制。我大聲說：老師，我不和她一座。老師說：到底你是老師還是我是老師，不服就他媽的趁早給我滾蛋。我們的老師是一個女孩子，比我們大不了多少，可是一旦激怒了她，使她罵起人來，你就會相信，儘管髒話大多數是男人發明的，可是只有到了女人嘴裡才能產生最大的殺傷力。她罵人的技巧之妙，在於她可以一邊不停說出髒話，一邊用眼睛傳遞著弦外之音。那天的弦外之音就是：如果你聽話，你還是我的好學生，錯不了。於是我說：和她一座可以，但是如果有一天她受不了了，可不能怪我。老師說：把嘴閉上，趕緊搬吧。

安歌在上課的時候有三大愛好：看小說、聽音樂和演啞劇。最後一項是前兩者的衍生品。臉上的表情隨著手上的書頁和耳機的旋律起著變化，微笑，嚴峻，感動，沉重，雖然她把這些表情所能連帶發出的聲響降到了最小，幾乎可以忽略不計的地步，可是光是她沉默的在我身邊表演各種表情就夠受的了。到了第三天，我終於忍不住和她說了話：哎，你哭什麼？她抬頭看我，臉上還有淚珠，說：我哭了嗎？我說：自己摸摸，哭了都不知道，看什麼呢？物理老師在講台上正講著雙縫干涉的原理，我一邊想聽光的波動性質，一邊想知道身邊這位哭個什麼勁，這種矛盾反映在臉上，就是一種混合著好奇心的怒氣沖沖。她說：一本小說。我放棄了光的波動性質，說：那都是假的，妳也信？她說：這書的作者說過，對了，是引用別人的話，強勁的想像產生現實。我說：胡說，想像怎麼可能變成現實。她說：我覺得這裡面涉及到，很難講，可能涉及到對想像和現實的定義。不過也可能你說的對。我說：作者還胡說了什麼？她用手抹了一把臉，瞄了一眼老師，把書放在膝蓋上，小聲念道：一九六五年的時候，一個孩子開始了對黑夜不可名狀的恐懼。我回想起了那個細雨飄蕩的夜晚，當時我已經睡了，我是那麼的小巧，就像玩具似的被放在床上。屋檐滴水顯示的，是寂靜的存在，我的逐漸入睡，是對雨水水滴的逐漸遺忘。應該是在這時候，在我安全而又平靜地進入睡眠時，彷彿呈現出一條幽靜的道路，樹木和草叢依次閃開。一個女人哭泣般的呼喊聲從遠處傳來，嘶啞的聲音在當初寂靜無比的黑夜裡突然響起，使我此刻回想中的童年的我顫動不已。安歌的聲音輕柔平穩，就像是湖面上的風，吹拂在黑夜裡飄蕩的孩子的髮際。我十分確定就是那個時刻，小說這種東西以其自身的樣子出現在我面前，不是如同語文課本上那些，以等待解釋的姿態出現，而是以單純的等待閱讀的樣子出現了。可我當時並沒有意識到這一點，我問了一句：使我此刻回想中的童年的我顫動不已，這是個病句不？她說：我覺得不是。是現在的我看見了童年的我。我極想同她就此展開爭論，之所以我閉上了嘴，一個是因為物理老師已經注意到我們，我用餘光接收到了他眼神裡暗含警告的波動性質；一個是因為我的小說知識太過匱乏，一旦糾纏起來怕是討不到便宜。我只是說了一句：修改病句是一道兩分題，然後就面向黑板繼續聽課了。

她從不主動和我講話，我將此理解成，對我在所有人面前拒絕和她同桌的報復，而且這種報復進行得十分徹底，因為她不像其他的同桌那樣經常有求於我，讓我講題或者在平時的測驗中，把捲紙向旁邊靠一靠。她毫無這方面的需求，而且我對此的回應，即拒絕認錯和拒絕主動和她講話，似乎正合了她的意。她可以更徹底地沉浸在自己那三個愛好裡面。所以當我忍不住在那天和她講了話之後，我的自尊心在一瞬之間被好奇心打敗了，並且隨即認識到一個十六歲男孩的自尊心是多麼虛無的東西。她的啞劇表演成了我除了捲紙上的題目之外最想要解答的謎語。在她一個又一個平靜的答案滿足了我的好奇心並且開闊了我的視野之後，我主動向她承認了我的錯誤。我在一個下午的自習時間說：你應該要有一支2B鉛筆。她說：我不用。然後閉上眼睛繼續聽她的CD，SONY CD機放在桌堂裡，白色的耳機線隱藏在頭髮之中。我從書包裡拿出一支新的2B鉛筆削起來，等到我幾乎把筆尖削成了凶器的形狀，她也沒有發現我正在卑微地為她削著鉛筆。我只好推了推她的胳膊，把鉛筆放在她面前說：給你。她看了看鉛筆說：謝謝你。我說：不用謝，不費什麼勁，但是考試用得著，別的鉛筆塗的答題卡機器不識別。她說：我可以用它畫畫嗎？我說：它是你的鉛筆你說了算。她說：那好。然後又要閉上眼睛。我趕緊說：上星期我說的話，你別放在心上，我是和老師嘔氣來著。她說：上星期你說什麼啦？我說：我說我不想和你一座，其實無所謂，就是為了殺殺她的威風，誰讓她老用粉筆扔我們。她說：你不願意和我一座也沒什麼錯。你成績那麼好。我感覺到害臊得厲害，好像光著屁股被人看見，那人還說，你光屁股有什麼不對，屁股長得這樣圓。我說：你沒明白我的意思，我真的、真的不是不願意和你一座，你也知道，班裡的風氣就是這個樣兒。她說：知道啦，你真的真的不是不願意坐在我旁邊。我說：還有，我從來沒替同桌削過鉛筆。她說：真的？我說：千真萬確，我自己的鉛筆都是我媽給削的。她把桌面上的那支鉛筆放在了文具盒裡，說：那我會照顧好它的。我說：那能不能以後，有什麼話就說，別搞冷戰。她說：什麼是冷戰？我說：就是像小屁孩兒似的，憋著不說話，誰先說話算誰輸。她說：我沒有啊。我說：那你幹嘛老不說話？她說：我只是沒那麼多話想說。你要聽聽音樂嗎？說完摘下了左邊的耳機。我說：什麼音樂？她說：莫札特的《安魂曲》。我說：好，莫札特，安魂曲。我不知道自己是什麼時候睡著的，醒來的時候兩個耳朵都插著耳機，SONY CD機放在我的桌堂裡。窗外一片漆黑，夜晚來臨，安歌已經不見了。

安歌雖然從不聽課，但是很少曠課，也很少遲到，即使在感冒發燒的情況下，也都安靜地從早上七點坐到晚上六點，似乎按時上下學之於她，是一種必須要完成的儀式。在高二開學不久的一天，她沒有來。原因是她在家裡切水果的時候，不小心割傷了右手的食指，傷口之深，就算後來痊癒了之後留下的傷疤看上去也像是摘掉戒指留下的淺色地帶。恰巧那天，安歌的媽媽來到了學校，為學校正門的一尊雕塑揭幕，雕塑的內容是一位看上去普普通通的女老師正在彎腰為一個看上去普普通通的男孩子插上翅膀。事實上我第一眼看去，以為是什麼人在給那孩子的後背動一個手術。安歌的媽媽是我見過最年輕最有風度的媽媽，身材高䠷，穿著灰色的風衣，脖子上圍著紅色格子的圍巾，兩隻大手垂在身側，整個人本身就像一尊雕塑一般。第二天安歌右手裹著紗布，按時來到了我身旁的座位坐下。我嚇了一跳，說：手怎麼了這是？她說：切水果溜號了，切在手指上。我說：你可真是溜號的專家啊，昨天的事兒？她說：嗯，昨天早上。我說：你知道吧，昨天你媽媽來了，我們都看傻了，校長好像比她老了三十歲。她說：知道，我媽媽喜歡打扮。我說：不是不是，是那個氣質。她說：嗯，我媽媽是有氣質的。我看今天不太適於聊天，就住了嘴開始寫練習冊，寫了幾頁化學判斷對錯題，我突然說：你是左撇子？她說：不是。我說：你切水果用哪隻手？她說：我忘了。我說：你是故意弄傷自己的，對吧。她把耳機插在了耳朵裡，我伸手把耳機扯下來，說：你幹嘛要弄傷自己？她說：我忘了。我把耳機放回她的耳朵，她的耳廓冰涼，我撒開手之後說：隨便你。

新一輪的「看誰先說話」遊戲開始了。雖然父親酗酒這件事，某種程度上也是一種自我傷害，雖然當時我只有十六歲，可我認為我完全具備了瞭解他的能力，他曾經有著清澈的頭腦、深厚的家學和茁壯成長的求知欲，他會做能飛到雲端的大風箏，會用毛筆寫漂亮的蠅頭小楷，若不是爺爺加入了國民黨，在東北失守、華北失守、南京失守之後，把妻兒拋下，從青島上船獨自逃到台灣，他本可以得到機會成為他那個年代最優秀的一撮人，可是一切都因為爺爺的問題而灰飛煙滅了。他成了他本不應該成為的工人，娶了他本不應該娶的饅頭鋪家的女兒，生下了一個他本不應該生下、和他性格完全相反的兒子。終於他義無反顧成為了一個酗酒者，和之前所有際遇一樣，都不是他的責任。所以他選擇繼續成為一個酗酒者，放棄所有清醒的時光和所有責任。這種自我傷害，更準確的說，是一種自我憐憫和自我陶醉。之所以會想到這些，是因為我發現安歌是一個和他完全不同的自我傷害者。安歌為什麼要傷害自己，在「看誰先說話」的遊戲進行中的時候，我反覆思索，甚至導致了罕見的上課溜號，終於我認為我找到了答案，就是她除了傷害自己，無法表達，她對於她無法抗拒的事實的抗拒。

當這個答案浮出水面的時候，我結束了這個遊戲。一堂政治課之後，我一邊從書包裡拿出下一堂課的課本，一邊說：你想沒想過，如果你成績很好，你在父母面前就可以站直了說話。沒有任何對遊戲本身的尊重，她搖搖頭說：沒用的，在他們面前我永遠站不直。我說：為什麼？你又不是沒有腿。她說：因為我永遠成為不了他們，達到他們的成就，家裡容不下那麼多的藝術家。我說：你不是很愛看小說，也愛聽音樂？她說：我只懂一點欣賞，欣賞而已，不能創造。我說：那你可以當個評論家啊。欣賞完了說出個四五六。她說：欣賞和評論是兩回事，我只知道這個東西美，但是說不出來為什麼。我只能把小說念給你聽或者把音樂放給你聽。別的什麼都不會。我爸說我是個廢物。我說：人總有擅長的事情，你也肯定有。只是你沒有發現。她說：我沒有。我說：好好想一想。她想了一想說：也許，我會修理東西。我說：修理東西？她說：不知道算不算，我家裡的東西壞了，我就偷偷把它們修好，我父母一直以為我們家的東西永遠都不會壞。我說：對啊，也許你以後可以成為世界上最棒的修理工。她重複了一遍我的話：世界上最棒的修理工。我說：是啊，世界上沒有你修不好的東西。她拿眼睛看著我的眼睛說：聽起來真不錯。

因為安歌一天到晚老是彎著腰，而且頭髮留得很長，劉海和耳邊垂下的黑色直髮遮住了大部分臉龐，所以如果不用心觀察，就很難發現在她似乎永遠睡不醒的表情後面，是一張相當迷人或者說相當性感的臉。這張臉的迷人或者性感之處在於，她並不覺得自己的這張臉孔有多麼特別，或者說以一種真摯的自卑感給這張臉孔注入了個性，這種個性在我無法看到這張臉的許多年之後，終於能夠相對準確的概括：在最青春的年紀卻自甘凋謝使她的臉有了同齡人無法具備的寧靜之美。不知道是幸運還是不幸，在我十六歲的時候，已經先於其他人感覺到這種美麗的衝擊，在其他人還在私下裡嘲笑這個科科不及格的啞巴一樣的普通女孩的時候，我已經在夢裡多次吻上了她的嘴唇。我的成績在悄然下滑。全仗著多年間和考試搏鬥的豐富經驗，我的成績才沒有一下跌落到成為學校新聞的地步。

而在這期間，她修好了我沉睡多年的電子錶和媽媽剛剛壞掉的半導體，並且據她說，再次縫好了她床上那隻胳膊經常掉下來的小熊。她床上的小熊，當她說出這幾個字的時候，一股熱浪衝上了我的額頭。我幻想著自己變成她床上的小熊，在月亮出來的時候變回我自己。雖然我的科學知識還難以具體的告訴我，該如何完成侵犯。幾個老師輪番找我談了話，希望我的成績持續不斷的下滑只是為高三的真正衝刺調整出來的一個小波動，而不是一個優等生無可挽回的隕落。即使是在老師和我談話的時候，那幾個字，床上的小熊，還是在我腦中回響，我終於明白了那個作家的話，那是真的，強勁的想像產生現實。

在一個傍晚，彩霞就在窗外，而我和安歌的座位就在窗戶裡面。馬上要進入高三，放學時間延後到晚上九點，秋日裡漫天的彩霞終會消逝，迎來的是漫長的晚自習時光。校園的操場上沒有一個人，只有落葉貼著地面跌跌撞撞的飄蕩。籃球架上的籃筐只剩下鐵圈，好像手銬一樣把籃板鎖在它的身邊。安歌偶爾抬眼看看窗外的彩霞，偶爾低頭繼續修理我的一支壞掉的鋼筆。那支鋼筆是小時候姑姑送給我的，我用了好多年，筆尖已經無法正常閉合，稍一用力，紙上就會洩出一片鋼筆水。姑姑是我學業的主要資助者，或者說接近於唯一的資助者。她比父親大十二歲，同屬羊，爺爺逃走的時候，帶來的唯一消息就是給她的。消息寫在一張軍用的便簽上，姑姑說，雖然看出寫得匆忙，可多年修習魏碑和多年的軍旅生涯，使爺爺的筆跡在任何時候都有著遒勁的力道。便簽上寫著：雅春，我軍現已潰敗，我即將於青島上船，刻不容緩，前方何處，說法甚多，猶未可知。你們母親不在已久，此亂世只有靠你擔起責任。老宅中字畫當可變賣。不日我便回來。父。雖然這張便簽在文革的時候已經填了灶坑，可姑姑記得其中的每一個字。她說，也許是她沒有理解「不日」兩個字的含義，原來「不日」是沒有那麼一天。姑姑從北大荒回來，嫁到了S市旁邊的小城J市，當年遼瀋戰役的勝負手，做了一名護士。生活還算如意，退休之前已經做到了護士長，住在J市中心的一棟幽靜的小樓裡，鄰居都是醫院退休的教授和副教授。隨著時光流逝，超過爺爺杳無音信，父親，這個當年全家最為疼愛的小弟弟，已經成為她人生最大的創痛。她選擇了我，我父親的唯一兒子，作為她「在此亂世擔起責任」的延續。所以我自從九年義務制教育結束之後，也就是隨著我考上城市裡最好的高中，我的經濟基本上從家裡面獨立出來。姑姑每年開學，都從J市坐火車到來，把這半年所需的生活費和學費交在我手上。她完全洞悉了我家的組織架構，把錢交給我父親肯定是不可行的，他會證明由錢到酒之間的距離是多麼微小，簡直可以忽略不計；把錢交給我母親，她的軟弱只會為由錢到酒的距離前面添加一次簡潔有效的打擊，而打擊本身恰好可以充作父親喝酒之前的開胃菜。她只有選擇把錢交給我，她知道我雖然還是個孩子，可是抗擊父親的能力已經不容小覷，誰也別想拿走我用來念書的一分錢。

就在教室裡的三排日光燈依次亮起的時候，我對安歌說：我會捍衛你。她說：你的鋼筆修不好了，筆尖再也不能用了。我說：無論如何，我都會捍衛你，請你相信我。她說：你為什麼要捍衛我？我說：我不知道。我只是想告訴你，如果你掉進水裡，即使我不會游泳我也會救你，如果有人傷害你，即使我賠上性命，我也要傷害你的人受到比你厲害十倍的傷害。她又一次拿那雙深井一樣的眼睛看著我，而這次我相信我聽到了一點井底嗚咽一般的水聲，她說：我也會捍衛你。我說：你是因為我這麼說了才說的嗎？她搖搖頭說：這件事我前一陣子就知道了。如果你受了傷害，我沒有能力去幫你報仇，我膽子太小，但是我可以把你修好。我說：如果我像這支鋼筆一樣，再也修不好了呢？她說：你不會的，你的生命力很強，總會被我修好的，而且這支鋼筆……她把我的鋼筆放在了她的文具盒裡，說：我忽然想到，我可以回家為你換上一個我的筆尖，我有一支筆的墨囊壞了。

之後，又是幾天的默契一般的沉默，似乎關於相互捍衛的盟約從來沒有發生過，我們又像是陌生人一樣並肩而坐，我搞不懂為什麼如果我不說話，安歌從來不主動和我說話，似乎她在世界上的主要任務就是回答，而不是發問。越是這樣，她越是頻繁的來到我的夢裡，然後在清晨無論我如何挽留，甚至流下眼淚，也要從我的夢中走出去。來到高三之後，我的日漸消瘦和成績下滑終於成為新聞了，就連我很少清醒的父親，都聽到了風聲，並且在一天我放學之後，鄭重其事的揍了我一頓，然後說：不愛念就給我回家，錢是這麼花的嗎？在把我的書包大頭衝下倒了個乾淨，在文具盒裡、在書頁之間沒有發現一分錢之後，他又狠狠地照我屁股踢了一腳，然後穿上衣服走出了家門。我媽媽這時候走過來，扶我起來，說：你的老師今天把我找去了。我說：知道。她說：她說你忽然之間變成了另外一個人。我忍住眼淚，我從小到大忍住的眼淚也許可以裝滿一個湖泊，說：媽，無論我以後怎麼樣，我都會孝順你的。她擦了擦眼淚說：我知道，我只是告訴你，如果你要變成和你爸爸一樣的人，你最好現在就告訴我，不要讓我最後一個知道。我說：我不會的，我只是有點累了，歇歇就會好。媽媽相信了，她就是那麼喜歡相信人，我爸爸的一句：明天不喝了，去找個打更的工作，讓她相信了二十年。她幫我鋪好了床，說：累了就睡會，醒了我給你下一碗麵條。

第二天我沒有回家。第二天是考試日，高三的第一次模擬考試，我知道自己將又一次刷新自己成績的最差記錄。我突然決定晚上不回家，而我知道我一旦這麼做了，等待我的將是一種生活的徹底消亡，可是我沒有辦法不這麼做，不回家，睡在一個不是家的地方，睡在沒有人認識我的世界裡，是我當時唯一能想到的、讓自己開心一點的辦法，一次短暫的逃亡。在那天考試之後，安歌像往常一樣，把ＣＤ機、課本、文具盒一點一點整齊的放在書包裡，好像一個家庭主婦在整理自己的廚房。我說：今天我不回家了。她說：你去哪裡？我說：還不知道，在附近走走吧。她說：那明天見。我說：明天見。我不會用電腦，錯過了過去兩年風靡學校的電子遊戲，去網吧度過這樣一個夜晚，只會對著一個全然冷酷的天藍色電腦介面發呆；我還未滿十八歲，沒有任何一個賓館會讓我入住，除非我會說謊，編造一個對於我來說十八歲以上的人才會編出來的謊言，所以我最終選擇了學校附近的南湖公園的長椅躺下，枕著掏空了書本的書包看天。九月的楊樹林上的天空沒有一片雲彩，只有透明的天空本身，安歌的書桌上曾經放了一本日本人寫的小說，繁體字版，好像叫作《接近無限透明的藍》，那無限透明的藍就是當時那個天空的樣子吧。我努力想像這天空的背後是什麼，除了無數的星辰，無數的塵埃，天空的背後恐怕還是天空。我忽然想到天空也許就是這樣的東西，任何比喻都無法將它很好地形容，描述天空最好的方法就是：你看，那裡什麼都沒有，那是天空。在躲過了幾次公園管理員的巡查之後，在看過了幾群烏鴉呼喊著從寂靜的天空飛過之後，天空消失了，黑夜從四面八方來臨。我扣好外衣上的鈕扣，雙手抱住自己的肩膀，準備入睡。在抱住自己的時候，我發現，我瘦得是這麼厲害，曾經圓廓的肩膀現在已經能夠用手清楚的觸到每一塊骨骼。在入睡之前，我再次回想了一遍那些天來我不斷向自己提出的問題：為什麼我的身上會發生這些，這些困惑曾經離我那麼遙遠，而我也曾經確信即使有什麼人把這樣的困惑端到我面前，我也會咳嗽一聲，然後低頭解答另一道解析幾何題。而現在，我深陷於這樣的困惑之中，沒有人能夠解救我，我目睹著自己正在變成我曾經最為厭棄的那種人，並且在這個過程中得到了意想不到的快樂。我不禁說出聲來：這到底是他媽的怎麼回事兒？而這句話在過往的幾個月裡，正是我的老師多次指著我的鼻子問我的。在又一次沒法給出合理的答案之後，我決定閉上眼睛，忘掉這些超過我思考能力範圍的疑問，只是用心感受秋天長椅的木板傳遞到我後背上的堅硬和涼意，迎接人生第一次自由的睡眠。

這時在黑暗中，一個瘦削的人影在向我靠近，我以為公園管理員憑著直覺又來騷擾我這個業餘流浪漢了，正想要翻身拿起書包躲進楊樹林裡，安歌已經輪廓清晰的出現在我面前。「和我想的一樣。」她把書包放在長椅上。「我能坐下嗎？還是你要繼續睡覺。」「請坐。」我的心開始狂跳。她一邊從書包裡向外拿東西，一邊說：「我給你買了點麵包，不知道你喜歡吃哪一種，所以我把自己最喜歡吃的三種都買了。」然後她拿出了兩罐啤酒，說：你喝酒嗎？我說：不喝，我看你喝就行，我習慣看別人喝酒。她點點頭，又拿出一包煙，牌子是「紅雙喜」，上海捲煙廠出品，在鮮艷的「喜」字底下，寫著：吸煙有害健康，盡早戒煙，有益健康。「你也不抽煙，對吧？」我說：「不抽，二手煙我不介意。」她又點點頭，好像我的每一個答案都在她意料之中。在暮色裡，我看著她平靜的臉，和我所熟悉的那張臉上慣有的全無所謂的表情，我發現雖然我曾經信誓旦旦的宣稱要用自己的生命去捍衛她，可事實上，我在她面前更像個孩子，而她似乎已經深諳成人世界的規則，或者說，站在成人世界的門口，看著我搖搖晃晃向她走來。她打開了一罐啤酒，用嘴堵住正在溢出的泡沫，然後說：嗯，味道還不錯。我說：給我喝一口。她說，你剛才說不喝。我說，剛才是剛才，現在想喝。然後我學著她的樣子，拉開了啤酒罐，堵住泡沫，冰鎮啤酒的味道像一隻冰冷的手穿過我的頭髮，我一口氣喝掉了大半罐，然後發覺自己來到一種美好的狀態，覺得眼前的一切都讓人欣喜，樹林讓人欣喜，長椅讓人欣喜，夜晚的涼意讓人欣喜，安歌的突然到來讓人欣喜。她說，感覺怎麼樣？我打了一個嗝，笑著說：很好，很高興。她說，我也是第一次喝酒，感覺和水差不了多少。我說：你要喝一大口才行。她學著我的樣子，把啤酒罐舉高，喝乾了整罐，等了一會，說：這回好像有點不一樣了，好想唱歌。我擺手說：唱！她說，不，我今天不是來唱歌的，我是來，她用手撥開黏在嘴巴旁邊的頭髮，我是來捍衛你的。我又擺擺手，不知道為什麼那個時刻突然熱愛起擺手來。我說：好啊，你來捍衛我，我還真是太需要捍衛了。她笑著說，我的印象裡，那是她第一次衝著我笑，一個孩子應有的笑容：一個人不夠，就兩個人，無論有什麼事，兩個人足夠了。我把腦袋向後仰，搭在長椅的靠背上，衝著天空說：那還用說，肯定夠了。她也學著我的樣子把腦袋仰過去，只不過她的頭髮比我長，好像麥穗一樣垂在我旁邊，她說：你知道我要怎麼捍衛你嗎？我說，不知道，說來聽聽。她說，就像我說的，我要把你修好。我說：你知道我哪壞了嗎？她說：知道一點，現在我可以開始修了嗎？我說：來吧，我準備好了。她拉住我的手，用她的手指扣住我的手指，說：我在看一本書。我說：什麼書？她說：一個女作家寫的書，裡面有一首聖詩，應該是唱的，可惜書上只有文字，沒有音符，我們一起來念，好不好？我說：那還用說，好極了，我們一起念。她說：我念一句，你念一句，現在開始。然後她低下頭，我也低下頭，跟著她，跟著她的手，跟著她的聲音，念到：大山可以挪開，小山可以遷移，但神對人的大愛，永遠不更易，祂使過犯離我，遠似東離西，祂使慈愛臨我，高如天離地，被壓傷的蘆葦，祂總不折斷。將殘滅的燈火，祂總不吹熄，天上飛的麻雀，一個也不忘記，野地生的小花，妝飾多美麗。日頭照耀好人，也照耀歹人，降雨賜給義人，也給不義人；這愛長闊高深，一視皆同仁，但願萬人得救，不忍一沉淪。

念完了，她說：感覺好一點了嗎？我說：還可以，「祂」就是「神」，對嗎？她說：應該是的，祂就是天父。我說：天父就是上帝，就是基督耶穌，就是外國人信的那個萬能的主，對嗎？她說：應該是。我說：我不信。她說：你不信什麼？我說：我不信祂能做那麼多的事。你信嗎？你信這個，信祂無所不能？她說：我不知道，我也不是基督徒，我只是覺得這首聖詩很好聽，念了之後心情會好起來。我說：我沒好，而且就算詩裡說的都是真的，我也覺得祂不怎麼樣，降雨賜給義人，也給不義人；這愛長闊高深，一視皆同仁，但願萬人得救，不忍一沉淪，我不能接受祂這麼濫用好心，不義的人為什麼要得救？就像有的人，他活該應該受罰，他這輩子除了讓別人難過，什麼也沒做，如果上帝救義人，就不應該救他。我認識這樣的人。她說：你怎麼能確定，誰是義人？你是嗎？我喊道：我就是，我他媽的就沒幹過壞事。她說：你好好想想。也許我們都是不義人呢。我想了想說：你是不義人嗎？她說：我覺得我是。我說：為什麼？她說：沒什麼，我說過我夢見過你嗎？我說：沒有。她說，我把我的夢講給你聽聽，也許你會好一點。想聽嗎？我說，想，我也夢見過你，一會講給你。她認真思索了一下，用一種近乎完全喪失了感情的語調慢慢講起來：

在夢裡頭，只有我們兩個人，坐在一條小船上。船沒有槳，也沒有帆，我們坐在上面，隨著海水飄蕩，看不見陸地，看不見島嶼，四周只有綿延向天際的海水。陽光照耀著海水，也照耀著我們。我們拉著手，看著對方微笑。不知從哪裡飄來了歌聲，歌詞我還記得：

藍藍天空銀河裡
有隻小白船

船上有棵桂花樹
白兔在遊玩
槳兒，槳兒看不見
船上也沒帆
飄呀，飄呀
飄向西天

直到天色晚了，遠方的天空消失了，海水和天空一起變成了沉重的黑色。歌聲停止了。這時海水從船底滲進來，不知道什麼時候，船底有了一個小洞，海水就是從洞裡鑽進來的。船在下沉，水漫過了我們的膝蓋，我求你帶著我趕快逃走，你說你不想逃走，你只想像現在這樣，一點也不想改變，即使我們一同沉下海底。船終於翻覆了，在翻覆的一瞬間，我抓住了你的手，另一手抓住了船舷。我知道，再等一會，我們就會和木船一起沉沒，除非只留下一個人。這時在視野裡最遠的地方，在遙遠的海面上，出現了一枚燈火，那燈火如此微弱，如此高遠，不知是從天下降落下來，還是從海底升騰而上。在燈火的下面，是一座島嶼。我告訴你，要抓住船舷，海水會把你送到那座島嶼上去。你捨不得我，抓住我的手不鬆開。我告訴你，如果讓我離開，有一天我會回來，如果你不放手，你就會永遠失去我。說完我推開你，爬上了船底。海水把你一點點沖遠，向著燈火而去。你向我揮著手，讓我趕快回來找你。我看著你在海面上越來越小，終於消失，然後我閉上眼睛沉入了海底。冰冷的海水包圍了我，在我失去意識之前，在我徹底死去之後，我還沒有忘記你。

講完了之後，她從我手中把她的手抽回去，然後看著我說：很無聊是不是？我說：不是。她說：不許撒謊。我說：我沒撒謊，聽得入迷了。她點點頭，說：你的夢呢？我說：我的夢。她說：對，你的。我不看她，看著面前一棵一直沉默不語的樹，樹葉好像千萬隻耳朵，說：我的夢，是你把手放進我的褲子裡，夢見了不知多少次。她說：你剛才認真聽我講的故事了嗎？我說：很認真，幾乎可以原封不動的再給你講一次。她說：那就好，我們現在幹什麼去？我說：我想你把手放進我的褲子裡。她說：我不相信你這麼想。然後她站起來說：我得回家啦。我說：好吧，雖然你沒有兌現承諾，但是我還是謝謝你。她說：我沒有兌現承諾嗎？我說：是，你沒把我修好。她說：如果我答應你，也許你會壞得更厲害，我有預感。我說：我的預感正相反，我會捍衛你，我不會食言。她說：我也沒有食言，我能做的已經做了，剩下的事需要你自己來。我拉住她的手，把它放在自己雙腿之間，說：求求你，幫我一次，然後我就又是一個好學生了，我保證我再也不會有什麼妄想，只要你幫我一次。明天開始我就會用功讀書，我有這個把握，一個月之後我就會恢復，我會念中國最好的大學，我會想你，但是我們不會再見面了。她說：你確定嗎？這就是你現在想要的？我說：我確定，就是想要這個。但是我又不知道，我不知道你該怎麼弄，我是說具體的。她點點頭，我明顯地感覺到，她知道。她重又把書包放下，蹲在我兩腿之間，拉開我的拉鍊，長髮落在我的大腿上，在掏出那隻因為等待了太久，已經過分勃起，幾乎紅腫的陽具，在把它放在嘴裡之前，她說：答應我，不要弄在我嘴裡。我爽快地答應了，然後我食言了，她的技術純熟，而我一觸即潰。

她咳了一陣，說：我得走了。我抓住她的胳膊說：讓我抱抱你。她搖搖頭說：我知道你想幹什麼，但是我得走了。我加大了力度，指甲摳進她的肉裡說：你不知道我想幹什麼，我只是想抱抱你。她努力掙脫了我，把書包背在肩上，說：我重要嗎？我站了起來，說：你是我最重要的人。她說：那你會聽我的話嗎？我走近她說：一定，除了今天。她說：那就好，我還是相信你。明天開始，你就向著燈火走，不要回頭。我說：我不明白。燈火在哪？她重複了一遍說：你向著燈火走，我會回來找你，如果你停下來，我就真的消失了。為了我，你也要向著燈火走，行嗎？我說：我答應你，現在可以抱抱你嗎？她說：你會變成你想要成為的那種人。有人來了。我渾身一震，她頭也不回的沿著公園裡的石子路跑掉了。

安歌的失蹤造成了班級裡一段時間的恐慌。在我十幾年後翻閱卷宗的時候，我發現安歌失蹤案的來龍去脈幾乎和那時候同學間的傳言如出一轍。警察開始認為，這是一起這座城市經常發生的青春期少女離家出走事件，原因可能是早戀，與父母關係不睦，學業壓力過大，或者乾脆概括成青春期抑鬱症，而這些都經常會和後進生有關。不過，隨著一個星期兩個星期然後一個月過去，這起失蹤案變得不那麼簡單了，安歌幾乎沒有帶走任何衣物，離開家的時候也許只背了平時上學用的書包，和每天睡覺時摟在懷裡的玩具熊。幾乎沒帶任何現金，沒有留下隻言片語，也沒有和任何人透露去向。警察於是傾向於更嚴重的可能，也就是青春期抑鬱症最極端的結果，自殺。可是又一個月過去了，在這期間，S市發生了三起少女自殺事件，兩個跳樓而死，一個在賓館喝乾了一整瓶葡萄酒之後割腕，不過三個人都不是安歌，在慘劇發生後不久，屍體就被家人認領走了。安歌的父母甚至和警察一起趕到那兩個跳樓喪生的女孩兒的家裡，去確認是不是有誰搞錯了，畢竟摔碎了腦袋的屍體不是那麼容易辨認。可事實是，即使面目全非，父母還是一眼就能認出死去的是不是自己的女兒。警察在安歌父母的督促下，排查了全國一個月裡面因為各種原因死亡而無人認領的屍體，沒有安歌。警察只好懷疑最壞的一種可能，他殺，凶手就在安歌身邊，並將屍體做了毀滅性的處理。首當其衝的，是她的母親，也許警察也注意到了她那雙有力的大手，若是持有趁手的凶器，足以將自己的女兒一擊斃命。而且據鄰居反映，安歌的母親性格很不穩定，尤其是在創作的瓶頸期，除了和鄰居吵架，也會因為一些小事痛毆安歌以驅散自己心頭的不安。有可能是在某一次施暴的過程中，失手將其打死，然後在驚恐中如同雕琢一個作品一樣小心地毀屍滅跡。不過，在安歌失蹤的那天，她飛去上海籌備自己從藝二十年的個展，再大的一張手也很難從上海一掌打回S市。緊接著警察也排除了她父親的嫌疑，雖然他承認曾經對自己的女兒（經過進一步調查還有他的四個學生）進行過一些性上面的「探索」（嫌疑人口供），不過他小心的避過了和未成年發生性關係的相對嚴重的罪名，而是僅限於玩弄、口交和強迫受害人觀看其手淫這樣的程度。在案發當天，她的父親因為和音樂學院的老同學聚會而醉酒，在洗浴中心度過了一夜。在她父親的口供裡記載著：我為什麼要殺她，如果她對我有用而且又不會說出去的話。之後警察又調查了她的鄰居，也曾經找到我們班的老師和幾個同學做了問詢，只有一些例行公事的記錄，沒有其他的進展。

自始至終，沒有人找到我。雖然我和她同桌，不過很少講話。在同學的眼裡，我們更是連普通朋友都不是。安歌是獨自去公園找到我的第二天失蹤的，我是最後見到她的人，不過除了我，沒有人知道。警察只知道安歌那天回家很晚，比應該到家的時間晚了兩個鐘頭，他們不知道為什麼看起來不遠的路她走了這麼久，因為沒有人看到她去了別的地方，當然除了我，沒有人能給出答案，而我選擇沉默，因為我不知道我該如何解釋我的行為，我差點抓住她，把她拖進自己的身體底下。我不清楚那是一個什麼罪名，但是至少我會徹底被當成敗類，老師和同學也就找到了我成績一落千丈的答案，父親的皮帶倒沒什麼可怕，母親的眼神我該怎麼面對。不要讓我成為最後知道的那個人。於是在她失蹤之後，我便只能反覆告訴自己，即使告訴警察那天晚上的事情，他們也不可能找到她，找到她的一定是我，我本身。毫無疑問，這是她賦予我的權利、愧疚和使命。

在她失蹤了十六天之後，我接到了她寫給我的信，信封上沒有發信人，直接寄到了我們的學校。從郵戳看，信是我們在公園分開的那晚寄出的，更準確的說，應該是她離開我之後，在路上，也許是坐在路邊，也許是坐在某個明亮的餐廳裡寫好，貼上郵票，然後背著書包走出去放進郵筒，然後走回家，取了她的小熊，然後她永遠地走出了家門。信寫在一張粗劣的演算草紙上面，四開的草紙，對於信封來說實在大了些，她將其橫豎疊成三摺塞了進去。草紙的大部分是空白，有著這種紙張共有的淡淡黃色，只在最上面、接近頂端的地方用鉛筆寫了一句話：天吾，我希望我們都能活在自己最喜愛的時光裡。歌。沒有日期。我在檯燈底下反覆研究這張我再熟悉不過、又已經完全意義非凡的草紙。在比對了幾種鉛筆的粗細和顏色之後，我確信這句話是用2B鉛筆寫的，很可能就是我送給她的那支。而她摺疊的方式沒有任何其他的含義，只是為了把紙相對平整的塞進信封。把信舉在燈泡底下，我發現在那句話的下面，她曾經畫過一張圖。然後又用橡皮擦得一乾二淨。之所以得出這個結論是因為空白處相隔很遠，有極其細微的筆痕，把信舉在鼻子前面，可以聞到正在變淡的橡皮留下的水果香味。而她到底畫了什麼，又為什麼把它擦掉，無論我怎麼去揣測，也無法找出答案。當然，這份證據我也放在了自己手裡，沒有交給警察。

我靠著記憶默下了那天安歌唱的聖詩和歌謠的大部分內容，在高三每周日下午的休息時間騎自行車來到市圖書館，一座博物館一般的建築，似乎很久沒有收入新的藏品，不過對於我來說已經足夠。我發現安歌在公園那天唱給我的歌叫〈小白船〉，也叫〈半月〉，是朝鮮作曲家尹克榮一九二四年為失去親人的姐姐所作。尹克榮雖是朝鮮人，在朝鮮成為日本的殖民地之後，卻在日本待了七年，在中國東北待了十年，而且那天安歌唱的不是全本，下面還有旋律相同而歌詞不同的另一段：

渡過那條銀河水
走向雲彩國
走過那個雲彩國

再向哪兒去
在那遙遠的地方
閃著金光
晨星是燈塔
照呀照得亮

而起首是「大山可以挪開，小山可以遷移」的聖詩，除了「但神對人的大愛，永遠不更易」這一版本之外，還有諸多版本，作者都已不詳。

安歌失蹤的時候離高考還有不到三個月的時間，我的第一次模擬考試的排名已經基本上接近學校註冊學生的人數。當時雖然有一些人已經放棄了在高考中實現自己價值的努力，可敢於交上白卷的人還不多，而我在四科考試中交了三科白卷，唯一有筆跡的是語文卷紙，我文不對題的寫了一篇洋洋灑灑的作文。其中大部分段落是安歌曾經念給我的小說篇章的謄寫，只不過在段落和段落之間用自己的語言做了一些必要的銜接。不用說，分數少得可憐，成了學校語文組老師們的笑柄，一個墮落優等生的樣本。第二次模擬考試是在四月初，距離高考還有七十天左右，我的成績基本上回到了原來的位置，班級第二名，年組第二十七名。

總分比上一次考試多了五百分左右。只是語文還是我的短板，也是過去唯一制約我成為這所學校最優秀學生的因素。而語文內部的短板便是作文。我用了大約三個星期的時間設計了一套作文模板，開頭的鋪陳，結尾的呼應，敘述和議論的比例，心理描寫和景物描寫的運用，名人名言引用的時機和頻率。而實現這套戰術的士兵是語言。我發現，在和安歌同桌大半年之後，我學會了更自如地使用語言，只需要小心不要讓語言過於特別，引起不必要的注意，滿足於用平庸而曉暢的語言完成老師們希望看到的故事。最後一次模擬考試安排在五月，我的成績是班級第一名，年組第二名。問題出在有老師洩漏了大部分考題，致使一個考生幾乎拿到了全滿分的成績。當我在六月初的一天，從高考的考場裡走出來，我確信這所學校沒有任何一個人可以超過我，也許這座城市能夠超過我的人也寥寥無幾。因為之前我已經偷偷通過了體檢，所以基本上我可以去念我想念的學校了。在我父母不知情的情況下，我填好了志願表，送到學校。老師拿著志願表看著我說：沒考好？我說：是。她說：刑事偵查專業？我說：是。這兩個字基本上是那三個月我在學校說的第一句話和最後一句話。據說之後很多年我的老師還會提起我，說她曾經教過一個學生，成績在高三那年像彈力球一樣忽上忽下，最後考出了S市第七名的成績，卻因為對自己的成績評測失誤，念了警校。本來他可以成為一個律師或者一個學者的，現在卻成了一個警察。老師總是什麼都知道。

我選擇的刑警學院就在安歌家的附近，皇姑區塔灣街。報到的那天我提著行李走上了公交車。媽媽在車門的地方說：往裡走，裡面有座。我說：回去吧，我周末就回來。媽媽忽然說：兒子，你有你的想法，我知道。我說：媽，放心吧，回家吧。然後公交車關上門開走了，向著城市的北面。

第五章　長壽煙和情人糖

回到住處，小久鄭重其事的把洗出的照片放在了那本有著手繪封面的相冊裡。然後拿出紅色的蠟筆在兩張照片底下分別寫上：出竅之靈魂，一〇一年五月二十二日小吾攝於南門棒球場。左手指叉球，一〇一年五月二十二日小吾攝於天合陳藥師藥局。李天吾坐在小久的床邊，看她趴在床上小心翼翼的把照片塞入，擺正，寫字，說：

「我可不可以把鞋子脫掉？」

「你的腳有味道嗎？」

「沒有腳的味道，只有我的味道，或者說基本上就是手的味道。」

「那請便。」

李天吾脫下鞋子，不出所料，腳上的血泡已經結痂，和襪子成為一體，若想分離，必得付出血的代價。正在躊躇，李天吾忽然想起一個問題說：

「可不可以……」

「喂！」

「幹嘛？」

「沒看到人家在寫字，你怎麼這麼婆媽？」

「好啦，那我回房。」

「不是要你走，是要你安靜。如果你不願意安靜，講話的時候可不可以不要在每句話前面都加上可不可以？」

「那應該怎麼講？」

「你可不可以直接說，我想要或者我希望。」

「明白。我希望你不要在照片下面寫上我的名字。」

「不要。這是你的作品，一半，你有一半的版權，另一半的版權是我的。」

「我放棄我的版權，都歸你，如何？」

小久抬起眼睛，準確地說，是衝李天吾翻了一下白眼說：

「怎樣，覺得模特兒不夠正，是不是？」

「模特簡直像死火山爆發那麼正，只是照相人的手藝不精，等你長大了再看，一定會後悔。」

「笨啊，第一，我就快消失了，沒有長大那一天，不會有回頭看的狀況出現。第二，就算不寫，就算我能長大，變老，等我老糊塗那一天，也會記得照相的是你。老人家都是記遠不記近，瞭解了嗎，小吾？等一下，什麼味道？」

「沒有味道，是不是你的鼻子上黏了什麼東西？」

小久翻身從床上跳下來，好像發現了凶手落在地毯角落上的凶器一樣，指著李天吾的腳說：

「大騙子。哇塞，你的腳好慘。」

「也許你聞到的是血的味道。」

「還在狡辯，不過你的腳確實好慘，剛才向嘉豪買點藥水和紗布就好了。」

「哪來得及？你匆匆忙忙衝進去，亂講一氣，照了相又匆匆忙忙逃出來，我懷疑你是不是打著和老同學敘舊的幌子，偷了什麼東西出來。」

「不要講話啦，打擾敝人的思考。好啦，就這麼辦吧，我去附近的7-ELEVEN看看，買點ＯＫ繃給你。記在你的帳上，在我消失之前要還給我。」

李天吾把腳放回鞋裡，站起來說：

「幾個血泡而已，你早點休息，我回去啦。」

小久也站起來，擋在門口，瞪著李天吾的眼睛，說：

「你知道我溜出來費了多大的力氣？」

「好像你從來沒有講過。」

「我對我媽說，我去我爸那裡，對我爸說，我去媽那裡。他們倆恰巧極其討厭對方，不到萬不得已絕不會通電話那種。」

「果然費了好大的力氣。」

小久又一次把食指舉在李天吾面前，正在變淡的食指。

「這可是我人生中第一次撒謊。」

「請問那和我腳底掌的六個血泡有什麼關係？」

「我不想讓你因為傷口感染而躺在醫院裡，沒法幫我照相。你知道台北的氣溫很高，每一立方公尺的空氣裡有上億個細菌，隨便哪一個鑽進你的傷口裡……」

李天吾試圖從小久和門之間的空隙鑽過去，十步之間就可以回到自己的房間，世界便可恢復寧靜。

小久說：好啦，不去7-ELEVEN也可以。還有一個辦法。說完她打開書包，翻出一片ABC的衛生巾護墊。

「你明天可以把這個墊在襪子裡，舒服又衛生，血也不會黏在髒襪子上。兩種方法你選一個。」

李天吾和小久一起走出賓館，買了碘酒、OK繃和新襪子。回到小久的房間，小久在距離李天吾兩米左右的地方，指導他把自己腳底的傷口弄好，穿上新襪子。

「人的腳上有很多穴位，你的腳臭成這個樣子，說明你的身體已經有了問題。我的建議是多吃點水果補充維他命C，也可以用中藥泡腳，我大伯開了一家國術館，其實可以幫你……算啦，越說越麻煩，總之你早晚要想點辦法。門在那裡，這次我沒有擋著哦。」小久一口氣說完，然後打了一個大哈欠，好像要把身體裡的全部睡意都呈現在空氣裡。

李天吾想了想，走到門口，又回過頭來說：

「其實，我心裡還有點搞不明白的事情。」

「知道啦，最高的教堂，最重要的人嘛。我一定想辦法的，只要它存在，就一定幫你找到。我可不想欠你的人情。」

「我想說的倒不是這件事。不過如果你睏了，明天再說也好。」

「睏了是一定，不過沒那麼睏，哈欠這東西想有就會有。你現在不說，我可不能保證我明天還想不想聽嘍。」

「我沒法確定你是不是我的嚮導。」

「沒有懂耶。」

「我的老闆說我應該有一個嚮導。」

「你的老闆是誰？」

「不可以講，一旦有了講的念頭，就會變成啞巴半個鐘頭。總之，我和他簽了一個協議，白紙黑字，也按了手印。我幫他找到那座教堂，他給我朋友的下落，一百個小時的時間。」

「聽起來你的老闆本事很大嘍。」

「應該是吧。」

「那他都找不到教堂，你怎麼能找到？」

「他說只有我能找到那座教堂，那座教堂只屬於我一個人，除了我，誰也找不到。」

「很棒，聽起來好像一個咒語。你看過《浮士德》沒有？」

「如果你想讓我變成啞巴，你可以繼續順著這個思路問下去。」

哈欠果然是召之即來揮之即去，小久已經重新振作起來，好像這就要消失的一天是才要剛剛開始一樣。

「他說了嚮導是什麼樣子的人了嗎？對了，有沒有暗號，像電影裡一樣，火柴盒、一本書或者是古怪的領帶什麼的。」

「嚮導身上有個記號。」

「什麼樣子的記號？」

「不知道。他說我一眼就可以看出來那人是嚮導的記號。」

「所以，除了我脫光了衣服，讓你從頭到腳看個一清二楚，你沒有其他辦法確定我是不是你的嚮導，我理解得對不對？」

李天吾用手揉了揉自己的臉，說：

「你也可以大概講一下，你的身上有沒有什麼特別形狀的胎記或者疤痕什麼的，就像我的左臉。」

「你當我是盲的呀，你的左臉哪有什麼胎記疤痕。」

李天吾這才想起來老闆已經把他的疤刪掉了，原話是：這個拿掉，免得你在人群裡走來走去麻煩。

「曾經有的，也不對，曾經沒有的，這個先不講，太囉嗦。還是請你想一下，你的身上……」

「沒有。」

「沒有？」

「我的身上除了身體本身，什麼也沒有。」

「大家都會有的，比如一個特別的痦子或者闌尾炎手術……」

「沒有。我問你，如果我不是你那個古怪討厭的老闆安排的嚮導，你還會不會和我一起走？」

「大概會吧。」

「這個大概包含的機率是多少？」

「嗯……百分之八十？」

「很好，明天我們要去找兩個人，離得很遠，時間很緊，對了，你的槍帶進來了沒？」

「帶了，就在身上。」

「很好，明天也帶著。GOOD NIGHT。」

回到房間，李天吾接了一杯水喝下，走到衛生間小便，沖水，回到床上關掉床頭燈，鑽進被裡。失眠的時候李天吾經常會倒數，三百，二百九十九，二百九十八，他知道他這個習慣和大多數人不同，倒數是費腦筋的，可能不太適用於催眠，而且為什麼從三百開始倒數，他也沒法說清，也許是有一天隨口一說，果真睡著了，從此就一點點成了習慣。李天吾的腦袋裡和剛才一樣，裝滿了小久的影像，她的身體上是不是……算了，三百。三百，李天吾在心底念了一聲。他夢見了天寧。那是他和蔣不凡最後一次出警的前一天晚上。天寧躺在他身邊說：明早喝牛奶好了，家裡還有牛奶。李天吾說：好。天寧又鑽出被子光腳跑進廚房，回來之後說：雞蛋也還有，再給你煎個雞蛋。然後光著腿盤坐在被子上，拿過鬧鐘：六點？李天吾說：六點。天寧說，那我五點半起來，你睡到六點，明天你自己行動，還是和蔣不凡？李天吾說：和蔣不凡，他的案子。天寧說：為什麼每次我聽見他的名字就有點害怕。李天吾說，怕什麼。天寧說，覺得他像動物，狼啊、豹啊那種。李天吾說，差不多，他平時懶洋洋的，要是看見獵物，動作倒是不慢。天寧說：蔣不凡給我這樣的感覺，那次我在醫院看見他。他確實是著急的，可是不知道為什麼，我覺得他可能也在想，要是你真的死掉了，也是沒辦法的事，當警察就是這麼回事。不是說他不在乎你，如果躺在床上的是他，他可能也會這麼想。就像受傷的豹子躲在樹叢裡，不讓人看見自己的血正在流乾，看著天光，看著樹木，漸漸歪著腦袋死了。李天吾說，蔣不凡不會有事，他很警覺。如果他死了，更有可能的是肺癌，煙抽得太多了，睡覺吧。天寧說：好，睡覺。其實我不關心蔣不凡，這麼多年沒有我的關心，他警察也當得好好的。你不可以再受傷。知道嗎？李天吾在枕頭上轉過頭說：我答應你，睡吧。天寧關掉燈，閉上眼睛。在李天吾入睡之前，他聽見黑暗裡有個女孩兒說：別忘了你答應過我，八十歲，我們要去爬阿爾卑斯山，不是奶糖，是真的阿爾卑斯山。如果有一天你走出房門，沒有回來，我不會去找你，我會等你到八十歲，然後我們一起去爬阿爾卑斯山，不是奶糖，是真的阿爾卑斯山。

第二天在前往小久畢業的國中的途中，李天吾幾乎沒有聽見小久在跟他講什麼，他看著車窗外的風景，銀樓、書畫店、咖啡館、檳榔攤、戰痘診所。在西門町的附近，中國時報大樓上面懸掛的巨大廣告布幕對面，他看見了一個電話亭。

「那是個電話亭？」

「不然還能是什麼？你終於肯講話啦。還以為你又變啞巴了，被你的討厭老闆。」

「能打電話？我的意思是能打長途電話、越洋電話？」

「只要你塞進足夠多的錢，給上帝打電話也沒問題，現在是二十一世紀，你還記得吧。」

李天吾知道自己問了一連串的蠢問題，不過除此之外，他找不到更好的方式驅趕他想要給天寧打電話的念頭。他從來都不是個喜歡打電話的人，他覺得在電話裡人會失真，彼此對對方的感覺會失真，電話那頭的人和那個真正在講電話的人似乎不是同一個人。可是現在他極想跳下車去，鑽進電話亭，把門關緊，撥通天寧的號碼，聽見她的聲音，失真也沒有關係。他說什麼呢，然後。假設她不會因此消失，假設老闆只是在唬他，也許他會說：自己去登山吧，不要等到八十歲。或者他會說，我為了一個答案當了警察，現在又為了同一個答案來到台北，請你不要見怪，跟你打電話只想告訴你，我注定是個沒有選擇的人。再或者是，請你等我，我目前的處境不方便講得太多，但是我會回去，我們去爬那座不是奶糖的山，不要八十歲，我回去我們就出發。

「想要打電話？」

「沒有，只是在大陸很少見到電話亭，都是一個電話掛在那。」

「台北的電話亭也不是很多嘍，不知道為什麼在那裡會有一個。也許在召喚超人吧。」

「你的國中叫？」

「巨竹國中。」

「我們這是去找？」

「我的國文老師。看來我剛才講話你每句都聽了一半，把後面那一半當垃圾丟了。」

「一會下車，能買包煙嗎？」

「你忍了多久了？」

「也沒有忍，就是一直忘記了自己需要抽煙這件事，看見電話亭忽然想起來了。」

「拜託你想抽煙就去買好了，不要非要找個理由。下次你看見龍發堂就說要喝酒。完全沒關係的事情嘛。」

「敢問龍發堂是？」

「如果你過一陣子受不了我發了神經，我就送你過去，到時候你就知道了。先生麻煩在這裡停就好了，多謝。」

李天吾聽從小久的建議買了一包長壽煙。白底的煙盒上面畫著一個可怕的畸形嬰兒。李天吾咧了咧嘴，還是撕開塑封，抽出一根放在嘴裡。小久站在他的旁邊，看著自己的校門。

「怎麼好像小了？」

「你長大了嘛。」長壽煙的味道有點像大陸的中南海五毫克，李天吾還是更喜歡中南海這個名字，喜歡其不知所謂所帶來的安全感，煙的前面加了長壽兩個字，再配上那張嬰兒圖，總覺得似乎是一種諷刺。

「不是不是，是它變小了。」

「也許吧，一切都在變化，你在變淡，它為什麼不能變小？」

小久用力點點頭說：

「就是這個意思。」

「你們這個長壽煙真是沒什麼特別。又貴得可以，還不如買一包萬寶路。」李天吾捏著煙蒂在找垃圾桶。

「Marlboro在六〇年代的代言人是個牛仔，你知道他後來怎樣了嗎？」

「死了，大家後來都是如此。」

「是得肺癌死的。」

「那說明萬寶路預防心臟病。」沒有垃圾桶，李天吾發現，他似乎在台北還沒有看見垃圾桶。

「煙蒂放在口袋裡吧。我們這裡垃圾不上街的。」

李天吾心想，好大的口氣，在街上走來走去的管保都是有用的人？也許是人就會有些用處吧，或好或壞，總會有點用處。那「垃圾不上街」還真是一句輕描淡寫的箴言。

走過國父像，走過升旗台，李天吾發現自己已經站在學校的天井裡，四面朝上，是半環繞式的教室，總共有三層，最外側是鐵欄杆，裡面兩步的距離就是教室的木門。天井的周圍有花壇、圖書館、活動室和廁所，花壇裡種著幾種李天吾不認識的花，他對花一無所知。在學校的內牆上，畫著一幅幅小型壁畫，有星星月亮，也有正在庶民上籃的櫻木花道和左眼下有傷疤正展示著碩大牙齒的魯夫。

小久領著李天吾上到三樓，停在一間教室前面。教室的門口站著一個男生，穿著不很乾淨的校服，雙手背在身後，腳在地上蹭來蹭去，好像想要在地面上蹭出一個洞來逃走。

「今天輪到你把風？」

「不是啦。」

「那是怎麼搞的？」

「背書背不出。」

台灣人為什麼很容易就在一起講話？面對陌生人李天吾很少率先交談，不知是從什麼時候養成的習慣。李天吾回想自己走在家鄉的街頭，每次在問路之前，都要先打腹稿，阿姨請問，不好不好，還是大姐請問。這時教室裡傳出整齊的誦讀聲：

「元豐六年十月十二日，夜，解衣欲睡，月色入戶，欣然起行。念無與為樂者，遂至承天寺，尋張懷民。懷民亦未寢，相與步於中庭。庭下如積水空明，水中藻荇交橫，蓋竹柏影也。何夜無月？何處無竹柏？但少閒人如吾兩人者耳。」

「你背不出的是這一篇？」

「不是啦。」

「那是哪一篇？不用不好意思，我是你的學姐，在這裡念書的時候也經常出來把風的。」

男生繼續蹭著地面，說：

「不是我的錯，是老師找我麻煩，背得好好的，他偏要咳嗽，要不然怎麼會在半路忘記？」

「所以背的是？」

「書付尾箕兩兒。」

「那麼長一大篇也要人背的？」

「不是啦，只是其中一小段。你們兩個是一母同胞的兄弟，當和好至老，不可各積私財，致起爭端……剛背到這裡，老師就咳嗽了一聲，我以為自己背得不對，後面一下全忘掉了。」

「現在記起來了嗎？」

「說過忘掉了嘛，要不然怎麼會還站在這裡？」

「不可因言語差錯，小事差池，便面紅耳赤。應箕性暴些，應尾自幼曉得他性兒的；看我面皮，若有些衝撞，擔待他罷。應箕敬你哥哥，要十分小心，和敬我一般地敬才是。若你哥哥計較你些兒，你便自家跪拜，與他陪禮。他若十分惱不解，你便央及你哥哥相好的朋友勸他；不可他惱了，你就不讓他。你大伯這樣無情地擺布我，我還敬他，是你眼見的。你待哥哥，要學我才好。讀書，見是件好事……」

「到『要學我才好』就可以啦。」男生看著小久，眼神裡寫著：今天中了大彩了。

「用不用再幫你背一遍?」

「不用啦,說過了只是忘記,其實你背第一個字的時候我已經全都想起來了。謝謝學姐。學姐,我叫卡照,你叫什麼?」

「我叫小久。」

「記住了。」說完,他敲了敲教室的門,得到應答之後,走了進去。

「喂,你是什麼人?」不再面對陌生人的時候,李天吾說話還算流利。

「小久而已。」

「我看你是外星生物,不但會消失,知道棒球規則,會背國中課文,還輕易就能夠跟小男生搭訕。」

「隨便一個台灣人都知道棒球規則,國中課文就喜歡那麼幾篇,卡照今天走運而已。和小男生搭訕呢……」小久邊向教室裡張望,邊向李天吾招手說:「可是小久我的強項,我是出了名的少男殺手,殺人如麻的。」

「看來我年紀大了點,也不是沒有好處。幹嘛?」

小吾指著講台上的老師說:他是我的國文老師,黃國城。

黃國城四十歲左右年紀,頭髮已經白了大半。眼鏡後面的眼睛看起來又像是三十幾歲,除了這雙年紀輕輕的眼睛，黃國城有著標準國文老師的樣貌，手指上夾著粉筆，似乎上帝說，要有國文老師，於是就有了黃國城。

「他是外省人。曾經老師好多都是外省人。不過現在沒那麼嚴重了。」

「為什麼？」

「不知道啦，總之，那時就是很多外省人。聽說最早的時候，外省人老師帶著很濃重的口音，學生很難聽懂的。」

「那還是現在對頭一點。」

小久繼續向教室裡面張望。

「他是唯一一個給我寫過信的老師。」

「什麼時候？」

「我上高中幾個月之後，就接到他的信。可是在念書的時候他很少和我講話的，只是有一次我挨了打，他把我找去，問我到底是怎麼回事？」

「到底是怎麼回事？」

「女生之間的小問題啦。」窗戶裡面，卡照已經順利的背好了課文，回到座位，可剛一落座，他就開始向窗外探頭探腦，好像在尋找他的漂亮學姐。

「你講故事很不負責任，只有題目，沒有下文。」

「是你自己笨，下文已經很明白在那裡，無論年紀大小，女生之間的問題一定是男生啦。」

「所以是你這個少男殺手搶了人家的男朋友。」

「哪用搶的？我只是坐在那裡發呆，是他走過來問我要不要晚上去看電影。老實講，我一邊說，不要，晚上要去誠品聽講座，一邊在想，這個呆瓜是誰？」

「那怎麼會挨打？」

「可能是我不應該坐在那裡發呆。總之你不懂啦，女生就是喜歡故意誤會人，要不然自己多沒面子。我就在廁所被幾個女生蓋住頭，打了一頓，其實也沒什麼事，臉給打腫了而已。」

「你打回去沒有？」

「說過了給蓋住頭，哪知道對手在哪裡，稀里糊塗就已經給打倒在地了。」

「我是說之後。」

「沒有，她們有她們的方式，我有我的方式。」

「你的方式是？」

「借鑒原住民的方式，獵首，就是把對方的腦袋割下來，擺在家裡。如果你仔細看，我的額頭和下巴是有圖騰的，獵過人的才會有，而且一生不會消退。只是我在變淡，你看不清了。」

「做得好。」

「好啦，圖騰那種東西只有男人才會有的。我的方式是繼續坐在那裡發呆。有一天國文課下課黃國城把我找去，他並不是我們班的班導，只是教國文而已。他問我說，最近的功課怎麼樣，這個進度吃得消嗎？我說，還好。他又問，有沒有很喜歡的課文？我說，喜歡陳之藩的〈謝天〉。他說：為什麼喜歡這一篇？我說，我知道自己很渺小，不過也不算不特別，就像愛因斯坦一樣，即使寫不出相對論，也是渺小而特別的。黃國城讓我坐在他面前說，很好的想法，可是為什麼在課堂上不站起來發言。我說，我不喜歡表演。黃國城說，那不是表演，是分享。我說，是以表演的方式和大家分享。我不是很能應付。老師，請問沉默是不是人的權利？黃國城說，當然是，每個人都有免於被侵擾的權利。我說，那就好，我使用這份權利，也承擔相應的後果。黃國城點點頭說：你的臉怎麼了？當然你可以使用沉默的權利。我說：挨了打。黃國城說：你的班導知道嗎？我搖搖頭說：不用，誤會而已。打過了一次，就不會再打了，她們的目的已經達到了，就是讓大家知道我挨了打。就像莎士比亞說……黃國城說：死過一次就不會再死了。我說：是。黃國城說，你知道如果你不說出來，她們也許會用同樣的方式對待別人。我說：你覺得，我的臉像是走路不小心撞在樹上受的那種傷嗎？黃國城說：不像。我說：可你是第一個問我的老師。我不願意強迫別人做他們不喜歡做的事情。如果我說出來，就是一種強迫。黃國城說：如果再有人找你麻煩，你可以告訴我，我會去跟你的班導講。我說：如果你問我的話，我會告訴你。黃國城說：好，今天就到這裡。還有一個問題，你對自己有什麼期待嗎？希望你長大之後變成什麼樣子？我說：沒有什麼具體的期待。只是希望自己長大之後能夠喜歡自己。」

你會變成你想要成為的那種人，李天吾想起了安歌的話，那可能是到目前為止，她說給他的最後一句話。

「你發什麼呆，學我啊？」

「沒有，我只是在想，只是在想，她們之後有沒有再找你麻煩。」

「沒有啊，我說過，打過一次就不會再打啦。我只是在某個時間幫助她們建立了一種姿態。」

「那個男生呢？」

「當然是回去和那個女生在一起，不知道現在還在不在一起啦，事情過去滿久了。」

「黃國城老師的信裡寫了什麼？是不是要你離男生遠一點。」

「他的信寫得很短，而且也只寫了一封。他說他在找我談話的那個時候，其實做老師已經做了很久，正做得有些困惑。他覺得自己力量很小，學生不喜歡國文，不喜歡背書，這些文章這麼美，為什麼學生不喜歡呢？他曾經以為做一個國文老師是一件很有意義的事情，可是他做了十幾年老師，發現這件事不是他想像的那麼單純，他覺得自己甚至比學生還要幼稚，很多學生早就發現這是一件很沒用的事，只是為了應付考試才勉強念下去的。他十幾年後才發現。不過在那天和我談了話之後，他覺得似乎沒有之前那麼困惑了，一個他從來沒有注意過的學生，從國文裡尋出了些許美好，在學校這個以自由換取知識的地方，利用自己有限的自由正在繼續尋找純粹而特別的自己，對他來說，是一種類似於驚喜的安慰。他囑咐我，不要輕易為了一些事情改變自己，目的並不重要，活著本身就是一種價值，如果人生的意義無法確定，那人生的過程就成了意義本身。他還囑咐我，也不要輕易和同齡人隔絕，和周遭世界的往還也是成為自己的過程，因無知而純粹和因瞭解而純粹是截然不同的，他希望我能獲得後一種。在信的最後，他問我，在高中有沒有再挨打？真是個笨人，挨打也要看運氣的嘛，哪有走到哪裡都挨打的道理。喂，就在教室門口給我照張相好不好？」

李天吾從小到大不是沒有遇見過賞識他的老師，無論在哪裡，即便是在警校，都有老師或者教官喜歡他。他對待自己的殘忍在老師的字典裡叫作刻苦，他每次考試即使早早寫完，也要反覆檢查，從沒試過提前交卷的那份灑脫，也是老師所推崇的穩定。他雖然胸中有萬語千言，如果放開閘口，能講個幾天幾夜都不罷休，對於學校和社會上的諸般事由也都有屬於自己的那份見解，可他幾乎從來沒有講過，而是一直安於自己是一個安靜的好學生的現狀，很多老師正是喜歡他這種內斂。他體格偏瘦，可是在散打、柔術、寢技各個考核科目還是拿下全優，因為他在同學休息的時候，不斷去警校空蕩蕩的格鬥館反覆練習，擊打沙袋，抱摔模型。教官認定他是難得的近身格鬥人才，不單是因為他技術嫻熟，戰術得當，更因為他很少認輸，即使被人的大腿鎖住喉嚨無法呼吸應該馬上擊地認輸的時刻，他也要多撐幾秒，尋求哪怕一絲的反擊機會，而事實證明，那珍貴的幾秒正是這種機會經常光臨的時段。可是這些賞識，基本上都是基於他在某一方面給他的老師帶來了榮耀，或者在老師所期待的核心競爭領域成為翹楚，或者更簡單的說，老師們之所以賞識他，是因為他是一個他們眼中的標準好學生範本。其他的所有都是基於老師對於他的這個判斷之上的。若沒有這個，就像是他在高中末尾成績短暫而徹底的滑坡的時候，刻苦、穩定、內斂、堅韌就會變成愚笨、刻板、木訥和毫無意義的頑抗。站在黃國城的國文課堂門前，李天吾清楚的看到了過往老師們的內心，他們沒有喜愛過他，他們從來沒有喜愛過他這個人本身，這是他們不會在乎的很多事情之一。

「我相信我的老師們也困惑過。」李天吾放下相機認真地說。

「和黃國城一樣？」小久也擺出很認真的樣子。

「是，只是他們的困惑時間可能短一些，學生有其核心價值，老師們的成就正是建立在這個價值之上，當他們認識到這一點之後，困惑就結束了。」

「可是我們不單是學生，還是一個個孩子呢。」

「也許這不是老師們的問題，是這個世界的問題。每個人在特定的地方都有自己特定的身分，然後被這個身分簡化、刪改。這是這個世界運行的一種方式，我想。」

「你今天好哲理哦，怎麼啦，沒有老師給你寫信，你是不是很嫉妒？」

「沒有嫉妒，我三十歲了，哲理一點是應該的，不能像你這樣的小孩子，每天靠感性活著。而且如果我現在接到老師的信，也不會怎麼開心，我一定會覺得哪裡出了問題，是不是老師又要結婚了還是如何，這也是三十歲的後果，叫作現實。」

「你剛才就犯了和你的老師們一樣的毛病。我不單是個小孩子，我還是個女人。請你把照子放亮一點。」

「怎麼突然冒出這麼怪的一句話。」

小久轉過身，向樓梯走過去，說：

「你這麼現實的人，沒看過武俠小說是應該的。還有如果你繼續站在那裡，下課的時候有人報警衛抓你，我可不會救你。」

走出巨竹國中，上了捷運，在淡水站下了車。一路上李天吾只是隨便問問為什麼除了遼寧路、上海路，這些以地名命名的街道，好像把整個中國版圖都踩在腳下，還有忠孝東路和羅斯福路這樣怪的街道名稱。小久統統閉口不答。李天吾也只好閉口不問了，誰讓他剛才簡化了自稱身分複雜的小久。下車之後，沒有走出幾步，小久停了下來。李天吾看了看旁邊的店家，是一個檳榔攤，老闆娘正在用剪刀剪翠綠的檳榔葉子。

「要買檳榔？」

「你幹嘛不問我為什麼不等黃國城下課就走掉了？」

「你一定有自己的原因。」

「所以你不想知道？」

「想知道，而且還有別的問題要問，我只是覺得自己的問題太多，把你弄煩了，我準備一天只問五個問題。」

「你以為是做伏地挺身，一天要做幾個，我煩了會告訴你，是你不在乎才對。」

「在乎。我問你，那個男生怎麼會叫作卡照？這是姓氏還是名字？」

「還是不在乎，先問別人。不過沒關係，我很大度，如果和你計較，早就氣死了。卡照不是姓氏，是名字，阿美族的名字。這個名字的意思呢，很有趣，和剛才他做的事情有點相像，卡照在阿美族的語言裡是瞭望台的看守員的意思。」小久娓娓道來。

「厲害。那學校內牆的畫是誰畫的呢，一幅一幅，就是我這個外行看來，也是水平參差不齊。」

「我們畫的，每一年都畫，好的就留下來，畫得太爛就塗掉再畫，也有畫得很爛，不過內容很特別就留了下來的。原住民的孩子很多畫畫很厲害，他們對色彩的敏銳度不知是天生的還是家鄉的風景給的，總之牆上的很多畫是他們畫的，也許卡照也畫過一幅呢。」

「等一下我們要幹什麼？」

「喂，你還有個重要的問題沒問。」

「我們為什麼不等黃國城下課就走掉了？」

「因為黃國城已經死了。」

「剛才他還好好站在那裡，怎麼會說死就死了？」

「他不是黃國城，黃國城在給我寫信之後不久就生病去世了，我的回信給退了回來。」

「不對，你剛剛說他是你的國文老師黃國城。」

「站在那個講台上的，對於我來說，就是黃國城老師。」

黃國城怎麼會死掉？給小久寫信問她是不是應該又挨了打的黃國城老師，應該現在就站在巨竹國中的講台上才對，永遠站在那個講台上，和不愛背書的卡照們鬥智鬥勇才對。可是一個人死掉，似乎不需要太多理由，這件事情他應該更清楚才對。

小久已經走到了檳榔攤前面，「麻煩給我一包檳榔。」

老闆娘放下手中的剪刀，遞了一包檳榔和一只塑料杯給她。

「站著幹嘛？給你買的檳榔，好像應該你來付錢。」

李天吾一邊打開錢包，一邊小聲說：

「我可沒說要吃。」

「一百塊。謝謝。」小久對老闆娘說。

台北的天空飄起了雨。雨越下越大，路上的機車蜂擁而過，濺著水花。有人抽出了雨傘，撐起來繼續在雨聲裡快走，有人還是不緊不慢裸著頭在雨裡面徐行。李天吾和小久躲在一棟騎樓底下避雨。李天吾手裡拿著檳榔和塑料杯，看著四面的雨，想著來到此地已經三天，除了跟著小久四處亂走，什麼事也沒有做。最高的教堂一事尚無頭緒，小久是不是嚮導也無從知曉。他降落之前，原以為此行只是為一個答案，其他的都不重要，也不會有什麼留戀，陌生的城市，陌生的人，短暫的記憶，來去匆匆。可現在似乎他想要知道的答案越來越多，小久製造了太多的問題。他偷偷瞄了一眼小久的臉，她正拿著自己的小鏡子，為自己化妝。那張臉已經遠不如初次見面那麼清晰，透過她的臉頰，甚至已經可以隱約看到她身後那座高樓的一角，照這樣的速度，也許在他回去之前，小久要先於他消失了。想到這個，他的心臟就好像挨了一記悶棍。看來此事已經無法逆轉，小久雖然喜歡亂開玩笑，可她終將消失、不復存在這件事絕不是玩笑。李天吾看著天空中落下的雨滴，如果老闆正在看著他們，他希望他可以聽見他內心的聲音：如果這個女孩子一定要消失的話，請讓她在我回去之後消失。

在他思索人生的重大形而上問題的時候，小久已經把自己畫成了二十五歲的模樣。她從挎包裡拿出黑色絲襪說：

「你轉過臉去。」

「搞什麼？眼睛怎麼黑成這樣？」

「煙燻妝，眼睛是不是看起來正在勾引人？」

「沒覺得，眼睫毛貼這麼長，能看清路嗎？是誰說的照子應該放亮一點？」

「一清二楚，轉過去，時間緊迫，在這裡換好好了。」

李天吾轉回來的時候，小久已經煥然一新，和渾身上下的搭配相比，裙子略微長了點。

「無論如何也說服不了自己穿太短的裙子，大腿捨不得露給別人看，你說是怎麼回事？」

「說明你精神還沒有完全失常，這麼高跟的鞋子，我懷疑你走不了多遠。」

「不用走很遠，而且你不覺得高跟鞋是女人變化的利器，我是說，好像突然小腿變長了一截。」小久把換下的運動鞋放在挎包裡。

「我倒覺得高跟鞋是腳踝的天敵。」

「幸虧你這樣缺乏想像力的男人不多，要不然做女人真的沒什麼樂趣。」

雨停了，沒有任何預兆的停了下來，晚霞橫亙在天空。雨水在太陽的照耀下開始慢慢消失，升起，回到天上。如果天地顛倒過來，雨水蒸發的過程對於天空來說也許才是下雨呢。

「春天後母面。」小久自言自語了一句，然後走出了騎樓。

「跟蹤？」站在永康街上，李天吾反覆確認了小久的計劃之後說。

「沒錯，先跟住他再說。」

「然後呢？」

「如果沒事就沒事啦，如果有事我們就幫幫忙。」

「請解釋一下幫忙的含義如何？」

「你不是帶了槍來？」

「槍倒是帶了，可是如果出了事，我們剩下的幾天除了躲警察，恐怕什麼事也做不了。」

「不會出事，灰色地帶懂嗎？」

「不懂。無論是什麼顏色的地帶，不能沒找到教堂而先進了警察局。我看附近好多飯館，不如先吃個飯好好商量。剛才經過的那家鼎泰豐看起來不錯，是包子鋪嗎？」

「來不及，阿浩馬上出來了。灰色地帶就是既不是白色的也不是黑色的，而且輕易不會招惹這兩種顏色的人來添麻煩，他們有自己的原則。我保證不會有事。到現在為止，我小久什麼時候騙過你？」小久像個大哥哥一樣拍了拍李天吾的肩膀。

李天吾把腰上的手槍拔出來，確認了一下彈匣和扳機沒問題，然後打開了槍的保險。

「很酷，讓我摸摸。只在電視上看過。」

「不行。」李天吾把槍放回腰上。「阿浩是什麼人？」

「天道盟天龍堂堂主。」

「黑道？」

「是，還是我哥哥。」

怪不得小久想做律師，原來根源在這裡。

小久的哥哥阿浩從一家滷味店走了出來，手裡提著半隻鴨子。阿浩二十七八歲的年紀，穿著紅格子襯衫和藍色牛仔褲，鼻子上架著黑框眼鏡，無論怎麼看也不像是黑道的堂主，更像是研究所在讀的學生或者在銀行上班的安分職員。他在路邊點著了一支煙，似乎在等人。兩三分鐘之後，兩輛銀灰色保時捷９１１跑車停在他前面，走下來兩個看起來更像是黑道人物的年輕人。肌肉發達，一個脖子上隱約露出部分的紋身。

「車子就停在這裡。」阿浩說。

「小煒還在店裡。」其中一個說。

「沒事。為什麼不開那輛車來？」

「那輛車子在外面還沒回來，在公司裡只有這兩輛。」另外一個人說。

「阿嘉你跟我去，阿國你在車裡等。」

小久招呼李天吾跟上去。李天吾說：

「不用跟這麼近。」

「電影裡都是這麼跟的。」

「只要在視野裡就好，如果有轉彎，就跑過去然後再接著走。」李天吾沒有想到，到了台北也不能徹底休假，還要陪著十八歲女生跟蹤她的黑道哥哥。

「你哥哥不像黑道。」李天吾說。

「他去年才從美國回來。」

「跑路？」

「不是，是去留學，學企業管理。」

「然後回來混黑道？」

「當然，是他大哥派他去深造的。你到底是不是警察？在台北如果沒有碩士學位，是沒法做堂主的。」

李天吾知是玩笑，不過也不完全是玩笑，世界各地的黑道都越來越有現代精神。想來台灣的黑道也是如此，經營幫派和經營公司確有十分類似之處。他曾隨蔣不凡拜訪過一個躲在S市的香港黑道大哥，那人除了是佛教徒，崇拜釋迦牟尼之外，最崇拜的人是喬布斯。

阿浩和阿嘉走進了永康街的一家茶藝館。從門口向裡面看，不但有假山和小木橋，水池裡還有魚在游動。

「要不要進去？」李天吾問。

「當然，拜託你敬業一點。」

李天吾和小久在阿浩的隔壁坐下。打開日式拉門之前，李天吾掃了一眼阿浩的隔間。算上阿浩和阿嘉在內，一共有六個人，茶還沒上，阿浩兩人一進去，其餘四個人便站起來寒暄，不過講的都是台語。對面的隔間裡坐著五個人，手裡都拿著書，聽聲音是在傳道或者探討聖經。附近的其他隔間都是空的。

小久叫了一壺碧螺春和一碟茶點。穿著古人服飾的老闆端著爐子、泥壺和茶具進來放好，又禮貌的退出去，不知道扮演的是日本古人還是中國古人。窗外天已經完全黑下來，藉著月光，李天吾看見窗子下面，魚兒在悠閒的游來游去。他在一瞬間有了這個古老的世界其實是個溫柔所在的錯覺。

「這種檳榔已經包好了石灰，直接吃就好了。嚼過的檳榔吐在塑料杯裡。」坐在對面的小久指著李天吾兩手裡的物件說。

「能先講一下這東西是什麼味道，只有耳聞，沒有試過。」

小久盯著泥爐上的藍色火焰說：

「既然叫味道，就是要嘗的，怎麼講都沒用的。如果吃不慣，可以用茶水漱口。」

李天吾從小袋子裡拿出一顆，放在嘴裡，咬碎。還好，有點像東北的甘蔗。幾秒鐘之後，他發現其後勁和甘蔗大相徑庭，桌子底下的大腿上的暖流，指尖的微微酥麻感和腦袋的輕微眩暈感，絕不是甘蔗能夠帶來的。可這並不代表他不喜歡檳榔的味道，在挨過最開始的心悸和眩暈之後，李天吾一顆接一顆吃掉了所有檳榔，感到身上好像多出了不少力氣，兩隻手輕易就能舉起眼前的紅木桌子。

「感覺怎麼樣？」

「有點像大力水手的菠菜。」

「看你吃得很熟練，好像吃了幾十年的老工人。」

「這邊很多人吃嗎？」

「檳榔可是個幾十億的大買賣。但是告訴你，檳榔不是很健康，口腔癌。我還看過美國的一個紀錄片講，檳榔能改變一個人口腔裡的基因。也不知道是真的假的。在台灣，吃檳榔的大都是大貨車司機啊、搬運工人啊，黑道也吃。我哥從很小的時候就喜歡吃檳榔。也許現在在隔壁正在大嚼特嚼呢。」

這個茶社的隔音很好，幾乎聽不見隔壁有任何聲音，更不可能聽見是不是有人在嚼檳榔。

「明知道這東西致癌你還買給我吃？」李天吾心想剛才應該買兩包才對。

「想得癌症沒那麼容易，好像你需要堅持不懈的吃一輩子才行。買給你吃，是因為，我哥哥喜歡吃。」

「沒看出和我有什麼關係。」

「我知道有關係就好。你吃就是了。」小久脫下一隻高跟鞋，手伸到下面捧起一隻腳，揉起來。

「既然是你哥哥，我們為什麼要跟蹤他，連個招呼都不打？」

「我不能和我哥哥打招呼。」

「道理何在？」

「自從我哥哥入了黑道之後，只要他看見我，或者我和他講話，他就會出事。」

「沒明白。」

「我哪裡知道，我就好像是他的災星。只要我出現在他的視野裡，他不是被人砍、被警察盤問，就是忽然接到了電話，場子被人搞，總之就是突然變得八字很輕。」

「所以你今天這身行頭是喬裝打扮的意思？」

「是。在我小的時候，他經常背著爸媽買情人糖給我吃。我就要消失啦，無論如何也要來看看他。」

「也要照相嗎？」

「如果可能的話，一個背影也好。」

「沒有其他的兄弟姐妹？」

「一個哥哥已經很好啦。兩個孩子恰恰好。」

「一個沒法和他說話的哥哥。」

「小時候可以說話的，而且說了不少。」

「你哥哥沒有想過，既然做黑道沒法和妹妹說話，那就換一個職業看看。」

「試過，他做過KTV的少爺，開過租車行，還去培訓班學過做蛋糕。不過到後來都會失敗，只有做黑道，他做得有聲有色。」

「天生的黑道？」

「差不多，他很適合。所以我建議他做他適合做的事情。做別的行業倒是可以隨便和我說話，不過說的都是他怎樣失敗，到後來我也不想聽了。」

「怎麼會有人是天生的黑道？」雖然李天吾抓過的小混混有的也會跟他說，除了這個，別的什麼都不會做，可是他從來不信。

「總統換了一個又一個，陳水扁現在都已經蹲在監獄裡了，可是有的李登輝時代的黑道大哥現在還是黑道大哥，你說是怎麼回事？」

「說明沒有一個總統下決心掃黑。」

「你以為台灣總統都是白痴啊？綠島裡面也不是沒有人滿為患過。日本的黑道在警察局是註冊的，台灣很多的電影都是黑道拍的，我們還是會去看，這是怎麼回事？」

「那就說明你們的政府和黑道同流合污，拿他們當槍使。」

「拜託你一個三十歲的警察想事情不要這麼膚淺。黑道永遠不會消亡，因為那是人性的一部分。」

「人性嗎？你故弄玄虛的本領還真是不一般。」

「打個比方給你。就好像人身體上有好多器官，大腦肯定是高高在上啦，手腳四肢也看上去清清白白，可是人有五急，總有些器官不太好光明正大的擺出來，要放在內褲裡，就是這個道理啦。」

「黑道也可能是闌尾，除了發炎，沒有別的用處，早該一刀切了。」

「幾百年前的人類不知道這個吧，現在覺得知道了，可誰知道會不會過了幾百年，我們又發現其實闌尾是很有用的，原來切掉的那麼多都是切得輕率了。到時候又該怎麼辦呢？」

「那你說黑道就讓它這麼一直存在？見不得光的東西不會發炎也會發霉。」

「放在內褲裡的東西不一定非要切掉，經常洗洗就不會有事。當然如果你想當太監，也沒有人攔著你的。」

雖然落了下風，可是李天吾並不認為自己被小久說服了。

即使黑道是人性本身，也不能證明就一定有存在的必要。依照小久的歷史發展觀，恐怕史前人類的人性和現在人類的人性也有十分不同之處。李天吾正想就這個角度再次發問，隔壁發出了聲響，確切地說，是一聲慘叫。李天吾伸手拉開門，看見阿嘉從隔壁的隔間裡跌出來，脊背上插著一把刀。阿嘉伸手想去把刀拔出來，可刀插的位置剛剛好是他手指的極限，指甲將將能碰到刀柄。試了一次沒有成功之後，阿嘉從喉嚨吐出一口氣，好像一聲哀嘆一樣，俯臥在地上不動了。阿浩從房間倒退出來，身上沒有血跡，眼鏡也還在臉上，只是額頭上頂著一把手槍。M&P9C九〇手槍，美國造的史密斯威爾森，李天吾想，如果彈匣裝滿，應該是十二發子彈。

拿槍的人衝李天吾喊了一聲台語，身後的人也衝他喊叫起來，小久伸手把門關上，然後坐到李天吾身邊，在他的耳邊說：他叫我們關上門，別出聲，不會有事。阿浩在門外說了一句台語，因為太快，李天吾只聽了個大概，什麼叫尿扒仔，他小聲問小久。就是警察的線人。對面那人又叫了一聲，小久在他耳邊說，他說啥米郎來講都一樣，一定要相殺。李天吾點點頭說，不用翻譯了，聽語氣就知道是什麼意思。小久說，有辦法嗎？李天吾說，可以試試看，你先把鞋脫了，心臟還好？小久說，心臟沒事，阿浩是不是今天會出事？李天吾說，不一定，你不要亂動，也不要想要幫忙，只需要照我說的做，懂嗎？小久點頭說：懂。李天吾站起來，拉開門。門外的人嚇了一跳，也不是感應門，怎麼關關開開的。他清楚的看到用槍指著阿浩的人身體抖了一下，好像打了一個尿激靈。李天吾舉著雙手站起來說：我們是大陸的遊客，對面也是，因為那個隔間坐不下，我們兩個才到這邊來。能不能讓我們回去，然後一起結帳離開，你們的事情你們繼續處理。他看見狹小的走廊裡幾乎站滿了人，兩頭都被堵住了。在他講完話之後，走廊忽然很安靜，也許這些人在想，怎麼在這樣的時候突然冒出個人講了一串聽起來很理智的話。拿槍的人不看李天吾，用國語說：幹，怎麼還有其他人？趕快走掉。李天吾說：多謝。然後拉開了對面的門，裡面的人發出一聲整齊的尖叫，李天吾說：沒事，他們在處理生意上的事情，和我們無關，我們走吧，晚上還要去新光三越買東西。房間裡的人不知道他在說什麼，都仰著頭看他，一個中年女人拿著聖經小聲念著：但願我的祈望成真，上帝滿足我的希冀，願上帝樂意，將我踏碎，趕快出手，把我了結。李天吾透過窗子看到外面是一片花叢，果然和他們房間不同，運氣還算不錯，他心想。「好啦，走吧。」趕羊一樣，信徒們陸續站起來，夾著書向外走，李天吾和小久夾在羊群中間。他伸手從腰上拔出手槍，走到拿槍的人身旁，抬手頂住他的太陽穴，說：你叫什麼名字？走廊馬上一片嘈雜，李天吾等嘈雜過去，又重複了一遍：你叫什麼名字，請你說國語。那人說：阿亮，兄弟是拜哪裡的？你知道你很難走出去啦。人已經幾乎散盡，只有小久還站在走廊裡，因為她正被一個人用槍指著頭。很簡單的邏輯。李天吾說：阿亮，我有一個答案和一個問題，你要先聽哪一個？阿亮說：答案好啦，你到底要怎樣？李天吾說：答案是今天你搞不了阿浩，你需要換一天。剛才出去的人馬上會報警，我不知道台北警察出警的速度，但是再慢也很難超過十分鐘，剛才已經過去了兩分鐘，所以除非你的人現在開槍打死我，然後我打死你。阿亮想了想，說：你的問題是什麼？李天吾說：請問台北有沒有比101大樓還高的教堂？阿亮說：教堂？你什麼意思嘛？李天吾說：請問台北有沒有比101大樓還高的教堂？就是這個意思。阿亮說：沒有，沒有那樣的教堂，全台灣也沒有。你這個人夠古怪。為什麼要救阿浩，你知道他對我們幹了什麼？你一個大陸人。李天吾說：此事說來話長，簡單說是身不由己，不救不行。阿亮說：現在我們要怎樣？大陸仔。李天吾說：可能要麻煩你跟我到對面那扇窗戶旁邊，等我們三個從窗戶出去，你再想辦法離開，我想我們應該現在就這麼做，這樣留給你們的時間會更多一點。這時阿浩說：房間裡的燒鴨麻煩叫你的人拿給我。

三個人從窗戶出去之後，踩死了幾株花，兩輛警車也已經到了茶藝館門口，剛剛停穩。阿浩默不作聲帶著李天吾和小久穿過小路，回到那兩輛保時捷停靠的地方，發現兩輛車都不見了。阿浩站在路邊打出一個電話，沒有人接，然後他把手機放在口袋裡，回頭對他們兩個說：吃點東西吧，小久你先把鞋子穿上。

「你需不需要先躲一躲？」李天吾說。

「該躲的不是我，有什麼想吃的沒有？」

「鼎泰豐吧。」

包子、薑絲、醋碟擺好之後，阿浩讓服務生把燒鴨拿到後廚切好，端上來放在中間。

「你們先吃好了，我去買包煙。」

阿浩回來的時候，李天吾已經吃了兩屜包子，小久卻沒怎麼吃，好像還在為剛才的事情發愣。

阿浩坐下吃了兩個包子，在夾第三個包子的時候說：你很會用槍。

李天吾說：還可以。

「混哪裡的？」

「在大陸做事。」

阿浩點點頭。

「你知道小久是我妹。」

「知道。」

「你年紀比她大很多吧。」

「確實不少。」

「倒沒有關係，不過我想請你做些正行，不光是為她也是為你。」

「我明白你的意思。但是我和小久認識不久，朋友而已，而且我三天之後就走，你不用擔心。」

小久忽然說：哥。

阿浩擺擺手：好久不見了，不要說不開心的事。

小久說：好。

阿浩說：爸爸媽媽怎麼樣？

小久說：和過去沒什麼兩樣，只是老了一點。

阿浩說：你告訴他們，我匯給他們的錢如果他不想要就捐出去，不要退給我。觸霉頭。

小久說：我想告訴你，如果你以後看到他們，就告訴他們……

阿浩說：我已經兩年沒有見過他們，不知道下次見到是什麼時候，有什麼事不會自己去說？

小久說：好。想和你照張相。

阿浩說：搞什麼？

小久說：就是想要照張相，可不可以？

阿浩很不情願地和小久合了影，在小久摟住他脖子的剎那，李天吾發現阿浩好像不自在的笑了笑。

照完了相，阿浩把第三個包子放在嘴裡，吃掉，又吃了一塊燒鴨，說：

「還沒請教你的名字？」

「天吾。」

「天吾，如果你願意做正行，我想你可以考慮一下留在這裡，手續我來辦，你到民權東路四段的恆盛典當行找阿浩就可以。」

「如果我想留下，我會去找你幫忙。」李天吾說。

有短訊傳進阿浩的手機，他看了一眼，說：

「你們吃，我先走。小久你下次不要穿成這樣，好好念書就好。你的心臟問題要小心，臉色很蒼白，這個給你。今天謝謝你，天吾。」他伸出手和李天吾握了握。

在阿浩從樓梯走掉之後，李天吾吐出一根鴨骨頭，說：那是什麼東西？

情人糖。小久拿出一顆遞給李天吾說。

第六章　存檔——3　女人穆天寧

我沒有想到，父親會在發病之前變成一個小偷。在我二十九歲的時候，他已經因為酗酒，大部分時間忘記了自己是誰，當然也喪失了繼續毆打母親的能力。據母親回憶，在他不能再向她動手之後，也就是如果揮出拳頭，很可能沒法擊中目標反而自己會向著揮拳的方向摔倒之後，他愛上了微笑。他就坐在床邊，看著我的母親微笑，母親問：你笑什麼？他說：給一點酒喝。他的手放在腿上，劇烈地抖動，點一支煙也需要很長的時間才能把火苗放在煙頭上。母親不說話，出門買菜，等她回家之後，父親還坐在原來的地方微笑，而她隨後發現，廚房裡的料酒空了。之後她把家裡的料酒藏了起來。在家裡找不到一滴酒之後，父親忘記了自己的名字。母親問他：你叫什麼？他笑而不答，母親大聲喝問他：說話，你是誰？他搖搖頭說：想不起來。母親說：我是誰？父親說：你是小玲。母親說：小玲是誰？父親說：是我的媳婦。母親說：你是誰？你叫什麼？父親搖搖頭說：想不起來了。母親說：你知不知道你這麼多年做了什麼？父親搖頭說：不知道。母親說：你打了我三十年，你欺負了我三十年，你知不知道？父親仰起臉說：是嗎？母親說：不要裝傻，你肯定什麼都知道。父親說：我想不起來。如果真是那樣，對不起了，小玲。母親找出家裡的白酒，倒了一杯給父親，說：喝了吧。父親喝了一口，就吐在了褲子上，然後微笑看著母親說：喝不下了。母親抬手打了他一巴掌，然後抱著他哭了。

傻掉之後的父親每天的工作是坐在樓下的小賣部門口曬太陽。母親早上把他領過去看他坐好，在天黑之前再把他領回家，幫他洗漱睡覺。我家的窗戶正對著小賣部門口，母親可以隨時看到他是不是還在那。她從沒發現他曾經離開過那個板凳，但是事實證明他一定在什麼時間走開過，這讓她在後來十分費解，他到底是什麼時候不見了又是什麼時候回來的呢？而他曾經離開過的證據就是他會送給母親禮物。比如一天母親晚上把他領進家門，他從褲子的口袋裡掏出一個蘋果放在客廳的餐桌上說：給你一個蘋果。另外一次他從口袋掏出一隻濕漉漉的小螃蟹說：給你一個螃蟹。母親問他，東西是從哪來的？他說是有人送他的。母親問，誰送你的？他說，想不起來，就是有人要送給他，他只好收下。有一天在母親接他的時候，發現他的鼻子腫得老高，上衣有乾了的血跡，而兜裡裝著一枚準備送給她可已經壓碎的雞蛋。母親把他領到了附近的菜市場，沒費多大的力氣就找到了打他的人，一個長年在那裡賣雞蛋的男人。你怎麼可以打他，他是傻子，母親說。男人說，傻子就可以偷東西嗎？母親說，把雞蛋還給你就好，你為什麼要打他？男人說，到底是你傻還是他傻，如果他還給了我，我會打他嗎？我當場抓住他，他還不還給我，說是我說好送給他的，怎麼能反悔？我不是打他偷東西，是打他嘴硬。母親說，可你打了他的鼻子。男人說，我也不是拳擊手，怎麼能說打哪就打哪。父親在母親身邊微笑著對那男人說：謝謝你送我雞蛋。小玲正好你也在這裡，雞蛋就是他送給我的。母親拉著父親的手離開了雞蛋攤，還有誰送過你東西，你記得起來嗎？送我東西的人我怎麼會不記得。母親找到了賣蘋果的女人，找到了賣螃蟹的老人，找到了賣其他東西的人。他們都記得父親，不是沒有其他人在菜市場小偷小摸，但是只有父親一個是偷了東西，還要感謝對方把東西送給他的人。他們中的大部分人沒有收母親遞過去的錢，他們大都會說，東西不值幾個錢，而且誰叫他是個傻子嗎？只有一個賣大蒜的女人說：我覺得他沒偷東西。母親說：偷了就是偷了，把錢收下吧。女人搖頭說：他拿了東西之後，謝了我，我覺得就算送了，那頭大蒜確實是我送給他的。

之後父親走路出現了困難，之前他雖然走得很慢，可是還是能自己走路的。在某一個時間點之後，他開始跌倒，而且經常跌倒得十分突然，上一秒鐘還好好的，緩慢而平穩，下一秒鐘就突然摔倒在地，站起來之後全然忘記自己剛才跌倒過，而問母親，我的衣服怎麼髒了？上面的灰塵是哪來的？在母親領他去醫院的路上，準確地說，是剛剛走進醫院的時候，他看了看醫院裡嘈雜的人群和幾個正聚在一起哭泣的家屬，然後再次摔倒在地，這次他沒能自己爬起來，而是倒在地上好像睡著了。醫生給出的結論是，腦出血，做了開顱手術之後，暫時脫離了生命危險，只是無法確定什麼時候會醒過來，因為血塊已經大大損傷了他的腦部神經，再也無法復原了。是不是早就開始出血了呢？他已經傻了幾個月了，記不起自己是誰。母親問。醫生說，不是，在醫院跌倒的時候是唯一一次的出血，之前大腦也許是健康的。母親說，那他怎麼已經開始失去記憶了呢？醫生說，很多酗酒的人大腦都會受到不同程度的損傷，而這種損傷單從外觀上或者說單單從顱內組織的情況上是沒法確切分辨的。醫學從某種程度上只是一個概率問題，比如這次腦出血的原因，當然很可能是因為長年酗酒導致的，不過也可能完全沒有關係，就如同蘋果會掉到地上，是因為萬有引力的關係，可你無法確知下一次蘋果還會不會掉在地上，雖說從過往的經驗來看，有著極大的接近於完全的可能，說到底還是可能。作為醫生，我只能說，他到現在這個地步很可能是因為酗酒導致的，傻掉的原因很可能是因為同一個原因，而且未來他很可能再也無法講話，無法行動，也很可能在睡夢裡因為更嚴重的復發而死亡，但是這些也都是可能而已。

在我來到醫院之後，母親向我複述了這些可能。即使在我記憶裡母親最無助的時候，也就是被父親逼到牆角用皮帶抽打的時候，她也沒有這麼弱小。她的人生好像剛剛著了一場大火，而她現在站在廢墟前面，無數次的哭泣之後，幻想著一切能突然從灰燼裡生長出來。而她的這種狀態也剝奪了我本來應該獲得的輕鬆感——因為父親無法再向母親施暴而獲得的輕鬆感。在看到父親躺在床上的安靜面容時，這種輕鬆感更是蕩然無存，取而代之的是一種深深的無奈。他在均勻地呼吸，嘴角似乎還在似笑非笑，我本來曾經設想過無數種報復他的方式，而現在他已經無法感知任何方式的報復，從某種意義上說，他已經死了。我發現自己忽然陷入了一種迷茫，像個壞父親一樣活著，就像他曾經做過的那樣，以便給我一個報復他的機會，和像現在這樣慢慢的無聲的死掉，如果我是上帝的話，他的這兩種存在方式我不知道應該選擇哪一個。當然把時間向前移動，我更願意選擇他像一個好父親那樣活著，使母親度過幸福的人生，使我變成一個不同的人，可我沒有能力拖拽時間的鼠標，我的介面上只有一個能夠點開的文件夾，名稱是：他熟睡。我不知道為什麼會出現這樣的安排，在一個人毀掉了自己和家人的全部家庭生活之後，好像筋疲力盡一樣躺在床上睡著了。在我三番兩次以案子在身為由，拒絕陪護他之後，母親說：你是他的兒子，你不能不管他。你的名字還是他起的。我說，我沒有不管他，他的醫療費用由我負責，我只是沒時間待在醫院裡。你可以雇一個護理，費用也由我負責。而且關於名字，又不是我請他起給我的。母親說，如果你確實忙那就算了，工作要緊。護理我不會去雇，我自己來。我說，你會把自己累死的。母親說，他堅持不了多長時間，不會累到哪裡去。事實馬上證明她錯了，父親死人一般活著，除了大腦，其他所有器官都在正常運轉，好像一個老闆出國度假的公司，雖然無法做出什麼重大的決策，可也沒有因此而倒閉，而是保持著原來的樣子經營。母親迅速消瘦下來，原本隱藏的血管浮現在手上，她默默消瘦的樣子明確通知我：你已經別無選擇。於是我向蔣不凡告了假。父親病了？我說，是，腦出血，估計堅持不了多久了。什麼時候的事？一個月之前。你怎麼才說？不是有案子在跟嘛？趕緊給我滾回去，案子要多少有多少，爸就一個。在哪個醫院，我去看看。別去，需要你的時候我會和你說。行，反正是你爸，你自己定。不用著急回來，缺了你地球照樣轉，懂嗎？

於是我得到了一個沒有期限的帶薪假期，收入沒有多少減損，蔣不凡擅自在一些案宗的經辦人上寫了我的名字，以便我能拿到相應的獎金，換句話說，從表面上看，我在休假的時間裡也神出鬼沒地破了不少案子。而面對人生的第一次如此漫長的無事可做，除了每天晚上睡在父親的單人病房裡，白天中午醒來之後，我便去公園或者書店打發時光。

和安歌分別的那條長椅，在我念警校的時候也經常會去坐一坐。面對著湖水和遠處的樹林，清空自己的思緒，然後把安歌引進來，放在腦海的中央。雖然這麼多年來，我沒有放棄尋找她的努力，可還是沒有一點線索。她的父母賣掉了皇姑區岐山路上的房子，搬到了國外，不過是搬去了兩個不同的國家，因為兩人已經在安歌失蹤不久之後宣布離婚。我沒有就此放鬆對於這兩個人的關注，防止安歌暗地裡聯繫他們其中的某一個而我沒有知道。但是看來安歌並沒有這麼做。她的父親在付了他那幾個學生一大筆賠償金之後去了美國，並在美國獲得了很大的聲譽，而聲譽也同時助長了他風流成性的行事風格，他在兩起和幼女有關的醜聞中成為被告，但是都成功脫身，原本的醜聞成了美國社會對東方藝術家不公正的詆毀。她的母親在她失蹤第二年之後在日本再嫁，第二任丈夫是日本的一個名不見經傳的陶藝匠人，有一個奇怪的名字叫作千兵讓。兩人定居沖繩，婚後一年生下一個男孩兒。她漸漸退出了知名藝術家的圈子，成了一個更溫和的母親。安歌應該三十歲了，和我一樣。她可能生活在和此時此地不同的某時某地，過著她想要的生活，也許就像她說的，活在自己最喜愛的時光裡，也可能完全相反，過得一塌糊塗。她寫給我的信在我的抽屜裡放了十幾年的時間，鉛筆寫下的字跡已經不是那麼清晰，每次把信在檯燈下展開，安歌便好像來到了我的身邊，一邊拆開我的鋼筆檢查哪裡出了問題，一邊輕聲說：請放心，我會捍衛你。她還沒有死，與其說是一個判斷，這句話更像是一種信念。我牢牢把這種信念鑄在自己的心神上，帶著它從十八歲慢慢走向三十歲，時間越久，這種信念越為強烈，她不會死的，她躲了起來，而我一定會找到她。

新華書店與我家的直線距離大約五百米，實際距離大約一千米，和父親所住的醫院與我家的距離差不多。我記得剛剛從平房搬到樓裡，從我家的窗戶向外看去，第一眼看到的就是「新華書店」四個紅色的大字。經過多年的發展，新華書店已經萎縮在兩層樓裡，其他樓層租為他用，最大的租戶是中國聯通公司的營業廳，每天賣著不同兆寬的寬帶和各種話費套餐。兩層樓的書店在S市也已經算是規模不小，況且二層的地上還鋪有地毯，可以拿本書席地而坐隨意看下去，直到書店打烊。書雖然擺得不是十分規整，換句話說，簡直是隨便亂堆在書架和地毯上，可是如果遇見資深的營業員，還是可以跨過障礙物找到自己想要找的書的。在陪護父親的那段時間，我每天中午醒來，簡單吃過早飯，就走到新華書店裡找本書坐下。我讀書可說是並無一點目的，更不用說想要磨練什麼精純的趣味，只是因為從高中起喜歡讀而讀，甚至說安歌對此事的作用也僅僅是起了頭而已，往後便成了我自己的事，讀書可以忘記包括安歌在內的所有事情，只在心裡想著：有趣有趣，後面待要如何？或者目前無聊，再過幾頁會不會有點起色。這麼說來，我大都讀的是小說，並非是看低了其他題材，或者看到詩歌和散文就忽然不認得字了，而單純是個人興趣。小說總體上是一個完整封閉的世界，人類最接近上帝的角色可能便是充演一個小說家，科學家當然也能從一個試管中造出一隻羊或者一條蛇，聽說造人從目前看來也不是很難做到，但是其工作或多或少還是與小說家不同。最初的亞當夏娃並沒有多少可看之處，只有吃了生命之樹上的果子之後，能辨善惡，一切才開始有趣了。我常懷疑小說家的勞動和那樹上的果子有極大的關聯。我不看偵探小說，柯南·道爾、阿加莎·克里斯蒂娜、東野圭吾之類，不是寫得不精彩，只是作為警察，知道這些作家是大大的外行，這也是正是這些小說能夠精彩的原因，若是內行人，必會處處掣肘，想像力無從施展。史詩巨著也能拿起來看，只是一旦寫起史詩，作家就好像當即失去了幽默感和靈巧，中國的作家更是如此（也可能原來這兩樣東西就沒有多少），再加上我對小說有某種偏見，這種偏見很可能來源於自己的懶惰，即是一部完美的小說應該有一個完美的長度，超出這個長度就很難完美，再經典的長篇巨製也有冗長的成分。那天下午在新華書店二層，我就正拿著一本我喜歡的書，不錯的長度，坐在書架中間的地毯上讀。

「想到這件事，不知不覺喝了很多酒。天已經晚了，飯廳裡只剩了幾桌客人。有一個服務員雙手扠腰站在廚房門口，好像孫二娘在看包子餡。我在恍惚之間被她拖進了廚房，倒掛在鐵架上。大師傅說：『這牛子筋多肉少，肉又騷得緊。調餡時須是要放些胡椒。』那母夜叉說道：『索性留下給我做個面首，牛子你意下如何？』她上唇留一撮鬍鬚，胸前懸著兩個暖水袋。我說道：『毋寧死。』她踢了我一腳說：『不識抬舉。牛子，忍著些。過一個時辰來給你放血。』於是就走了。廚房裡靜悄悄的。忽然一隻獅子貓，其毛白如雪，像夢一樣飄進來，蹲在我面前。鈴子對我說：『王二！醉啦？出什麼神？』」

有一個服務員雙手扠腰站在廚房門口，好像孫二娘在看包子餡。我活動了一下脖子，小聲說：這小子。然後用手指沾了一點吐沫，準備翻過這頁繼續讀下去。

「你叫別人怎麼看？」一個聲音忽然在對面衝我說。

原來是一個坐在我對面的女孩兒，我們兩個都直著腿坐在地上，她手裡也端著書，腿離我的腿很近。

「在和我說話嗎？」

「當然在和你說話。你的吐沫沾在書頁上，別人怎麼看？」女孩兒穿著黑色的呢子大衣，地上的下襬過了膝蓋，脖子繫著黑色圍巾，身邊放著黑色的皮製挎包。只有圓臉和脖子的皮膚十分白皙，眼睛本來也許是可愛的那一款，因為即使皺著眉頭下的眼睛，也沒有她想要表現出的那麼嚴肅。總體上來說，好像剛剛參加完爺爺喪禮，但是並沒有特別悲傷的女大學生。

我沒有應聲，繼續讀書。

「你為什麼不買回家去讀，怎麼讀就隨你的便了？」

不應聲，也不要再用手指沾吐沫，我告誡自己。可為什麼不馬上站起來走掉？似乎不合禮數，太冒犯別人了一點。

多虧書寫得精彩，很快我就又回到王二和小轉鈴的世界。

「小轉鈴說過，她需要我這個朋友，她要和我形影不離，為此她不惜給我當老婆。和一個朋友在一起過一輩子可夠累的。所以我這麼和她說：也許咱們緣分不夠，也許你能碰上一個人，不是不惜給他當老婆，而是原本就是他老婆。不管怎麼說，小轉鈴是王二的朋友，這一點永遠不會變。」

這傢伙。

「確實這麼有趣？」黑衣女子怎麼還沒走。

「是有趣。」這個問題我願意忠實的回答，對於一本確實有趣的書，無論面對的是什麼人，我也應當對書負責，說出這本書確實有趣的事實。

「你知道弄這一本書有多麻煩？遇見你這種只看不買的人，努力就白白浪費了。」

「沒有明白你的意思。」我把手指放在書頁之間，防止一會讀的時候忘記從哪繼續。

「我的意思是把這一本書做出來，辛苦不是一般的，又要組稿，又要審查，還得設計封面，確定紙張，再到發行，宣傳，就算上市之後，一旦被查出有反動的因素，書被下架不說，編輯的執照也要跟著被吊銷。結果落到你這樣人的手裡，把自己的吐沫抹在每一頁上，又放回書架，拍拍屁股走了。」

「確實辛苦。可是這些辛苦的目的是把書變成錢，還是讓讀書的人獲得樂趣呢？或者說，做一本書到底是為了有人買還是有人看？」

「當然是要人買，如果沒人買，編輯就會餓死，作者就會餓死，行業就會餓死，到時候誰再寫書做書給人坐在書店裡看?所以根本問題是花錢買書。」

好吧，第一，這書確實不錯，除了這一篇，其他幾篇還沒讀過，買回家也不算虧本，第二，以我的收入其實大可以多買些書放在家裡，只是書店離家太近了一點，我又不是那種買書不讀擺在家裡充門面的人，家裡只有十幾本常讀的枕邊書，其他時候想讀書就走幾百米的路，養成了習慣。第三，目前看來，若是不掏錢買下這本書，今天想要不冒犯對方而脫身實在很難。

「你說的對。我這就買。」說完我站起身，腿腳有點麻木，一邊活動腳踝一邊把手伸進懷裡。沒有帶錢包。也許錢包落在了父親的病房裡。那天是第一個月住院結款的日子。

「我明天來買，今天沒有帶錢。」

「這當然是你自己的事，不用跟我彙報。」

不要辯解了，不要管她相不相信。明天來買就好。我對她點點頭，走了。

來到病房，遇見每天給父親換點滴的護士，一位三十四五歲、樣子相當男性化、手腳麻利的女護士。「你的錢包落在款台上，我幫你拿到護士站了。」「謝謝你。」取回錢包，我坐在父親病床對面的沙發上。那幾天母親犯了高血壓，下午需要回家休息，所以我通常早早就到了病房。沙發打開來可以變成一張單人床，我晚上就睡在上面。病房條件很好，當時已經是深冬時節，附近的小馬路上還有積雪，夜晚的時候無論穿得多麼厚實，站在室外太久也會漸漸手腳麻木。病房裡卻好像夏天，進來不久就需要把衣服一件一件脫掉。父親身上插著監測儀器，躺在床上均勻的呼吸，房間裡既沒有花也沒有水果，幾乎沒有前來探病的人。事實上，如果我不進來，房間裡幾乎只剩下白色，白色的窗簾，白色的床單，白色的頭髮。父親什麼時候頭髮全白了呢？應該沒有一個具體的時間，一點點白到最後一根，只是我沒有注意。我站起來看了看點滴的進度，按照過去幾天的經驗，五六個小時之後才需要更換。心電圖十分平穩。掀開棉被的一角，沒有排便。然後我躺回沙發上，此人變得如此安靜真有點不可思議，若在平時，他看我躺在自己的衣物上，一定會踢我一腳，罵我一頓，說不定由此生出母親應該對我變成這樣負責的念頭，再痛罵母親一頓。我起身把衣服疊好，打開沙發，放在已經變為床的沙發的一角。再次躺下之後，我想，就算你突然醒過來，也沒有理由找我的麻煩了吧，然後便睡著了。在睡夢裡，我見到了姑姑，準確的說，是很老很老的那個姑姑，可能有一百歲。她顫顫巍巍的向我走過來，把錢塞進我的手裡，說：給你念書，不要告訴別人。我說，姑姑，我已經不需要再念書了。她還是說：給你念書，不要告訴別人。然後轉身走進一個隧道裡，我喊道：姑姑，你去哪？她回頭和我說了一句什麼，我聽不見。我說：妳說什麼？她剛想再說給我聽，突然被一陣風吸進了隧道裡不見了。

第二天中午來到書店，黑衣女孩已經先我來到那兩排書架之間坐好，看見我走過來，她抬頭對我說：來買書了？

「是。」

「信用還可以。不再坐一會了？」

「不了，像你說的，買了書回家隨便看，沾多少吐沫在上面也不會有人管我。」

「這本書不賴，你不想看看？」她揮了揮手裡的一本紅色小書。

「什麼書？」

「《擊壤歌》。」

「沒聽說過，名字我都不懂，恐怕看不下去。」

「日出而作，日入而息。鑿井而飲，耕田而食。帝力於我何有哉？這就是擊壤歌的意思，一首上古的歌謠，不過這本是台灣人寫的。」她站起來把書遞在我手裡。

我接過翻了翻。她在我身邊說：

「你覺得封面怎麼樣？」

「還好，是一面牆和一扇窗子是吧。」

「我覺得有點呆滯，如果我做，就用木棉花，因為書裡提了好多次羅斯福路的木棉花。

版式呢？我是說你覺得打開之後，讀上去舒服嗎？」

「還好，字看上去不大不小。」

「我也覺得是，版式可以，只是沒用插圖有點可惜。應該放些插圖進去，台北的風景啊，校園啊，也可以把聖詩或者歌詞寫在紙上拍下來做成插圖放進去，文藝氣息會更濃一點。」

「聖詩？」

「裡面有一首很不錯的聖詩，前四句是大山可以挪開，小山可以遷移，但神對人的大愛，永遠不更易。若用繁體字寫在信紙上一定很好看。」

我感覺到心跳加快，喉嚨收緊，放在書頁上的手指不受控制的哆嗦起來。

「在哪裡？」聲音也不像自己的。

「哪能記得，自己翻翻看，書也不是很厚。」

我找到了聖詩，然後又找到了那首叫作〈小白船〉的童謠。然後我坐在地毯上，把書從頭到尾讀完了。等我再次把眼睛從書上挪開，發現黑衣女孩坐在我的身邊看著我，好像在看從金字塔裡走出來的木乃伊。

「我能問一下你為什麼在發抖嗎？」她小聲說。

我搖搖頭說：「還是不懂。」

「不懂什麼？這書有這麼感人？女生心事嘛，怎麼把你感動得這麼厲害？」

「看完了之後，我也不明白和她有什麼關係。」

「她是誰？」

「一個朋友，看完這本書之後失蹤了。」

「女朋友？」

「不是。很特別的朋友。我不知道該怎麼講，講不出來，希望你能理解。」

「說實話，不是很容易理解，我沒有過這樣的朋友。不過我相信你說的是真的。」

從《擊壞歌》中抬起頭之後，我發現天已經完全黑了，這個時點我應該已經在父親的病房裡了，隨後我發現自己處在不小的難堪之中。我拿出手機打給護士站。「沒事，你父親的情況很平穩，我們能夠幫你照顧，你可以晚點回來，每天來這裡陪護，也需要適當的休息，要不然你也會病倒。」

「如果方便的話，想請你吃點東西。」我對女孩兒說，高中畢業之後，認識的女孩兒不少，也偶爾會和看得順眼的女同學單獨吃飯，吃飯而已，然後就各自找路回家。

「方便倒是方便，不過我不喜歡白白吃別人的東西，這本書我送給你。可以吃火鍋嗎？」

「沒問題。」於是下樓分別給兩本書結了帳。

到處都是火鍋店，我選了一家相對精緻的。點過菜之後，女孩兒拍了拍手說：

「好了。名字，職業。」

「天吾，是警察。」

「姓天嗎？」

「李天吾。」

「我叫穆天寧，是做文學編輯的。」

「怪不得對書的製作說得頭頭是道。原來是行家。」

「不算行家，剛剛入行不久，不過確實很喜歡這個職業，每天滿腦子想的都是怎麼把書做好，有時候睡覺也想。」

「為什麼喜歡做編輯？喜歡讀書？」

「肯定是喜歡讀，要不然也做不下去。也喜歡寫，但是寫得很爛，沒法出版那種，於是就選擇做編輯，別人寫，我來做，一本書創造出來，我也佔一份，喜歡這種感覺。」

「有一個問題。」

「可以隨便問，既然是你請客。」

「為什麼這麼喜歡穿黑衣服，還是這兩天有特別的事情？」

「很簡單的理由，我有點胖，黑衣服會顯得瘦一點。能看出來我有點胖嗎？」

「說實話，不太看得出來。」

「那就說明我穿對啦。」穆天寧一口吞下一枚在我看來尚且半熟的魚丸。

寒夜裡的火鍋店熱氣騰騰，食客們都在對著一鍋沸水把東西放進去提出來，然後端起酒杯，喊著笑著把酒灌進肚子裡。如果有什麼東西能真實的模擬這個城市的話，火鍋店也許要算一個，生的變成熟的，理智的變成瘋癲的，沸水不變，只是不斷有新鮮的人跳進去煮。

「忘記了一件事情。」悶頭吃了一會，穆天寧突然說。

「請講。」

「沒有點酒，一直在喝茶水，喝得我都覺得瘦了。」

「是我的疏忽。我不能喝酒，夜裡還有事情，你自己喝行嗎？」

「一點問題沒有，一個人喝兩份。」

穆天寧招手叫來服務生，點了一件冰鎮的雪花啤酒。一件是小件，即是六瓶。不到半個小時，就著鮮牛肉、手切羊肉、金針菇、蔬菜拼盤，喝掉了三瓶。還是面不改色，吃東西的勢頭也不見減弱。

「讓你破費了。」她一邊打開第四瓶啤酒一邊說。

「不用客氣。隨便吃喝。今天錢包確定帶了。」

「明白。警察嘛，手高手低，不會太窮。」

「沒你想的那麼簡單。而且即使不是警察，一頓飯也不會把人吃得破產。」我繼續慢慢喝著自己的茶水，欣賞著她把酒倒進嘴裡的瀟灑手勢。

「四瓶啤酒是我的極限。」她打開第五瓶的時候說。

「多喝點沒關係。」

「可是你說的，喝多了胡言亂語發瘋耍潑你也要付帳。」

「只要你不用啤酒瓶把我打倒在地，付帳的一定是我。」

喝掉第五瓶啤酒之後，她的臉頰上有了紅暈，東西也不怎麼吃了。

「剛才我沒有說實話。你這警察不怎麼樣，不說實話你也不知道。」

「現在準備說嗎？」

「看在你請我吃這麼多好東西的分上，我說給你。我穿黑衣服是因為我剛剛失戀了。」

「失戀的原因是對方去世了？」

她用手指著我說：

「你還挺機靈的，這句話說得討人喜歡。不過那小子還沒死，活得比我還要快活，跟一個兩條腿像麻桿屁股像秤砣的女人跑了。」

「很形象。」

「能不形象嗎？被我堵在床上，掀了被子一覽無遺。」

她說完，打開第六瓶啤酒給我的玻璃杯倒滿，泡沫順著玻璃杯淌到了桌子上。

「陪我喝一杯。否則寧可我自己付錢，也要把你打倒在地。」

我只要舉起杯和她碰了一下。

「我的愛情死了，黑衣帶孝。為我過去三年的傻逼愛情，乾杯。」

我的酒還沒有喝完，她就已經倒在桌子上，臉枕著餐盤睡著了。

我結了帳，拿了書，扶著她站在火鍋店門前，覺出寒風凶猛。剛才說看不出她有點胖確實不是虛言，而把她扛在肩上才發現她也沒有騙我。無處可去，好像撿到了找不到失主的錢包。和陌生人喝酒本就存在這樣的風險，一旦其中有一個人事不省，另一個除了把她領回去別無他法。我只好打了一輛出租車把她載到父親的醫院。醫院還沒有熄燈，走廊裡十分明亮，因為有一個患者剛剛去世了，一個中年女人坐在走廊中間用手捶著水泥地面嚎啕大哭。

父親病房的護士執勤，正在幫病人家屬查找殯儀館的電話號碼，看見我們之後說：咦，是又要辦住院嗎？這麼晚可不行。我說：不是，一個朋友喝多了，在父親的房間將就一宿就好，不會給你添麻煩。她走過來翻開穆天寧的眼瞼看了看說：看來沒事，睡一覺就好了，父親病了，還跑出去喝酒，你就是這麼休息的？我沒有答話，拖著她進了父親的病房，把她放在沙發上。她這麼睡過去，明天起來恐怕要感冒。才過了幾分鐘，她的鼻子上就有汗珠了。我在心裡權衡了一下，走過去把她的外衣脫掉，裡面的毛衣終於不是黑色，而是白色的底子上繡有一隻黃色的維尼熊。就這樣吧，即使再熱，也沒辦法再繼續了。我用床下的塑料盆打了半盆涼水，放在沙發邊，然後坐在父親床邊的椅子上，把外衣搭在椅背上，拿起《擊壤歌》來讀。

夜裡父親還是像原來一樣，毫無動靜，只是排了一次尿。倒是穆天寧翻身吐了兩次，揮舞雙手好像在一手掐住誰的脖子，一手搧其耳光。幸好我小心躲過，幫她把髒東西倒掉。凌晨兩點左右，她徹底沉沉睡下。《擊壤歌》寫得十分流暢，隨處可見才女的妙語，只是所寫所想，無論時間空間，離我相當遙遠了。七十年代的台北，不知道給了安歌什麼樣的啟迪，使她義無反顧地讓自己消失於熟悉的世界，以她失蹤的年齡和身上所帶的東西，不可能跑去台北的，或者這本書和她的失蹤完全沒有關係，只是時間上碰巧緊密相連，而她失蹤的原因只是受不了當時的一切，如同割傷自己一樣，以斷然消失來表示對這個可笑世界的抗拒，而我也是她所遺棄的這個可笑世界的一部分，也許是使這個世界最終完整的一塊拼圖。不得不承認，那個夜晚十分漫長，讀書的過程也遠遠稱不上愉快，儘管書中的青春情懷激盪四溢，可我發覺在第二天天亮的時候，我好像老了。即使找到了聖詩和歌謠的下落，也就是安歌失蹤事件所能留下的最重要也是最後的線索，也無法從中窺探出她失蹤的真正祕密。我遭到了潛伏在各種偶然性裡的命運的沉重一擊，幾乎把我擊倒在地，使我產生了放棄繼續尋找的念頭。也許是不是繼續當警察也無關緊要了，這不是我的人生，是他人的人生，我不小心掉了進來。我年齡還不大，可以繼續去讀書，也許將來可以做一個老師，把我喜歡的文章念給他們聽，和要好的學生通信，看他們一點點長大。與合適的女人結婚生子，妻子牽著孩子的手彈奏鋼琴，我在一旁批改學生的作業，也許那才是屬於我的真正的人生。但是就在發現天已經亮了的時候，另一種執念重又鑽進我的身體，我拉開窗簾，望著窗外薄弱的天光，想起在警校的訓練課上，被強壯對手的小腿牢牢鎖住喉嚨，只要我沒有認輸，在沒有斷氣之前，都有反敗為勝的機會。目前找到安歌的希望雖然益發渺茫，可也沒有任何證據證明她已經死了，而從我掌握的信息來看，世界上也許只剩下我一個人還在苦苦尋找她。我忽然明白，雖說我渺小而脆弱，在當警察的幾年裡，不斷面對各種各樣的危險時刻，隨時可能被死神的大手輕輕捏死，我並沒有違背我許下的諾言。雖然我也曾經傷害她，每次想起那天的情景我都想馬上跪倒，懇請上天能原諒我因為年少而犯下的過失。可我在其後的年頭裡，一直在用自己的方式捍衛她，那就是無論如何不能把她遺忘，以後也不會，只要我還活著。

穆天寧醒了，方式是又一次吐進盆裡。只不過這次嘔吐使她醒了過來，自己去洗手間把塑料盆刷淨，看起來又洗了洗臉，梳了頭髮。回到沙發上之後，她把額上沾濕的頭髮撥到一邊說：

「沒想到昨天晚上能睡在病房裡。」

「我也沒有想到。」我把《擊壤歌》放進抽屜之後說。

「醒來之後發現在病房，還以為是自己不行了。」

「不會，六瓶啤酒而已。有心事的人容易喝多。」

「把我帶到病房睡覺，你真夠可以的。」

「沒有辦法，晚上離不開人。」

「這是你的什麼人？睡覺的那位。」

「我爸。腦出血，可能不會再醒過來了。」

「就這麼一直睡下去？」

「可能也不會，最有可能的是突然有一天死去，不過樣子也會和現在差不多。」

「看來真正有心事的不是我，是你。」

「不算心事，無能為力的事情我通常不怎麼去想。」

「這麼說我可差遠了。不過，」她從沙發上站起來走到床邊，「也可能是我沒法確定什麼樣的事情我確實無能為力。」

父親應該不知道誰站在他的床前，即使他這時醒過來，似乎我也不知道該怎麼介紹身邊的這位來訪者。一位醉酒的女文學編輯機緣巧合來到這裡看看你。恐怕他會以為自己已經到了另一個世界。

「不用上班？」

「請了長假。」

「當警察還真不錯，你們需要女警嗎？」

「也許需要，不過你可能不行。」

「怎麼這麼瞧不起人，我身手相當了得。」

「不是這個意思。警察不能動不動就把自己喝醉，隨時都可能出警的。」領教過了，我心想。

「誰動不動就喝醉？我這輩子第一次失戀，還不能醉一回？我看你是大男子主義，有機會比試一下你就知道了。」說著她把手放在父親的額頭上。

「幹嘛？」我嚇了一跳，伸手去抓她的手。

她用另一隻手推開我，說：

「我外婆癱瘓十六年，一直住在我家，平時都是我護理，你緊張個什麼勁？」

她一邊用手輕輕撫摸父親的額頭，小心避開紗布蒙著的刀口，一邊說：

「叔叔，我叫穆天寧。今天天氣很好，陽光普照，小貓小狗都跑上街了。如果你這就起來，我就陪你去院子裡走走。想休息也沒關係，我這人最喜歡在這樣的天氣宅在家裡，看看書啊，看看電影啊，看看韓劇啊，睡睡午覺啊。你大可以安心睡你的回籠覺，我幫你按按摩，沒意見吧。」

「小貓小狗都跑上街，這句有點奇怪。」我說。

「不要把小貓小狗不當人，這是大男子主義的另一種表現形式。」她坐在椅子上，牽著父親的手開始幫他放鬆小臂。

「點滴打得久了，身上會腫，要多做皮膚按摩刺激他的血液循環。先是手和胳膊，然後是後背，最後是腿和腳。指甲怎麼這麼長？」

「指甲？」

「指甲刀呢，有沒有，如果你指甲這麼長，你不覺得丟人嗎？你爸一定覺得丟人，只是說不出來而已。」

沒有準備指甲刀，我跑去護士站借了一把。「那位醉酒小姐醒了嗎？」護士把指甲刀遞給我。「完完全全醒了。」我回到病房，穆天寧已經脫掉了小熊毛衣，露出了紅格子襯衫。看起來準備轟轟烈烈大幹一場。

「這裡真是熱得可以，怪不得一直覺得口渴。指甲不要剪得太禿，不小心弄破了會感染，勤剪一點就可以。」我給她倒了一杯白開水，她看也沒看一口氣喝下去，然後繼續幫父親剪指甲。

「和父親感情很好？」

「一般。」

「一般就是不好。」

「這麼說也可以。」

「你這個警察說話真是婆婆媽媽，難以想像槍會落在你這樣的人手裡。」

「只能說明你對警察有誤解。」

「和父親感情不好，那麼晚了還要拖著我來病房？」

「兩碼事。夜裡一定要來。」

「不和你說了，總是說不痛快。你不睡一會？看你眼睛，一夜沒睡是吧。」

「沒事，我媽馬上來了，我回家去睡。」

「明白，媽媽一來，你就要解釋為什麼房間裡多了一個我。第一天按摩，也不宜做得太久。」說完她把側著身子的父親放平，以極快的速度穿戴整齊，拿起挎包說：「你那本書也借我看看？」

「送你吧。」

「不著急，我先看看有沒有趣。叔叔，你先睡覺，醒了就出去走走，不要害怕，世界沒怎麼變的，再見了。」說完頭也不回的出門去。

真是個急先鋒。我心裡想，講話快，喝酒快，喝醉快，消失快。怪不得失戀那麼快。三年快嗎？很快了吧，和希望的一輩子比起來。沒有過幾分鐘，媽媽拎著新買的尿片走進來。

「你爸今天氣色很好。」

「是嗎？我看沒什麼兩樣啊。」

「不一樣，他好像在笑。」

「沒看出來，錯覺吧，媽。」

「可能吧。你先回家睡覺，早飯我做好了放在電飯鍋裡。對了，護士說，你昨晚背過來一個女孩兒，人呢？」

真應該掌嘴。

「已經走了。」

「哦，回家吧。」

十個小時之後，我又回到病房。媽媽正坐在椅子上和父親說話：

「當時如果不是你，那年廠裡的撲克雙打比賽我們就是冠軍了。誰想你打到一半，埋怨我出錯了牌，扔下牌走了。誰沒有出錯牌的時候？錯了再想辦法贏回來，扔下牌走了可是你的不對，多好的一手牌啊。」

「媽我來了。」

「哦，那我回去。指甲剪得挺乾淨，我都沒有想到給你爸剪指甲。」

「回去吧，明天不用那麼早過來。」

「對了，有空幫我買一台半導體，我的那個又壞了，想聽點地方戲。」她出去之前說。

獨自一人再拿起《擊壤歌》讀，這一次發現安歌從中提取的信息好像都和海洋有關。那首聖詩雖然沒有明確提到海洋，可「不忍一沉淪」也可視作孤島一樣的人的沉沒，況且在她聲稱自己所寫的小說中，也化用了聖詩中的句子說，陽光照耀海水，也照耀我們。而那首朝鮮童謠〈小白船〉不但提到了海洋而且提到了燈塔。船、海洋、燈塔，也在她口述的小說中出現。在《擊壤歌》的一三五頁和一八四頁兩次引用了一首詩：

我從海上來，帶回航海的二十二顆星
你問我航海的事兒，我仰天笑了……
如霧起時
敲叮叮的耳環在濃密的髮叢找航路
用最細最細的噓息，吹開睫毛引燈塔的光
赤道是一痕潤紅的線，你笑時不見
子午線是一串暗藍的珍珠
當你思念時即為時間的分隔而滴落
我從海上來，你有海上的珍奇太多了
迎人的編貝，嗔人的晚雲

和使我不敢輕易近航的珊瑚的礁區。

顯然這是一首以航海所見為喻的情詩，而安歌從《擊壤歌》裡和海洋有關的描述和引用裡面到底看出了什麼呢？她自己所寫的小說中的船，海洋和燈塔又是指什麼呢？不過我至少可以確定，安歌的失蹤和這些看似縹緲的隱喻有關。

「還不趕快幫幫我！」穆天寧抱著一大盆半人多高的植物踉蹌進門。

「什麼東西！」我扔掉書跑過去把底座抱住，植物的刺二話不說把我的臉劃了一道口子。

「不認識？蘆薈啊。放在窗台旁邊就好。」她果斷撤出了手，一邊拍掉手上的土一邊指揮我。

「弄這一大盆蘆薈幹嘛？」

「房間太素淨了。病房沒有花是非常不合理的事情。」

「這哪是花？分明是樹。」放下蘆薈，我摸了摸臉，還好傷口不深，沒有出血。然後我發現她的臉上也有好幾道細微的劃痕。

「你這個房間最適合蘆薈了。日照又足，溫度又高。護理病人容易肝火上升，吃點野生蘆薈治肝火，清心熱。還有你知道蘆薈拉丁文裡的意思是什麼？」

「不知道。」我看著面前張牙舞爪的植物有點茫然。

「青春之源啊，正好我家有一盆，就給你搬來了。」

「謝謝你了。」

「不現在吃一點嘗嘗？」

「不用，先坐下歇會。」

「叔叔，你今天過得怎麼樣？我可是過了很忙的一天，又是審稿，又是開會，中途睡著，還被總編罵了一頓。」她走到床邊。

「和過去一樣。」我說。

她把挎包扔下，幫父親按摩腳底。這天她換了一身白色，連包也是白色，好像身上裝了一扇百葉窗，用手一拉，黑白顛倒。

「我說天寧。」我的聲音像討厭的蚊子。

「說吧，天吾。」她偏過頭，手上沒有停下。

「我們認識不久，你不用幫這麼多的忙。」

「反正我晚上也沒事，而且外婆上半年去世了，這一身手藝就借給你用了，不用過意不去，請吃火鍋就行。」

「不是，我是說，你幫我，我不知道該怎麼辦。」

「不知道怎麼辦就坐在那陪我聊天，如果您老願意抬起屁股給我倒杯水，那就更好了。」

我倒了水遞給她說：

「我的世界裡沒有女孩子，你明白我的意思嗎？」

「喜歡男人？你？這麼時髦？」

「也沒有男人。只有我自己。我獨來獨往慣了，父親我一個人也能照顧。」

她停下手看著我，我後來回想，那是種帶著笑意而讓人心碎的眼神，而當時我只是意識到她在認真看著我。

「不願意和我做朋友？」

「不是這個意思。不過很難解釋，所以如果這麼理解能幫到你，這麼理解也行。」

「你的朋友失蹤之後，你就一直獨來獨往，我理解得對嗎？」

「是。」

「一個朋友也沒有？包括女朋友？」

「認識的人不少，朋友確實沒有，也沒有過女朋友。一直如此。」

「我走了。」她把父親的腳放回被子裡，蓋好，然後拿起挎包。

走出門口之前，她回頭說：

「你知道嗎？我應該給你一巴掌，但是叔叔會看見。所以，不要讓我在街上遇到你。」

不是第一次發生這樣的事情，天寧走後，我坐在沙發上說服自己，不是第一次了，睡一覺之後這種感覺就會變淡，再過一段時間就會忘記她的樣子。陌生人進進出出，是我的生活中十分常見的段落，無論這一段寫得多麼精彩，對於故事的結尾也不會有什麼決定性的影響。

第二天一早，媽媽出現之前，護士進行例行的查房。她一邊把血壓、心率填在本子上的表格裡，一邊說：醉酒小姐走了？

「走了。」

「吵架了？」

「談不上。」

「想像不到她怎麼能把這麼一大盆蘆薈搬上來。有了蘆薈，房間確實不一樣了。」

「我爸的狀況怎麼樣？」

「很穩定。不知道什麼原因，就是看上去好一點，你沒覺得？」

「有一點吧。」

「咦，有一根黑頭髮。」護士指著父親的鬢角說。

「是嗎？」果然，一根全黑的頭髮出現在父親的鬢角，好像白雪裡的一面旗幟。

「原來就有嗎？還是最近長出來的？如果是新頭髮，那可真夠奇怪的。」

「不知道，可能是原來就有吧。」我莫衷一是。

「我做了護士這麼久，什麼樣的病人都見過了。原來好好忽然死掉的，就要死掉沒有死但是不久之後死掉的，還有以為就要死掉可是怎麼也死不了的。但是像你父親這樣的，會有一天突然站起來，一個也沒有遇見過。所以就算黑頭髮全都長了出來，你也不要想得太戲劇，明白我的意思不？」

「明白。但是黑頭髮總比白頭髮好吧。」

「那倒是。真是好大一盆蘆薈。」她又看了蘆薈一眼，才走出病房。

母親來的時候，帶來了不好的消息。姑姑病了，本來姑姑就要出發來看父親的，沒想到在出發之前，忽然摔倒在家裡。診斷結果是腦瘤，很可能是惡性的，尺寸不大，可卡在顱內的兩條重要血管之間。姑姑也昏迷了，換句話說，姑姑正以和父親同樣的形態躺在病床上，緊閉雙眼，吐納空氣，生死未卜。母親說，醫院給的建議是要動一個大手術，只是姑姑的年紀大了，不知道吃不吃得消。從目前來看，手術勢在必行，這樣下去只有等死。

「姑姑沒說什麼，在昏迷之前？」

「什麼也沒說，只是手裡拿著到這裡的車票。」

「姑姑那樣的人，做了一輩子護士，腦袋裡長了這麼一個東西，怎麼會不知道？」

「嗯，毫無預兆，好像腫瘤是突然被誰放進去的。」

「我要去一趟J市。」

「你爸怎麼辦？」

「我這就去車站，晚上回來。不用擔心，車上可以睡覺。」

因為去之前通了電話，我到的時候，表姐正舉著我的名字，站在J市火車站的出站口等我。

「多久沒見到你了，天吾，十年了吧。」

「那也不用舉名字吧，姐。」

「怕你走丟，別看J市不大，丟了也很難辦，黑車司機又多。」

J市的火車站門口，確實好多出租車司機，不過都沒坐在車裡，而是站在車外頭，抽著煙伸手攔人，問你去哪裡，好像一定要對你的目的地負起責任似的。還有一些三輪車在稍外一點的區域轉悠，蹬車的師傅雖然眼睛也瞄著車站裡面湧出的人群，似乎不敢貿然上前。中午時分的陽光很亮，但融化不了地上的黑雪。向遠處望去，好像還是十年前的那座小城。一座黑色古塔的塔尖就在不遠的天際裡，我記得那裡有個隧道，隧道的旁邊是南山。

趕到醫院的時候，姑姑已經給推進了手術室。

「不是還需要觀察？」我問記憶裡一向喜歡講話、愛管閒事的姑父，一位退休的高中物理教師。只是過去似乎從來沒跟他說過三句以上的話。一般都是「小天吾來了？」他說。

「姑姑，」我向姑姑走過去。

「大夫說情況有變，要馬上做手術。」姑父打開走廊盡頭的窗戶，面對著無邊無際的冷空氣抽煙。

「手術需要多久？」

「不知道，時間不會太短吧，好多醫生進去了。聽說你爸爸也病了？」

「是，還沒醒過來。情況不是很好。」

「不愧是姐弟倆啊。天吾，你說一個人怎麼會說病就病了呢，我不怎麼理解。」

「不要太擔心，重要的是，」我也點了一支煙說，「事到如今，擔心也沒什麼用。」

「你真是長大了啊，天吾。不去休息休息？」

「不了，我還要趕回去。今天能見到姑姑嗎？」

「如果早五分鐘到，就能看到她了。沒關係，醫生說，手術本身的危險性不大，術後腫瘤是否擴散才是問題。你先回去，過幾天再過來。來得及，你姑姑還能撐得下去。況且，做完手術也要進重症監護室，我們都不能進去。」

「姑姑昏迷之前沒說什麼？」

「她那時身邊沒有人，我回家發現她倒在地上才把她送到醫院。」

「那我先回去，過兩天我再過來。有什麼事需要我的，儘管打電話給我。」

「好，我送你。」姑父把我送到了醫院門口，在我坐上另一輛三輪車之前，他忽然說：「我想起來了，她在救護車上睜開過一次眼睛，對我說：尋人啟事。」

「尋人啟事？只有這四個字？」

「是，只有這四個字，說完就把眼睛閉上了。我不知道是什麼意思。」

「嗯，您多保重。」

果然說了什麼，可是尋人啟事這四個字我也完全不知道是什麼意思。也許只有等她醒過來再問她了。

陪護父親的日子時間過得很快，因為父親穩定得像一塊石頭，也許他終於找到了一種適合他的存在方式，一望無際的睡眠，一旦適應之後，除了晚上在沙發上睡覺，偶爾換下尿片，給半人高的蘆薈澆水，幾乎沒有什麼需要我親手做的事情。醫生和護士也覺得這樣的狀況很有意思，從來沒有一個昏迷的病人有這麼強勁的心跳和安全的血壓，褥瘡也相對沒那麼嚴重，好像已經下定決心準備睡個三五十年。當然，只要醫藥費按時交齊，睡到世界末日他們也不會有什麼意見。其間蔣不凡打來兩次電話，閒聊了幾句，發了發牢騷，不外乎是有幾個案子，因為沒有按照他的思路去偵破，結果搞砸了，然後叮囑我不用著急回去，反正離新年已經很近了，即使回去也馬上要放假，不如一直休息到春節之後。

新華書店我鼓起勇氣又去了幾次，沒有再遇見天寧。看來她把這個書店讓給我了，我時不時翻開書的版權頁，在一本大都以愛情為主題的陌生作家的短篇集上，看到了責任編輯後面寫著天寧的名字。那本書叫作《你若安好，便是晴天霹靂》。裝幀果然不俗，只是作家的文筆差了點，讓人讀不下去。

轉眼聖誕節到了。媽媽不知道這是個什麼節日，只是告訴我街上的商家都聲稱在打折促銷，路也堵得厲害。我沒說什麼，告訴她回家早點休息，不要打開電視機就捨不得關掉，然後獨自坐在病房裡吃我準備好的方便麵。剛剛吃完，護士探頭進來：

「主任給我們買的蛋糕吃不吃？黑天鵝的。」

「不了，剛吃完飯。」

過了一會，護士又探頭進來說：自己不覺得無聊？給你放首歌聽聽？

「好，不影響別的病人？」

「病人也要過節啊。想聽什麼？」

「什麼都行，不是搖滾樂就行。」

「聖誕歌曲啊，想要搖滾樂也沒有。」

然後醫院走廊放起了〈Christmas Is All Around〉。

I feel it in my fingers,
I feel it in my toes,
Christmas is all around me,
and so the feeling grows

It's written in the wind,

It's everywhere I go,
So if you really love Christmas,
C'mon and let it snow

我想起了電影裡老惡棍一樣的Billy Mack搖頭晃腦的樣子，如果要我選世界上最可愛的老頭，我一定把他考慮進去。

這時病房門又開了，不過這次是天寧走了進來。她戴了兩隻長長的兔耳朵，臉上畫了醒目的腮紅，雖然還是穿了一件黑色的風衣，不過領子上圍了一條鮮紅大圍巾。圍巾之大，好像是套在胸前的另一件衣服。身上都是雪。

她把黑色挎包扔在沙發上，撣著身上的雪。

「我從懷遠門的教堂趕過來的。」

「穿成這樣去教堂？兔耳朵？」

「不行啊，穿成什麼樣並不重要。只不過人太多了，根本擠不進去，遠遠的看了一眼，我就走過來了。湊這份熱鬧真沒什麼意思，如果不是太無聊，我也不會去。」

「自己一個人？」

「和幾個同事，無聊的人還是不少，而且總能互相找到。」

「有道理，你的腮紅很特別。」

「那還用說，和兔耳朵是一套的。」

「原來是這麼回事。」

「你再這麼說話不鹹不淡的，我就走了，走之前還要搧你一個耳光。大老遠踩著雪一路走過來，腳都凍得沒知覺了。」她瞪著我說。

在我不知道說點什麼有味道的話的時候，護士又探頭進來，說：醉酒小姐來了？

「來了，來了，外面下了很大的雪。街上亂成一團。」

「吃點蛋糕不？黑天鵝的。」

「正好餓了，要一塊。」

護士馬上用一次性的碟子端了一大塊蛋糕過來，上面布滿了巧克力和新鮮的水果，插著一支一次性的塑料叉子。

「吃完了還有。」

〈Christmas Is All Around〉還在循環播放，我拉開窗簾看見外面下著真正的大雪，天地之間除了飄舞的巨大雪花什麼也看不清楚。我想起很小的時候，和父親在老房子的院子裡打雪仗，那時父親也喝酒，不過沒有後來那麼凶。我們互相追逐著衝對方扔隨手攥起的雪球，我不小心把一塊冰丟在父親的額頭上，腫起了一個青包，父親把我按倒在地，隔著厚厚的棉衣撓我的癢癢，我無論怎麼求饒，他也不停手，然後我哇哇大哭起來，他把我抱進屋裡，用一只他秋天裡做的風箏把我逗笑了。那是一隻火紅的鳥。

「想打雪仗嗎？現在。」我說。

「叔叔怎麼辦？」

「剛剛翻了身也換了尿片。而且我們很快就上來。」

「怕你？走。」

「等等，把你的兔耳朵摘了。」

「不，我要變成一隻在雪裡奔跑的兔子，誰也攔不住的那種兔子。」

快到門口的時候，我快跑幾步衝進雪裡面，站在風雪正中，也許是世界上所有風雪的正中央。風雪好像海浪，推著我，一浪一浪的推著我，生活本身那樣推著我，有一天把我推到死亡的岸上。我無法確定自己是否還熱愛生活，生活大多數時候像這風雪一樣肆意妄為，全然不顧我的感受，就算偶爾迎來一個晴朗的早晨，當你坐在太陽底下的時候，烏雲飄至，風雪又來。就算你腳程再快，沒有一個家收留你，風雪的前方就還是風雪。而我的家呢，在很久之前就已經變成了風雪本身，母親拚盡全力在我身旁撐起的小傘，事實上連她自己都容不下，給吹得向上翻起，她還拚命拽著那把傘，希望我能到傘底下來。我感到身上漸漸冰冷和麻木，真想就這麼倒在雪地裡睡一會，蜷縮起來，醒來的時候只有燦爛千陽，晴空萬里，該有多好。

「喂，可以問一個問題嗎？」天寧的兔耳朵上落滿了雪，臉蛋在雪中像炭火一樣紅。

「請問。」

「如果我現在吻你的臉，不打擾你嗎？」

「不打擾吧，但是……」

「那就好了。」說完她把一顆碩大無比、圓潤之至的雪球扔在了我的臉上。

真正的戰鬥持續了將近一個小時，沒有想到天寧真像是一隻雪中的兔子，健步如飛，雖然一直處在逃跑的姿態，可時不時回頭丟出的雪球簡直彈無虛發，經常正中我的面門，打得我不知東南西北。我不氣餒，緩過神來繼續追上前去，手中端著一個我精心準備的大雪球，一心要用這個雪球把她打倒，其他的雪球都不算數，一個貨真價實的雪球就夠。如果用攝影機拍下當時的畫面，很可能如同希區柯克的電影，一個巨大黑影向少女不斷的靠近，少女用隨手撿到的東西向黑影丟去，一邊尖叫著，一邊逃跑。可不知為什麼，雖然看起來少女跑得很快，黑影走得很慢，可到最後黑影還是把少女抓在手裡了。

「認輸了嗎？」我把她按在雪地裡，兔耳朵早不知道掉到哪裡去了，頭髮散在雪地上。

「不認。我自己摔倒的不算。」

「你遲早會摔倒，因為我在追你。」我把大雪球在她眼前晃了晃。

「如果我認輸，能不打我嗎？」

「不能，兩碼事，認輸是為了你自己的尊嚴。」

「如果我吻你呢，能不打我嗎？」

「不能，因為你一定又要暗算我。」

她忽然掙脫了我的手，把我抱住，沒有吻我，只是牢牢的把我抱在懷裡。我的額頭貼著她的下巴，她的淚水流過自己的臉頰，又流過我的臉頰。眼淚好像溫泉的水一樣不斷流下，融化著我們臉上落的雪。

「別哭了，我們回去吧。」我想要把她扶起來。

「能和我做朋友嗎？」她坐在雪裡，不擦眼淚。

「能。」

「不惜給我做老公那種朋友，能嗎？」

「不行。」我把雪球丟在地上，自己站了起來，天寧坐在地上，正在變成一個雪人。

「為什麼不行？是我太胖了，也不漂亮，還會把自己喝醉，是不是？」

「不是，你不胖，也算漂亮，喝醉我只見過一次，醉了也不是一個麻煩的人。我只是不能做你的老公，不只是你的，我不能做任何人的老公。」

「因為過去的事？」

「我們能回病房說嗎？你剛剛失戀，情緒還不對頭。」

「不要把我想成那麼幼稚的人，好嗎？不做老公可以，給我做男朋友。」

「不行，一定會分手。」

「那就分手好了，先做做看，也許我會馬上討厭你呢。」

「不行，趕快起來，這樣你的腿會凍壞，我不想從明天開始還要給你換尿片。」

「我不起來。長大之後就沒在雪裡面待這麼久了，沒想到這麼舒服。」

「好吧。但是也許回到病房就會分手。」

「不行，怎麼也要做足一百天。」

「一百天是多久？」

「你傻了？一百天就是一百天，還能是什麼別的東西？」

「好吧，一百天後一定會分手，你不覺得吃虧？」

「吃不吃虧是我的事。從現在開始你就是我的男朋友了，我理解得對嗎？」

「如果你願意的話。」

「把我的兔耳朵撿回來。」

我在雪裡把已經不成形狀的兔耳朵找到，上面好像還有我的腳印。她努力把它戴在頭上，兩隻耳朵耷拉下來。

「現在背我。」

我把她背了起來，向住院處的門口走過去，真是沉得可以，如果這段路再長一點，我想我們倆會一起摔在雪地上。

「做別人的男朋友就要有男朋友的樣子，或者說，要負起男朋友的責任，你明白吧。」她在我背上說。

「初來乍到，還請多多指教。」

「那現在給你提兩點要求。第一，我有一個小房子，離這裡不遠，我要你明天就搬過來，房租我付，護理叔叔的事情我們要分擔，你一天我一天，不許偷懶，也不許剝奪對方護理的權利。第二，第二是，如果我們一直沒分手，我八十歲的聖誕節，要陪我去登阿爾卑斯山，那裡的風雪也很厲害。」

「為什麼是八十歲？」

「因為登上去，我們就不用下來了。」

走進病房之後，我把她放在沙發上，熱氣和寒意混在一起，身體處在古怪的興奮之中，好像馬上可以上戰場廝殺到天明。天寧站起來，活動凍僵的腳，走到父親身邊。

「天吾，過來看看。我記得剛才還沒有呢。」

我走過去，看見父親的鬢角又長出了兩根黑色的頭髮。少年一樣的粗壯的黑色。窗外不知從哪裡，忽然傳來了清澈純粹的鐘聲，那鐘聲在聖誕節的夜空裡好像突然降臨的寬恕俯視著我們。

第七章　桃樂絲和狄金生

找到照相館洗出照片之後，李天吾嘴裡的情人糖還沒有完全融化。酸酸的糖殼裡面，還有一個甜甜的巧克力夾心。為什麼叫情人糖呢？是因為先酸後甜嗎？那也不對，情人之間先甜後酸的倒是佔大多數吧，李天吾想不出所以然。回到旅館的路上，小久默不作聲，站在捷運上，隨著車廂輕輕擺動，好像搖曳的思緒一樣。你怎麼也變啞巴了？謝謝你救了我哥，還有，不要煩我。小久簡單明快地結束了談話。

各自回到房間，李天吾脫光衣服站在淋浴底下沖澡，真是豐富多彩的一天，他一面在水中用雙手揉搓著自己沒有傷疤的臉，一面想著卡照、壁畫、阿浩，和倒扣在地上的阿嘉。他記得把那半隻燒鴨帶走，也沒有低頭看阿嘉一眼。李天吾想著阿浩看他的眼神，毫無感情色彩，只是把眼睛對著他，好像他是一個值得端瞧的盆景。如果他沒有救成阿浩，或者說到最後背上也被誰插了一把刀，倒在地上一動不動，阿浩可能也不會看他一眼，提著燒鴨走掉。

敲門聲。李天吾穿上浴袍，打開門，小久穿著浴袍站在門口。

「心情糟透了，淋浴還壞掉了。」

「進來吧。」

「能用一下你的淋浴嗎？」

「當然。」

小久消失了，二十秒鐘之後重新出現時，提了一只塑料籃子，裡面裝滿了各式各樣的潤膚液、洗髮水和護髮素。其鮮艷的顏色把小久的臉頰映襯得更加淡薄。

「這些東西能讓你心情好起來？」李天吾把小久讓進房間，指著小久手中的百寶箱說。

「不會。但是如果沒有，心情就會更壞。」

小久進了淋浴間，水聲不久之後響起，頗有聲勢，小久一定是把水流調到了最大。但是只有水聲，沒有人聲，好像巨大有力的水流把小久沖走了，或者是融化了，順著下水道流進污水站，又流進了海裡。

「小久？」

沒有回答。李天吾站了起來，難道就這麼在水中淡去消失了？好像面對著躺在病床上的父親，有幾次李天吾看著父親的臉，也許他已經死了，我還不知道，李天吾覺察不出他是否還在呼吸。用手放在他的鼻子前面，哦，他還活著，以微弱的鼻息宣示著他同樣微弱的存在。小久呢？李天吾不敢打開淋浴間的門，無論她是否還站在裡面，李天吾都不知道下一步該怎麼辦。

「小久？」他大喊了一聲。

「幹嘛？鬼叫什麼？」小久絲毫沒有淡去的聲音從水的縫隙裡傳出來。

「如果我心情不好，洗澡的時候就唱歌。」

「什麼樣子的歌？」

「想到什麼就唱什麼。唱什麼不重要，唱就好。」

「我有個綽號叫走音女王耶。」

「也不是要你開演唱會，只不過是站在淋浴底下唱歌而已。」

「我就是要像開演唱會那麼唱，我現在就站在小巨蛋裡面，怎樣？」

「那更好，你的歌迷已經坐好了。」李天吾拍著屁股底下的床墊說。

「聽不到歡呼聲。」

「你怎麼這麼麻煩，不唱算了，反正現在不是我的心情不好。」

又是一陣子的沉默，好像小久這次真的順著下水道消失了一樣。李天吾有點後悔，看起來小久確實心情很糟，也許不該選擇在這個時候和她鬥嘴。他琢磨怎麼能弄出一點歡呼聲，歡呼聲指的是尖叫嗎？李天吾心想自己也許一輩子都沒有尖叫過，怎麼一群人聚在一起會同時向一個人尖叫呢？站在舞台上面的人不會覺得恐懼嗎？在他意識到自己已經溜號的時候，小久輕聲唱起來：

Somewhere over the rainbow way up high
There's a land that I heard of once in a lullaby
Somewhere over the rainbow skies are blue
And the dreams that you dare to dream really do come true

李天吾靜靜聽著，雖然確實略微有些走音，可是〈Over the Rainbow〉這首歌只要從少女口中唱出來，就似乎有著搖動人心的力量，好像從未被人類發現的綠洲裡的泉水一樣，冷冽地滲入心裡，慢慢積成了一潭溫暖的湖泊。即使前面強弱分明，副歌也有高亢之處，總體上還是如同搖籃曲一般使人舒適。

「你覺得你是哪一個？」水聲停了，小久問，應該在把自己擦乾。

「我是那個李天吾。」

「您的大名還用得著說？我是說你是《綠野仙蹤》裡面的哪一個？」

「不知道，裡面沒有警察吧。你是哪一個？沒有心臟的鐵皮人？」

「他們四個都是我。」小久擦著頭髮走出來。

「你還真夠貪心。」

「不是貪心，是我缺少的東西太多。不過，唱完歌心情果然好多了。打斷手骨顛倒勇，小久我又可以上路了。」

坐在李天吾身邊的小久，幾乎和白色的浴袍融為一體。

「能坦誠地說點什麼嗎？不鬥嘴那種。」李天吾看著小久的頭髮說。頭髮也在淡去，水珠附著在上面，好像冬天窗戶上的水汽。

「說吧，不鬥嘴可以，但是對於顯而易見的謬誤我不保證不會反駁。」

「我承認你擁有的東西不多，甚至可以說，少得可憐。可是並不意味著你缺少很多東西。」

「沒有擁有和缺少有什麼區別？」

「這麼說吧，雖說和同齡人相比你的處境並不算幸運，但是你幹得不賴。」

「什麼叫幹得不賴？」

「幹得不賴就是幹得不賴，沒法進一步解釋。」

「小吾，你也是個不賴的人。」

「不用這樣。」

「不是那種禮尚往來的誇獎，是確實想告訴你，你是個幽默的人。」

「幽默？從來沒有人這麼說我。」

「確實幽默，不是嘰哩呱啦舌粲生花的那種。幽默是種態度，不是姿態，不是很容易具備。」

「也許是來了台灣之後，有點改變吧，教堂也找不到，很多事情無能為力，和你鬥嘴成了很大的樂趣。」

「問你，我這兩天消失得很厲害是吧？」

「是。很厲害。我不知道明天你還會不會出現，就是這種速度。」

「放心，我明天還會出現的，至少還會堅持一天，因為我還有一天的事情沒有做完，你的教堂也沒有幫你找到，我不會就這麼走掉的。」

「今天拿槍指著人，也沒有教堂的下落。」

「現在它不但是你的教堂，也是我的教堂了。我覺得它一定存在，只是我們沒有以正確的方式找它。對了，你覺得我是你的嚮導嗎？」

「早說過是不是都不要緊了。」

「不想知道了嗎？現在？」

「不用知道了，其實也可以這麼講，你就是我的嚮導。」

「我就是你的嚮導，嗯，這句話還算像話。」小久把浴袍的帶子打了一個漂亮的蝴蝶結。

「明白。嚮導小姐，明天我們去哪裡？」

「明天啊，」小久想了想，「明天我們去找一個瓶子，人民警察先生。」她抬起頭之後說。

小久走後，李天吾沒有馬上睡著。他打開窗子，點燃了一顆長壽煙，一邊小心地吸著一邊想著在降落之前，在那扇旋轉門裡面，老闆對他說的話：那是一座教堂。教堂？他問。是教堂。台北最高的建築，一座宏偉的哥特式教堂。還有什麼？我是說，還能再多給點描述嗎？沒有了，就是這些，足夠你把它找到了。裡面呢？教堂的裡面是什麼樣子？壁畫，穹頂之類的？裡面？老闆好像有些茫然，他摸了摸自己稀疏的頭髮，裡面我也不清楚，或者說，沒有裡面這回事。什麼意思？李天吾有點生氣，既然讓他去找，就該多少做點力所能及的事情，裡面我也不清楚算什麼意思？他說。我確實不知道裡面的事情，有多少排椅子，或者一把椅子也沒有，也許有米開朗基羅畫的穹頂，就是把他脖子畫歪掉的那種，也許根本就沒有穹頂壁畫，而是一個吊燈，總之你只需要知道，那是台北最高的教堂就好了，其他的我沒法告訴你，因為我也沒有看過。你沒進去過？你不是無所不在嗎，如果你想的話？那倒是，但是沒有進去過，我進不去。也有你無法進去的地方？有的，很多，但是也許你可以進去。出發吧，無論怎樣，我現在就開始計時了。

李天吾翻了個身，潔白的寢具摩擦著他的身體，愜意而孤獨。小久身上的暗號他確實不想知道，或者說還是不知道為好。他發現小久在他心裡漸漸近似了妹妹的角色。以他這個年紀，在大陸出生的人大都不會有妹妹，通常是作為家裡面唯一的孩子長大。而目前這個生命的加時賽裡，一個妹妹降臨在他的身邊，讓他相信，即使現在老闆就把他召喚回去，他也可以安慰自己至少不虛此行。只是這個妹妹就要消失不見，作為哥哥的自己也要再次死去，雖然有些可惜，畢竟沒能度過作為兄妹的一生，可也算是曾經團聚，並且共同走過了十分有趣的旅程。目前看來，無論是誰先消失或者誰先死掉，另一個人都會在身旁，即使是現實中的兄妹，面對人生的終局也不一定會相伴在一起，換句話說，短暫是短暫了些，可是麻雀雖小五臟俱全，沒什麼可以遺憾。

第二天早上九點半，李天吾和小久已經站在了西門町電影街上的一家二輪戲院門前。戲院還沒有開門，步行街上也沒什麼人。李天吾手插在兜裡，看著面前這條有著濃厚日本建築風格的街道，看著一張張巨大的電影海報，心想，似乎很久沒去看電影了，可轉念一想，好像一個星期之前剛剛和天寧在家附近的影院看過。是老電影的放映周，五十塊錢可以看三部早期的黑白片。他們兩個看了費穆的《小城之春》，小津安二郎的《東京物語》，和黑澤明的《七武士》。也許是題材的關係，天寧在看前兩部電影的時候都呼呼大睡，其架式好像唯有播放黑白片的電影院才是睡個好覺的不二場所，只有在放《七武士》的時候醒轉過來，看得十分投入。每到有菊千代的鏡頭就拉著天吾哈哈大笑，我喜歡這個日本鬼子，她說。那時候還不叫日本鬼子，還有請你安靜一點，雖然電影院裡只有我們兩個，至少要對黑澤大師尊重一些。你喜歡七個中的哪一個？天寧的音量還是沒有變小。久藏。就知道一定是他，呆頭呆腦的俠客才合你的胃口。

如果能有時間看一部電影就好了，在台灣看一部台灣的國片。

「早啊，啟榮。」售票口的簾子拉開，一個十八九歲的男孩兒剛剛換好衣服坐在裡面，打開麥克風，小久就把腦袋伸過去和人家打照顧。

「哎呀，小久姐，說過找不到了嘛，你不要再來啦，被老闆看到會炒我魷魚。」看起來以小久的問候作為嶄新一天的開始，對於啟榮並不是第一次了。

「一定在的，你有沒有再認真找找看？」

「有啦，把房間都翻過來了，好像ＦＢＩ來過一樣，找不到了啦。」

「有沒有人特別拿給你看過，然後你放在哪個抽屜裡，你再想想看。」

「根本沒有拿出來過，你找到我之前，我根本不知道有這個東西。拜託不要再來問我，一個月來了十幾次，就算老闆沒有發現，女朋友知道了也會搞死我。如果想要把我，等我下班之後好不好，公平競爭。」

「小久姐不會把你啦，這樣，讓我去你家裡找找看，好不好？」

「越來越過分了，還要去家裡，不怕我媽把你打出去？」

「不怕，今天帶了保鏢來，告訴你，天吾在台中可是混得很屌的，綽號大陸仔。去你家看看，無論找不找得到，然後再也不來了，這樣總可以吧？」

啟榮看了看李天吾，對著麥克風說：

「先生，麻煩你過來一下。」

「什麼事？」天吾走到窗口。

「你和小久很熟的哈？」

「算熟。」

「也認識她哥？」

「阿浩？看起來很斯文的人。」

「那個，去我家找過，保證不會再來吧。」

「如果小久這麼說過，就不會再去了。」

「信你啦。午休的時候帶你們去。」

「還要等到午休？」小久叫起來。

「當然，你想整個上午沒人賣票，然後幾百個人排著隊去投訴我啊，那就不是炒我魷魚那麼簡單啦。對啦，小久姐，怎麼感覺你整個人好飄，也不能算飄，應該說是好像有一團蒸汽在你人的前面，也許是我眼睛的問題啦，最近總是這樣，看到些亂七八糟的東西，說不定哪天就會像《花田少年史》裡的花田一路一樣能看到鬼啦。小久姐，去別處逛逛吧，十二點下班就帶你們去，不會食言的，在這裡等著讓我怎麼工作嘛。」

「給我兩張票好啦。」

「看電影就對啦，我怎麼沒有想到，看完一部片我剛好午休。請問你們要看哪部片？」

小久對李天吾說：

「天吾哥，你決定吧。」

「我決定？我們今天不是應該很忙的，看電影會不會太奢侈了一點？」

「沒關係，一件事一件事做，來得及的，聖經上不是講，生也有時，死也有時，萬事萬物自有其時。不用太趕。現在我們要做的事情就是等啟榮午休。況且你好不容易來一次，帶你看部國片也是理所應當的事情。」

天吾抬頭看了看提示板上的電影場次，上午的時間只開放四個影廳，一個在放爾冬陞導演的《大魔術師》，一個在放鈕承澤導演的《LOVE》，一個在辦金馬獎導演張作驥的電影展，放《忠仔》、《黑暗之光》、《美麗時光》和《當愛來的時候》，一個在辦楊德昌電影的紀念展，一張票可以看兩部楊德昌生前拍好的電影。

「楊德昌吧。」

「你確定嗎，天吾哥，《LOVE》最近超夯欸。」啟榮說。

「楊德昌吧。」天吾說。

「看哪兩部？」

「《一一》和《牯嶺街》。」

「麻煩您，三百六十塊。天吾哥，電影院裡不許照相，知道吧。」

「喜歡楊德昌？」小久捧著一大桶爆米花，另一隻手插進爆米花裡面。

「你在幹嘛？」

「在找最好吃的那顆。」

「作怪。」

「你還沒回答我，喜歡楊德昌？」小久找到了最好吃的那一顆，放進了嘴裡，又開始找餘下裡面最好吃的一顆。

「喜歡。但只喜歡這兩部。」

「不要怪我沒有提醒你，兩部沒辦法全都看完，《牯嶺街》一部就將近四個鐘頭。」

「知道，無所謂的。」天吾隨便拿了一顆爆米花放進嘴裡。

「你搶到了最好吃的那顆！」小久又叫起來。

電影廳裡空空蕩蕩，只有小久和天吾兩個人，不過兩人還是按照票根上的位置坐好。燈光暗下，《一一》兩個大字升起，底下是一行英文小字：A ONE AND A TWO。那幾棵綠樹隨著風再次在銀幕上不自主但是自在的擺動起來。

「去啟榮家找瓶子？」天吾略微側著頭小聲問。

「是。」

「什麼樣的瓶子？」

「你好煩啊，是來看電影還是聊天嘛。」

「兩樣一起做也沒什麼難的。作為警察，去搜查之前如果不知道要找的是什麼，豈不讓人笑話。而且，你覺得是你自己找容易找得到，還是你和一個警察一起找容易找得到？」

「應該是個漂流瓶。」小久的聲音低了兩度，從「咪」到了「都」。

「裡面有信那種？」

「不知道裡面是信還是別的什麼，但應該是個漂流瓶沒錯。」

「怎麼這麼含糊？」

「因為我沒有見過。」

「沒有見過怎麼找？」

「和你的教堂一樣！」小久生氣的抓了一大把爆米花塞進嘴裡。聲音回到了「咪」。

「這倒不假，確實很像。但是這個瓶子的意義何在？不會是想和瓶子照相吧。」

「當然要先照相。」

「然後呢？」

「丟回海裡。」

「有趣，說說瓶子的來歷。」

「不想講。」

「好吧。」李天吾把腦袋放回原來的位置，繼續看電影。

你為什麼不開窗子啊，你為什麼不開窗子啊，過了一會小燕跌倒在阿弟腳邊喊著。

「你為什麼不哭？我每次看到這裡都要哭。」小久說。

「你今天不是也沒哭？」

「因為我長大了。」

「我早就長大了。」

「長大就不會哭了嗎？如果我像你一樣活到三十歲，就根本不會哭了是嗎？」

「不是吧，你是女生，女生應該會一直哭到八十歲。」

「男生呢？如果男生能活到三十歲？」

「因人而異吧。我之所以不哭，一則是因為我是警察，喜歡哭鼻子的人當警察可夠辛苦，每天見到值得痛哭的事情數不勝數；二則，我是東北人，滿人的後代。祖上騎馬打獵，生活的地方也是天寒地凍，如果一邊騎馬一邊流眼淚，恐怕臉上要結冰。」

「如果啟恩活到三十歲，我想他也不會哭，他從十六歲開始就是硬漢了。」

「口氣不小。瓶子的主人？」

「應該說，是其中一個主人。」

「哦，有趣。」再等等，李天吾說完之後心想。

沒過多久，綽號胖子的男生剛剛殺死莉莉的英語老師，而婆婆的葬禮還沒有開始，小久開口了。

「那天放學，我騎單車回家，你知道，女生騎單車，如果不是三五個一起哈啦，就是一個人一邊看風景一邊慢慢騎，我是後一種。不知道怎麼回事，從小討女生厭，上次跟你講過國中的時候無端的被一群女生打了一頓，上高中也沒好到哪裡去，雖然沒有挨打，還是沒有朋友，不知我的臉上貼著『女生勿近』的符咒還是怎的，沒有女生和我玩，午休的時候她們聚在一起打屁，我一個人坐在自己的位置上吃便當。男生的朋友也是一個沒有，高一的時候我的樣子還和國中差不多，沒有男生願意和我多講話，統統好像周杰倫附體那種對白，哎呦哎呦的。其實我早已經習慣這樣啦，自己上學，自己聽課，寫作業，自己回家，我是準備先這樣自己長大再說的。那天自己騎車，突然一個男生從旁邊騎過去，回頭說：騎這麼慢，騎到家的時候頭髮都白了，女生真是不配騎單車。然後猛蹬了幾下，遠遠的騎到前頭去了。那人穿著我們高中的制服，但是我沒有見過他。我不說話，努力騎上去，其實我知道自己無論如何也騎不快的，破爛心臟擺在那裡，但是他說什麼女生不配云云，實在讓人火大。他看我在後面追他，就故意放慢速度，讓我追上他的車尾，拉開一個車身的距離，回頭繼續說：想怎樣？和我飆車嗎？我不說話，因為確實氣息不夠，只要一講話速度就會慢下一大截。我知道他是存心戲弄我，不過那是他的事情，我竭盡全力就好。他接著說：飆車可是要賭才有意思，玩嗎？我說：玩，賭命的，敢嗎？說完我發狠蹬了幾下，然後眼前一黑，失去了知覺。當然，命沒有輸給他，在醫院裡躺了兩周，被父母、醫生統統罵了一頓，我只是說自己不小心，想要早點回家，騎得快了些，沒想到心臟會受不了。那人倒好，把我送到醫院，等到我脫離危險之後，就走掉了，連個對不起都沒說。你說哪有這樣冷血的人？

「回到學校之後，日子還是老樣子。原來他比我高一年，教室和我在同一層，在走廊的另一個盡頭。知道歸知道，因為見過了就知道對方的樣子，但是我沒想過去他班級裡找他理論，就算我死了，從法律上講，他也不用負多少責任，送我到醫院的也還是他，在我心裡已經扯平了。沒過幾天，他經過我的班級。沒事啦？他看見我在依著欄杆發呆說。沒事。所以你上次是裝死的。是，我說。你這是什麼態度？我不理他，轉身走進教室。有女生看見我和他講話，就跟我八卦他。這個人在學校有點名氣，會打幾手籃球，就是不到一米八〇的個子，可以跳起來灌籃那種。外省人的孩子，父親在大陸做生意，媽媽守著個大房子，像小孩子一樣長不大的那種媽媽。那次和我飆車，是在去別的學校打架的路上，把我送到醫院之後，他又騎車去打架了，這是我後來知道的。總之之後課間他走過我的教室，有時候和女朋友一起，不同的女朋友啦，會探頭和我說話。哎，晚上還賭不賭單車？幾點，哪裡？我想好再告訴你，他說，然後就和女朋友一起消失了。每次都這樣，每次我都會回答：幾點，哪裡。我不怕他的。有一天晚上，我自己在教室裡K書，其實K的不是教科書啦，是一本詩集。他從窗子旁邊走過去看到我，推開門進了教室，制服上好多血，但是他看起來並沒有受傷。這麼用功？關你什麼事？賭不賭單車？幾點，哪裡？現在，上次地方。我把詩集放在書包裡，背起來走出去。不怕死嗎？他走在後面說。關你什麼事？除了這一句，能不能講點別的。那是我的事。走到籃球場他停了下來，說：不如我們賭點別的。我說：賭什麼？他說，賭籃球。我說：輸了怎麼辦？他說：當然是去死啊。我說：好，怎麼玩？他回到教室取了一個籃球，讓我站在罰球線上，說：投十個球，只要能投進一個就算你贏，一個都進不了，你就輸了，公平吧。我說：公平。我從來沒有玩過籃球，沒想到籃球這麼重，我的手這麼小，別說是投進那個小小的籃框裡，就是扔到那個籃框附近都好像是不可能的事情。他就站在籃球架底下抽煙，幫我撿球。第八個了，他說，然後把球輕輕從地上彈給我。我極其厭煩他抽煙看我的樣子，好像我是個布袋戲裡面的玩偶還是什麼的。於是我閉上眼睛，用盡力氣朝他的臉扔過去，心想就算輸了，也要把他嘴巴上的煙打下來。結果那個球竟然從指尖滑出去，飛進了籃框裡。」

「你贏了？」李天吾聽得興趣盎然。

「當然，球進了嘛，雖然根本不是衝著籃框丟的，但是還是進了嘛。」

「如果你輸了呢，你會去死嗎？」

「不知道，也許會吧。不然說話不是和放屁一樣。」

「有道理。之後呢？」

「之後他拍著手說，厲害厲害，竟然給你丟進了一個。我叫吳啟恩，知道是哪三個字吧，你最先想到的三個字就對了。我說，知道了，吳啟恩。他說，知道了就好，願賭服輸，我這就死給你看。然後跑出校門，站在馬路旁邊，一輛開得很快的小卡車經過，司機應該是在講手機還是什麼的。他突然跳到車的前面，那個運將趕忙猛踩剎車，停在了他膝蓋前面，差一點就把他撞飛出去。司機跳下車看了看，把他劈頭蓋臉罵一頓，又反覆問他有沒有事，看他渾身是血，問他用不用去醫院，他只是笑嘻嘻的看司機瞎忙，不回答。司機看他確實沒受什麼傷，搖搖頭上車開走了。

「這次不算數，他回頭說。我說，算數。其實我已經嚇得出了一身汗，站在路邊發抖。一人一次，誰也不欠誰了，我說。欠，他說，我欠你一條命，誰讓我輸了，隨時可以給你。我說，不要，誰稀罕你那條爛命，自己留著。說完我向公車站走，一邊走一邊哭，不知道為什麼忽然哭了起來。他從後面追上來說，去哪裡，我載你好了。我說，不用，坐公車就好。他說：那我陪你坐公車。我說：我要去坐捷運。他說：那我陪你坐捷運。我說：你到底要幹嘛？他說：沒要幹嘛，聊聊天可以嗎？我說：不想聊，去找你的女朋友聊，我要回家。他說：那我陪你等車好啦，車來我就走。我心想，那就等著好啦，反正台北的公車間隔很短，很快就會有公車來。他說：你有沒有那種感覺？我不說話。他繼續說：就是想殺了誰那種感覺。你應該不會有。我有，我想殺了我媽。我說：不要。他說：什麼不要？我說：當兒子的不能殺媽媽，作為人也不能殺別人。他說：那是因為你沒有遇到你想殺的人。我想殺了我媽，還沒想到用什麼方式，但是一定要她死。我說：你為什麼那麼恨她？她對你不好？他說：她對我很好，我想要什麼她就給我什麼，球鞋、摩托車、PSP，但是那也不行，遠遠不夠，我最想要的她給不了我。我說：你最想要什麼？他說：我只是想要她老實一點，像個媽媽一樣。我說：老實一點是什麼意思？這時我等的那輛公車來了，但我沒有上去。他說：就是老老實實的意思。我明白了一點他的意思，所以我不知道該說什麼才好。他說：今天我中午回到家拿便當，真想踢開門，把她殺了，但是我還沒準備好，我就去別的學校打了一架。我說：你真的很幼稚。他說：如果你是我，你怎麼辦呢？我說：因為我不是你，所以這個『如果』沒有意義，但是我告訴你，我不會像你這麼做。他說：不會像我這麼做，這個回答是不是太省力了一點？說說你會怎麼做。我說：做自己就好，大人的事情讓大人們去解決。他說：那不是普通的大人，是對我們最重要的大人，對他們我們就沒有一點責任？我說：如果有責任的話，也不是去毀滅，而是去創造。他說：什麼叫不是毀滅，而是去創造？我說：我也不知道自己在說什麼，不過沒差了，你說話算不算數？他說：當然，你可以去問，我吳啟恩什麼時候說話不算數。我說：如果我沒記錯的話，一個叫吳啟恩的欠我一條命。他說：你沒記錯，有這回事。不過剛才你已經把它還給我了。我說：我現在正式告訴你，吳啟恩，我改變主意了，現在重新主張對你這條命的權利。我不允許你用這條命去做這麼過分的事情，你把這條命留著，我隨時可能向你要。當然如果你想反悔的話，也隨你，我們也不是很熟，你的事情說穿了只是你自己的事情。他說：我沒有要反悔，只是，關於我到底欠了你多少的問題，還應該再商量一下。我說：改天商量，我現在對你的要求就是這些，清楚嗎，要不要我再給你講一遍？他說：倒不用。不過你好像還沒弄清楚狀況……公車又來了，沒等他說完我就上了車，我偷偷回頭看了他一眼，他沒在看我，在低頭想著什麼事情。只要有困惑，我的目的就達到了，我在車上想。

「第二天我沒有見到他，走廊上，籃球場，都沒看見他在。我也不知道怎麼回事，在這些地方散步一樣的走了一遍，我不知道自己是不是在找他。說實話，沒有看到他我有點擔心，不知道是不是真的發生了什麼事。過了一個上午，我還是心神不寧，我會想起他渾身是血站在卡車司機面前的樣子，微笑著，滿不在乎，那對我來說是極其可怕的場景，一個人怎麼能那樣對待自己，對待別人？我左思右想，還是決定去他的班裡找他。吳啟恩在嗎？啟恩？今天沒來耶。知道為什麼沒有來嗎？聽說是被人打得很慘，不過沒關係啦，啟恩是不死鳥，用不了多久就又會出現啦，找他有什麼事嗎，學妹？那個戴眼鏡的男生用一種『沒錯，喜歡他的女孩子都是這副魂不守舍的樣子就對了』的眼神看著我。沒事，他欠我點東西，我怕他跑掉不還了。我說。

「過了兩天，他果然出現了，臉上還有尚未痊癒的傷痕，這次他寫了一張紙條給我：放學之後公車站，有事找你商量。我去了公車站，他騎著一台雲豹一五〇在那裡等我，斜背著書包，不過沒有穿校服，而是換了一件黑色的緊身T-SHIRT，短髮上也抹了髮膠。找我什麼事？我想了一下，你說的有道理，我確實欠你一條命，不過不代表什麼事情都要聽你的，我有我的自由。那叫什麼欠我？我說。欠你的意思是我會留著這條命給你，換句話說就是，如果有一天死了，只能是為你而死，其他的方式都算我說話不算數，不過除了這件事，其他的時候我這條命還要歸自己支配。我說，可以，但是請你有點把握，輕拿輕放，生命是易碎品，你知道的吧，我不想你交貨的時候是一地的碎片。放心，一定讓你收到完整的包裹，也許比現在還要完整，這樣行吧。行，那我回去了。等等，上面講的需要一個前提。怎麼還需要前提？任何承諾都需要前提，沒有前提的承諾都是騙人的。什麼前提？前提就是，你一直在乎我欠你的東西，如果有一天你不在乎了，承諾就失效了。好，如果我不在乎了，我會告訴你，到時候你願意拿它做什麼都行。他點點頭，說，我晚上去和人飆車，真的飆車哦，你去不去？他從後座上拿起一個安全帽遞給我。不去，我說，我要回家溫書。我需要一個人坐在我後面，不能幫我一個忙？不能，去找別人吧，你一定找得到。溫書有這麼重要？對於我來說很重要。能知道是什麼書嗎？離聯考還很遠吧你。我猶豫了一下，說，和聯考沒什麼關係的，一本詩集。哦，有機會借給我看看。再說，我說。他戴上安全帽騎著摩托車走了。

「然後發生了很古怪的事情。他和所有女朋友都斷絕了關係，有的還去他的班級大鬧了一場，不過絲毫沒有改變他的決定。他還是打架、打籃球、飆車，聽說飆車的時候只有他的後座上沒有女生。一天他又寫紙條給我：那部詩集能不能借給我看看？我回了一張紙條說：在我書桌上，自己來拿。在課間的時候他徑直走進來把那本詩集拿走了，沒有和任何人講話。弄得大家都驚異地看著我。」

「能問一下那是一本什麼詩集？」李天吾問

「艾蜜莉．狄金生的詩。」

「沒有讀過。」

「我曾感受到某些事物的失去，自有自覺以來，到底是什麼被剝奪我不知道，太年幼了沒人會懷疑。有一哀悼者遊走孩童間，我前行依然，如人悲嘆一個王國，自身即是唯一遭流放的王子。我最喜歡的一首詩。」

「聽起來不錯，但是不懂。」

「我也不懂，但是喜歡。不知道她在說什麼，只是覺得她說得很對。」

「啟恩看了嗎？」

「不知道，過了幾天他走進來把書還給了我，還是沒有講話。幾個月之後，他就要畢業了，我要升入高三。我要去美國了，或者留在台灣，還沒有想好。他在公車站對我說。不會忘記你欠我的東西吧。不會，我走之前能陪我出去走走嗎？去哪裡？福隆海水浴場，去看看大海。不能。為什麼不能？不想去而已。那個暑假，我和過去一樣，一直窩在家裡。一天晚上我已經睡了，他用手機打到我家裡。『能聽到大海的聲音嗎？』電話那頭確實有海浪的聲音，好像一個低音合唱團在給他做講話的背景。『你在哪裡？怎麼會知道我的電話？』『很容易問到。我在福隆海水浴場啊，過幾天我就要走了。』『這麼晚打電話給我就是要讓我聽大海的聲音？』『不覺得很好聽？』『不覺得，很無聊的聲音，我要回去睡覺了。』『等等，我在這裡撿到了一支瓶子。』「瓶子？什麼樣子的瓶子？』『很簡單的那種，細口的透明玻璃瓶，木頭塞子，可以看見裡面有一封信。』『信上寫了什麼嗎？』『還沒有拿出來，我想送給你，你拿出來看就知道了。』『還是自己留著吧，很有趣的經歷。』『請你收下好嗎？我現在就給你送去，在公車站等我。』『這麼晚已經沒有公車了啊。』『在公車站等我，我很快就可以過去。』

「我穿好衣服叫了計程車，去公車站等他。一直等到第二天天亮，他也沒有出現。他忘記了這件事情，和另一個人飆車飆到天亮。我再也沒和他講過話，無論他怎麼試圖解釋那天發生的事。後來他死了，在他就要離開台灣的時候。他闖了一個紅燈，在十字路口被一輛豐田吉普車撞上，從摩托車上摔了下來，安全帽扣在後座上。腦袋撞在地面，顱骨碎成了七八塊，當場死了。因為當時有另一輛開得很快的摩托車在他前面也闖了過去，有人認為他是在和那人飆車，不是約好的那種，而是僅僅在路上遇到，互相交換了眼神，就開始決一勝負的那種。可是我一直懷疑這件事，他怎麼會輸呢？那個十字路口就在我家樓下。」

說完這些，小久開始專注的吃手中爆米花，《一一》已經結束，演職人員的名字從銀幕底下的黑暗裡滾動上來。李天吾覺得講故事的小久變成了另一人，好像趴在綠葉上的蠶，原本是很可愛的景象，然後蠶把綠葉一點一點吃掉，綠色沒有了，剩下蠶自己抱著葉子剩下的梗。

「都怪你，電影完全沒有看耶。」最後一排字幕滾過之後，小久說。

「不算可惜，電影是別人的故事，你有你的故事。」

「可是，我的故事很狗血啊。」

「不覺得啊，人的故事流淌的是人的血啊，很好的故事。」

「哎，你要不要講一下你的故事，關於那個很重要很特別的人，就是你給弄丟了的那個。作為補償，可以當你的聽眾的。」

「不用啦，你這幾句話已經把我的故事概括了。」李天吾看了看錶，「而且時間也不允許。吳啟恩算不算對你很重要很特別的人？」

「我不知道。他在我心裡就好像一個陶瓷娃娃。」

「陶瓷娃娃？」

「是陶瓷娃娃。漂漂亮亮擺在那裡，但是如果不小心掉在地上，即使沒有碎掉，也會有裂痕。」

「這個比喻有趣。所以你想把他黏起來。」

「其實也沒有這麼想，因為我也是陶瓷娃娃，我也有裂痕，雖然沒有想去殺了誰，但是心裡也不是沒有問題的。在我告訴他，不能殺人，人不應該有這種念頭去殺另一個人，或者要把自己的命好好保留著，其實也是對我自己說的，他給了我一個機會黏合我自己，應該可以這麼講。」

「然後他愛上了你，愛上了用自己的方式彌合裂痕的女孩子。」

「不知道他怎麼想，那天晚上他沒有來，我感覺不到那是種什麼樣的感覺。也許是面對孤獨的一種方式也未可知。」

「這不是愛的定義嗎？從宏觀上說。」

「我覺得不是，在我看來愛應該是更深刻的東西，或者是更瑣碎的東西，也許我還沒有想得很明白，不過我覺得如果一個人能真心愛另一個人，那他就應該愛這個世界，或者說兩個人相愛，是愛這個世界的一種比喻，你懂我的意思嗎？」

「所以你不認為他愛你，你也不愛他。」

「我只是需要時間去學習啊。我站在公車站等他的時候，其實我在想，也許下次可以坐在他的摩托車後面陪他去飆車，或者如果他能接受不走太遠的話，陪他在台北市裡面走走，如果他以後去了美國，我可以寫信給他，寄些書給他看，我就是想著這些等到天亮的。雖然面對世界，他的方式相當偏執，可是他的身上有一種勇敢，不是那種盲目的血性，而是看到了世界並不完美，希望用自己的方式使它變得完美的那種勇敢，如果我能改變他的話，如果我能把他內心裡的火焰變成河流的話，也許許多事情都會因此改變。」

「可惜他死了。」

「人都會死，只是他死得早了點，很多的可能性也隨之死去了，不只是他的，還有我的。」

「瓶子也丟了。」

「是，真該死啊，瓶子怎麼能不見了？他放在哪裡了呢？」

「會不會摔碎了？」

「也許吧，但是還是要去找一找。越說越氣，這個人真夠討厭。」小久站起來說：「人已經死了，卻還留下個祕密煩我。」

在去啟榮家的路上，小久告訴天吾，在啟恩死前，他的父母已經離婚，很平靜地分了手，兩人在兩個兒子的未來事宜上達成了一致，先送年滿十八歲的啟恩出國讀書，等啟榮十八歲之後，也以同樣的方式送他出國，最好能和哥哥會合。可是啟榮雖然看起來懵懵懂懂，在學校裡也不像哥哥那麼出名，其內心的叛逆成分一點不比啟恩少，只是用一種更為內斂的方式表現出來，即在高二的時候果斷結束了自己的學業，到電影院當了一名售票員。他熱愛著電影，希望將來能成為一名電影導演，在路上他滔滔不絕地向天吾，這個安靜的聽眾講述著自己的電影夢。

沒人在家。啟榮的房間也許是典型的台灣宅男的房間，就是那種任何一個宅男搬進來都可以馬上無礙生活的那種房間。APPLE的筆記型電腦放在書桌上，沒有關閉，上面浮動著缺角的蘋果。衣物隨處亂丟，被子也呈現出有人剛剛在裡面做夢的模樣。四壁都是書，整齊完全談不上，只是書本身四四方方，相當規矩，再怎麼亂擺也自有其沉思冷靜的容貌。「果然不是騙人，只是這裡看起來無論什麼時候都像是FBI來過一樣。」李天吾心想。走近啟榮的書桌，他看見在電腦旁邊擺著巴贊的《電影是什麼》，書頁敞開著，用紅色和黃色的螢光筆做了很多記號。挨著巴贊的是一本嶄新的董啟章的《天工開物》，看起來還沒有翻看過，塑封沒有撕開。除了這兩本書，書桌上堆了好多電影DVD碟片，還有一部NIKON FM2底片相機。書桌上方的鏡子上貼著許多黃色便利貼，大都字跡潦草，貼得也全然隨意，中間和四角都有，也許主人貼上它們的時候連頭都沒有抬起來。一張上面寫著：任何一把剃刀都自有其哲學。另一張上面寫著：叔叔，這是甜甜樂團的第三首歌，很酷吧，希望全中國的農民們都會喜歡。還有一張字跡全然不同，更加小巧膽怯，與其說是漢字，不如說是漢字模樣的漫畫，上面寫著：謝謝你收留我。記住，只是路過，沒理由再來。替我謝謝伯母的甜湯，真的很讚。小貓。小貓是天吾自己的翻譯，因為落款的位置畫的是一張小貓的臉。

「啟恩大部分的東西都被我媽捐出去了，你知道吧，她後來信了佛的。」啟榮一邊把地上雜七雜八的東西撿起來一邊說。這點李天吾看得出來，門外貼著紅紙黑字：巧智妙心。客廳裡擺著不小的佛龕。

「你的意思是說，啟恩剛剛去世幾個月，大部分東西都已經沒有了。」小久說。

「不能說是沒有了，只是在別人手裡。剩下的部分在那裡。」啟榮指著牆角的一個NIKE運動包，包呈長方形，應該是啟恩生前用來裝籃球裝備的東西。

小久蹲下把包打開，裡面放著一雙舊的JORDAN牌籃球鞋，一顆SPALDING籃球，一件黑色的T恤衫，一只安全頭盔和一串樟木的佛珠。

「T恤和安全帽是出事那天的東西，衣服上的血我媽洗了好多次才洗乾淨了。佛珠是她放進去的。」

「夾層裡面呢？」

「什麼也沒有，我找過好多次了啦。」

「能不能去啟恩的房間看一下？」夾層裡面果然空空如也。

「他的房間已經搬空了，門鎖著，鑰匙在我媽手裡。」

小久看了李天吾一眼。

「也許可以試試打開，如果啟榮不介意的話。」李天吾說。

「不要把鎖弄壞，我媽如果知道我偷偷把啟恩的房間打開了，我就死定了，佛祖也保佑不了我了。」

「應該不會，借你的迴紋針用用。」

臥室這樣的門，對於李天吾來說毫無挑戰性，如果有開臥室門鎖的比賽，李天吾自信可以在五分鐘內開它十幾扇。只是對於一個大陸刑警來說，打開一個台灣十八歲男孩死去之後留下的房間有種格外奇異的感覺，尤其是咔嚓一聲解決門鎖的瞬間。好像有一個聲音說，總算有人來了，到底是多愚鈍的一個人啊。

一個空房間。只有暗紅色的地板，連床也沒有，窗簾拉著，房間裡昏暗無比，李天吾忽然沒來由的想起了四句詩：大夢誰先覺，平生我自知。草堂春睡足，窗外日遲遲。站在身邊的啟瑩看著空蕩蕩的房間說：奇怪，怎麼搞的？眼淚從他的眼眶裡流出來，他用手去抹，怎麼也抹不乾淨。怎麼搞的，你死的時候我都沒有哭啊，老是揍我。現在怎樣，床都沒有了吧。小久沒有哭，而是一個人走到房間中央，環顧四周，啟恩，她輕聲說。沒有人回答她。你送我的禮物放在哪裡啦？沒有人回答她。時間緊迫，快點拿出來。沒有人回答她。也許真的不在這裡，李天吾走到她身邊說。在這裡，天吾你相信嗎，剛才我好像聽見他跟我說，賭不賭一下，就在這個房間裡，但是你找不到耶。李天吾蹲下敲了敲地板，顯然底下是空的，傳來龍骨的回音，不過不可能放得下一支瓶子。不是要掀開地板吧？啟榮終於擦乾了眼淚說。不用，埋不進這裡，李天吾站了起來，他拉開了窗簾，午後的陽光溫和地灑進來，台北的天空中沒有一朵雲，好像平靜的海面。這時三個人同時發現，在寬闊的窗台上，擺著一株半人高的蘆薈，長勢正好，刺清晰地向四面八方伸開，旁若無人，似乎在專心與陽光交談。怎麼會有這個東西？啟榮驚訝地說。原來沒有的嗎？沒有吧，我記得啟恩最討厭植物了，因為會生小蟲子，兩年前我養了一盆曇花，就在要開花的那天晚上，你知道我的CAMERA都準備好了的，結果還沒開出來就被他一腳踢了個稀巴爛。不過，啟榮想了想說，也說不準耶，他死之前的一個月，變得很古怪，其實古怪這個詞不準確啦，應該說變得很溫順，他從來不會主動和媽講話的，有一天竟然和媽聊了聊爸，不過不像兒子啦，倒像是個媽好久不見的老朋友似的，也許是那段時間我不在的時候，他搬進來的，可是為什麼是蘆薈啊，看起來又蠢又醜的東西。應該是蘆薈，李天吾說。為什麼？啟榮問。不為什麼，我也有一棵蘆薈，李天吾說。

小久來到蘆薈近前，端詳了半天，說：小吾，你剛才說什麼？剛才？是剛才的剛才你說什麼，在你檢查地板的時候。我說埋不進地板裡面。為什麼埋不進去？因為底下是水泥，不是土，李天吾說。可是，小久指著蘆薈的盆，這裡有土啊。

瓶子斜著埋在土裡，不知道啟恩發現它的時候，它是不是就以這樣的姿態擱淺在沙灘上。瓶子的形狀和小久描述的一樣，只是李天吾看上去，覺得更像是常見的汽水瓶或者白酒瓶，標籤沒有了，剩下乾乾淨淨的瓶子本身。裡面躺著一張紙，圓筒狀，用黑色皮線繫著，防止在瓶子裡面散開。意外的是，在瓶子旁邊，更靠近蘆薈白綠相間的根部，還埋著一張紙，沒有東西包裹，疊成四方的形狀插在土裡，若不是小久眼尖，李天吾還以為那白色的一角是塊小石頭。紙的右上角有年月日星期的字樣，中間有暗紅色的格子，不過日期那裡是空的，應該是從筆記本上隨手撕下來的一張紙。看紙的樣子和埋的位置，是在瓶子之前埋進去的。格子上面寫了幾句話，字很大，雖然不很漂亮，但是力道十足，好像要把紙給戳穿一樣。小久拿在手裡，念了出來。

「希望」是帶有羽毛之物

棲息靈魂之中

唱著無詞的曲調

永不息止

其歌聲在暴風中倍感絕妙
必是莫大的暴風雨
才能使小鳥侷促不安
她讓許多人心中有溫暖

下面已經沒有字了，可是小久沒有停下來，她把頭抬起來，看著窗戶外面說：

我曾在最寒冷的國土
和最陌生的海上聽見
但她縱使在最艱困時
也不向我討一片碎屑

「一首詩？」李天吾問。

小久沒有回答，親手把土重新蓋好。李天吾把啟榮推到小久身邊。

「幹嘛啊，天吾哥？」

「當然是給你們照張相啊。一二三，茄子。」李天吾手中的相機因為背光的關係，閃光燈忽的彈起。

「CHEESE。」啟榮聽話地說。

第八章　存檔——4　老闆本人

那個小鬍子把手台遞給蔣不凡說：大哥，說你們跟丟了，停車吃個飯，一小時之後回去，說得不對你就死了，受累。蔣不凡接過手台一字不差地說了，「收到，蔣哥也有跟丟的時候，回來再議吧。」蔣不凡沒有再回答，把手台掛上了。「進屋吧。」小鬍子說。

屋裡面還有劈柴和油氈紙的味道。房子收拾得很乾淨，牆角好像用濕抹布擦過，炕櫃上的玻璃映出清晰的人影。桌子上的飯菜熱氣騰騰。蔣不凡自己脫鞋上了炕，我也照辦。火燒得太旺了，炕上有點燙人，我只好蹲在飯桌旁邊，女人從旁邊拽過來一只枕頭放在我屁股底下。「大哥，有什麼想說的？說吧，聽說你是這裡最好的警察。」小鬍子說。「餓了。」「吃，沒什麼太好的東西，都是家常菜，但是大輝做飯我們都挺愛吃。」「你們也吃。」「我們也吃。」大輝去廚房又拿了三雙碗筷，然後八個人擠在一起，準備吃飯。我的右手邊坐著穿藍棉襖的大輝，頭髮油膩，身上有種餿味兒，因為桌上沒了地方，他把飯碗拿在手裡，左手邊本來是蔣不凡，不過那個南方女人坐在了我們中間，我和蔣不凡之間好像突然隔了整個南方疆土。「等一下，兩位先把槍拿出來。」小鬍子一邊接過我們的飯碗幫我們盛飯，一邊說。和他長得一樣的那人把我們的槍收走之後，又搜了一遍我們的身上。「乾淨了。」「好。吃吧。」

蔣不凡越過兩道炒菜，從酸菜湯裡夾了一片五花肉放進嘴裡，吃得很專心。我沒什麼心情吃飯，端著飯碗不知道該吃什麼，旁邊的女人用胳膊頂了頂我說：我要是你，我就吃點東西。我喝了口湯，味道果然不錯，和天寧的做法不同，肉應該是炒過再下進湯裡的，湯有燒糊的蔥花香味。「那就吃好了。」我在心裡說。毫無疑問，我們是中了埋伏，好像魯迅寫的雪天捕鳥的場景，我和蔣不凡走進了竹篩底下，他們遠遠把細繩一拉，那根棍子就倒了。同樣毫無疑問的是，他們不會放我們走了，我們好像朋友一樣緊挨著吃飯，沒有人蒙面，也沒有人在意我們是警察這回事，這種平靜意味著他們早已經想好怎麼處置我們兩個。那為什麼不吃飯呢？總得找點事情做，才能使自己冷靜下來思考。因為人多菜少，我把自己喜歡的幾個菜夾了許多蓋在飯上面，躲著大輝和女人的胳膊，大口吃起來。

「我叫王顯，這是我弟弟王尹。大輝你跟了這麼長時間已經認識了，這是愛軍，這是愛民，也是兄弟倆，只是長得不像。坐在你旁邊的是我的愛人小米。」「小米是第一次聽說，別的知道。」蔣不凡看起來吃飽了，把筷子放在桌子上說。「你是蔣不凡，你是李天吾，師徒倆。」小鬍子還沒吃好，用筷子分別指著我們。「亦師亦友吧，這麼說好點。」「說得是。」又吃了幾分鐘，桌子上的菜基本上都吃完了，王顯在湯裡撈了半天，撈到一塊碎肉吃了，然後也把筷子放在桌子上。「我們無冤無仇。」他然後說。「看怎麼說。」「私人層面上。」「那可以這麼說。」「但是如果我們落在你們手上，得怎麼說？」「按照現行法律，你們基本上都活不了，尤其是主犯。」「是這個意思。但是現在你們在我們手上。」「你們可以自首，是個好機會。」蔣不凡平靜地說。「如果自首，我們能活嗎？」王顯沒有笑，很認真的問。「恐怕不能，至少主犯不能，你們幹了什麼事自己清楚。」「就是因為清楚，你們親自來了，我們也沒法自首，人都得向前看。」「前面什麼也沒有，對於你來說。」「有，我看見很多東西，我倒覺得你的前面什麼也沒有了。」「你能睡得著覺嗎？這麼多年，不做夢？」「你呢，能睡得著？」「沾枕頭就著。」「那為什麼我睡不著呢？我的蔣哥啊。」

入夜的時候，氣溫驟降，窗戶上上了霜。大輝把桌上的剩菜收拾了，相類的幾樣倒進一個盤子裡，拿進廚房，然後戴上帽子說：老二，走吧。王尹從炕上下去，從門後面拿起兩把鐵鍬，戴上手套和大輝一起走了出去。王顯也戴上手套，從炕頭拿起我和蔣不凡的槍，遞給愛軍一把，兩人熟練地退掉彈匣，檢查妥當之後，又把彈匣推上，在手裡拿著。愛民打開炕櫃，從裡面拖出一個大塑料桶。我聞到了汽油味，是汽油沒錯。「如果吃飽了的話，我們得走了。」王顯用槍指著我們說。

沿著矮房後面的小路，我們走了大約二十分鐘。愛軍拿著手電筒走在斜前方，餘光一直瞄著我們，王顯和小米走在後面，不用回頭就知道他袖子裡的槍一直端著。走過一條廢棄的火車道，又穿過一片玉米地，玉米早已被收割而去，地上只有殘葉。天空一直飄著小雪，似乎準備這麼飄一整夜，沒有停下來的意思。終於來到了一汪水潭旁邊，水潭隨著寒風上下浮動，好像一顆黑黝黝的心臟。旁邊立著一個鐵牌子，上面寫著：水深三米，禁止野浴。浴字的三點水已經脫落，剩下單單一個「谷」字。四周沒有一棵樹，全是齊膝的雜草，除了近前的手電筒，沒有一點亮光。沿著水潭又走了大約半圈，看見了大輝和王尹，兩人正在用鐵鍬挖坑，看樣子是要挖一個大坑，不是兩個小的。站下之後，我發現自己的腳邊有一攤灰燼和一把生鏽的鐵質爐鉤子，上面都已經落了一層雪，應該是有人下午過來燒些冥幣寄給去世的親人，為什麼會到這個水潭邊燒呢？也許是紀念一個曾經淹死在這裡的孩子吧。

「還需要多久？」王顯問。「十五分鐘吧。」「你們去幫幫忙。」王顯用槍向坑裡面指了指。「沒有鐵鍬。」蔣不凡說。「知道，用手。」我和蔣不凡跳進去，用手幫著把坑挖深，土質很軟，而且有很多蚯蚓，手插進去，經常不小心把蚯蚓斬成兩半，半截的蚯蚓隨後各自逃去。挖坑的時候，我發現剛才在腳邊的那把鐵鉤掉進了坑裡，應該是我和蔣不凡跳進來的時候，不小心踢到了它。小米一直把手插在白色夾克的兜裡，站在坑邊看著我們，一言不發，好像一個買票進場的觀眾。「差不多了。」過了一會王顯說，然後從懷裡掏出了一條尼龍繩，兩頭繫著嘎達。「最後能給顆煙抽嗎？」蔣不凡說。「不能了。」王顯用毫無感情色彩的聲調說，把繩子遞給愛軍。愛軍跳進了洞裡，向我們走了過來。蔣不凡用眼睛看了一眼坑裡的鐵鉤，又看了一眼小米。我馬上明白了他的意思，其實就在那一瞬間我是準備撲向王顯的，即使死，也不能給勒死或者活埋，讓槍打死似乎更體面一些。我挨過槍子兒，沒什麼大不了的，如果有人發現我們的屍體，也能多些證據。我向坑邊挪了半步，目測距離剛剛夠，說：「王顯，能告訴我們是誰想讓我們死嗎？」「不能，但是可以告訴你，沒人讓你死，如果你今天不來，你就能繼續活著。愛軍，利索點吧。」其實他話還沒說完，我已經突然伸手拽住了小米的腳，把她猛的拉進了坑裡，同時蔣不凡彎腰撿起了鐵鉤，小米的肩膀剛一著地，鐵鉤的尖頭已經逼到了她的眼睛上。眼珠和睫毛之間。愛軍手裡的槍也緊接著頂上了我的腦袋。

「你沒有回答他的話。」蔣不凡的聲音一直沒改變。

「什麼？」王顯舉著槍，但是我看不出他在指著誰。

「你沒有回答天吾的話。」

「你知道你在這裡得罪了很多人，其中一個想讓你死。知道是誰有多大的意義？」

「是我們自己的人？還是外人？這個能說嗎？」

「不能，接了這個活的時候就講好了，不能說。你就是現在殺了小米，我也不能說。但是，」他還是那麼的沉靜，說：「別的可以談。」

「讓我們走。」

「不能，你走我們六個人全沒有命，換你你會答應嗎？我只能保證，讓你們沒有痛苦，我們麻煩一點沒關係。」他扔了一顆煙到蔣不凡腳邊，蔣不凡沒有撿。

這時我看見遠處升起了火光，應該是愛民已經把大輝的家點著了。

「而且，你今天不死，明天也會死，不但是你，你的家人也會死。放棄吧，蔣哥，沒什麼意思了。」

我明白，王顯這句話不是未來式，而是現在式，蔣夫人現在還活著的機率已經很小了，很可能是車禍還是什麼，如果蔣不凡有孩子，現在也已經死了。這是真正的清除，把和蔣不凡有著深切聯繫的東西從世界上抹掉。

王顯的手電筒照著蔣不凡的臉，我看見他的臉正在扭曲變形，手中的鐵鉤好像要被捏直了一樣。三五秒鐘之後，他的臉恢復到了原來的形狀，他好像迅速的蒼老了，細雪落在他的臉上，沒有一片在融化。

「把殺我妻子的人找來，換你的妻子。」

「不可能。不管你信不信，我根本不認識那一夥人。」王顯蹲在坑邊。「蔣哥，你我都是這坑裡的小蚯蚓，你懂嗎？」

不短的沉默，蔣不凡從胸腔中排出長長的一口氣，這口氣緩慢無聲的四散，似乎吹動了潭水。然後他說：

「把槍扔過來。再討價還價這女的馬上死，我現在什麼也不怕了。」

王顯把槍扔到蔣不凡腳邊，蔣不凡蹲下摸起槍，用槍頂住小米的太陽穴，扔掉了鐵鉤。

「既然如此，看來怎麼談也沒用了。」蔣不凡說。

「蔣哥，你明白了。」

「你總得答應我一點事，總得拿什麼東西把你妻子換回去，你答應，我就把槍放下。」

「什麼事兒？」

「讓天吾走。」

「蔣不凡！」我喊了一聲。

「你給我閉嘴！」他馬上殺死了我的話。

「不可能。他是警察，既然入了這個局，就不能活著離開這兒，我知道他什麼也不知道，但是他現在和你是一樣的，沒區別。」

「讓他走，給你十秒鐘考慮，當然主動權在你手裡，十秒鐘之後，如果你還沒答應我或者還沒想好，我就開槍，我唯一能做的就是這個了。十，九，八……」

「把他放進水裡。」小米忽然說，極其平靜，好像在描述一道湯菜的做法。

「五，四，三……」

「好，我答應你，讓他走。方式我們定，讓他這麼走出去是不可能的，我們可以把他放進水裡。」王顥說。

「這是一潭死水，他怎麼能跑得了？」蔣不凡的食指已經搭在扳機上。

「這不是死水，底下有暗流，順著暗流游，從西面那個土丘底下游過去，另一邊有一個更大的水潭。我沒騙你，我和大輝小時候還去那個水潭釣過魚。」

「距離多遠？」

「大概兩千米，他游到了，我們的事也解決完了。」

「會游泳嗎，天吾？」

「我不能走，而且你不會這麼傻吧，一旦把我放進水裡，你扔掉槍，他們就會殺了你，然後在兩邊的水潭等我。」

「我要和他交代點事情。」

王顥示意愛軍拿開頂在我頭上的槍。

蔣不凡在我耳邊說：

「下水之後你就拚命游，我會再拖一陣，但是拖不了多久。如果你能活下來，把我和我老婆葬在一起，墓地我去年買好了，你能查到，記住把她葬在樹下，我在她南邊，不要搞錯了。照顧好你媽和你的小朋友，不要再當警察了，去找個學校接著念念書。現在閉嘴。」

然後他抬起頭來說：

「就這麼辦吧，他下水五分鐘之後，我就扔下槍，說話算話。」

「好，大輝，老二，把他放進去。」

兩人扳住我的胳膊把我往水潭邊拖，我呼喊著，把所有知道的髒話全罵了個遍，我罵蔣不凡，罵王顯，罵公安局長，罵我自己。在黑暗中我知道怎麼罵也沒有用處，黑暗不會褪去一點點，不過我還是要罵，因為其他的什麼也做不了。

「嘴堵上。」王顯說。

大輝伸手堵住了我的嘴。他的手裡早就準備好一條手帕，背對著蔣不凡用手指捅進了我的嘴裡，然後用手捂住。嘴剛剛被堵上，兩人就悄悄把我兩個手腕擰斷了，然後扳住我的膝蓋後面把我抬起來，邊鞦韆一樣的扔進了水潭裡。

潭水像背叛一樣冰冷，迅速浸濕了我的棉服，我的身體。手腕斷了，沒法從嘴裡面把手帕拿出來，也不能張開手指划水，儘管我的雙腳拚命踩水，身體還是不停向下沉。在下沉的過程中，我看見了王顯口中的那個洞口，真有那麼一個洞口，而且剛剛可以容一個人進去，只是距離我太遠了，我游不過去，終於那個洞口也看不見了，我的腳碰到了潭底的淤泥，然後雙膝跪在了淤泥裡。這時我似乎聽見上面傳來了槍聲，沉悶的兩聲。我最後的記憶是排出了肺子裡的那口空氣，嗆進了無窮無盡的水，腦袋也跌進淤泥裡。然後我看見了安歌還是十八歲的樣子，她背著書包走遠，書包在她背後一顛一顛，如同背影裡難以忽略的悲傷；我看見天寧穿了一襲黑衣，低著頭也向遠處走去，手裡拿著不知道是哪裡的地圖，邊走邊時不時的把頭上的兔耳朵立起來。我看見母親坐在父親的病床邊給他梳頭髮，父親的頭髮黝黑發亮，母親則白髮蒼蒼的幫他梳著黑頭髮，一言不發，好像在凝神聽著什麼。我看見姑姑從床上坐起來，說，我的尋人啟事怎麼樣了？然後又倒下睡著了，身邊沒有一個人。我把兩隻斷手伸向他們，他們沒有看見，走遠的走遠，梳頭的梳頭，睡覺的睡覺，我只好用手抱住自己，好像所有潭水的重量都壓在了我的身上，然後失去了所有意識。

我是被搖籃曲叫醒的。睜開眼睛的時候，發現眼睛正對著太陽，揉了揉眼睛，原來果真是艷陽高照，晴空萬里，好一個空蕩蕩的天空。低頭一看，自己穿著筆挺的警服夏裝，皮鞋擦得鋥亮。伸手去摸，槍和手銬都在皮帶上。而我自己，正躺在一艘小木船上。

「醒了？」我坐起來，看見船的另一頭坐著一個光著膀子的老漢，正用雙手划槳。說是老漢其實有點屈就，準確的說，應該是老得不成樣子，臉上的皺紋密密麻麻，讓人有種想用手幫他抹平的衝動。只是上身肌肉著實健壯，且是古銅色，如果把臉拿走，完全可以做時尚雜誌的封面。跟我講話之前，他正扯著嗓子唱歌：月兒明風兒靜，樹葉兒遮窗欞啊，蛐蛐兒叫錚錚，好比那琴弦兒聲啊。

「醒了。你怎麼會唱這首歌？」

「這首歌怎麼啦？會唱不行啊？」嗓音是個老漢沒錯，可是語氣怎麼這麼奇怪，好像一個小孩子。

「當然可以，只是我好像在哪裡聽過。」

「你當然聽過，要不然我唱個什麼勁兒啊。奇怪啊奇怪，按道理說，你不應該醒的啊，怎麼會醒過來呢？」他說著，兩手還在用力的搖槳。

「你唱那麼大聲，誰都會醒的。」

「不對不對，糊塗了，糊塗了。」

「這是哪裡？你總知道吧。我記得我被扔進一個水潭……」

「淨說沒用的話，你被扔進水潭，還是從三十層樓上摔下去，或者讓雷劈在腦袋瓜上都不重要，現在重要的是，你怎麼會醒過來的。」

「既然已經醒了，那就告訴我現在在哪，我還得趕回去救人。」

「你這個人真是不開竅。你的事情已經完結了，明白了嗎？雖然你醒過來這件事很棘手，但是我敢打保票你回不去了。這裡嘛，說是河也行，說是海也行，概括來說，可以叫作水上。」我才感到船的速度相當可怕，簡直像是坐在火車上一樣。

「完結了？這麼說來，我是死了嗎？」

「還算不笨，但是這就是棘手之處，如果你沒醒過來，我應該把你送到對岸，大頭衝下種在土裡，我的任務就算完事，你也省時省力沒有煩惱。現在呢？真是給人添麻煩啊，我要查一下手冊才能知道。」

老漢放開了雙槳，船的速度隨之慢了下來，他開始在船的各個角落找他的手冊。「好久好久不用了，丟是不可能的，只要慢慢找就好了。」我舉目四望，真是一片大水啊，水是無限的，也是透明的，只是無限的透明深處什麼也看不到，真是奇妙的大水，我忽然想起來十幾歲的時候在南湖公園看天的感受，就跟看這大水的感受是一樣。沒有其他的船，也沒有島嶼礁石，只有水、天、船，和船上的我們。

「這不就找著了。」老漢手裡拿著一本手掌大的小冊子，厚度相當可以，幾乎是個正方形。

船已經停了下來，他用手翻著，皺著眉，不知道到底翻了多久，確實不知道，因為我好像突然喪失了對於時間的感覺。翻了五分鐘還是翻了二十天，我也說不清楚。

「是了。」他叫了一聲，把小冊子丟在船底，兩手抓起槳。

「有辦法了？」

「不算辦法，照章辦事而已。這就把你送到老闆那裡。真是給人添麻煩。」他搖著頭，船又像火車一樣開動起來了。

在那天出事之前，也就是我休完了長假，正式歸隊的時候，父親還沒有醒。如果說他這個人躺在床上的兩個月有什麼變化，就是胖了，臉上也有了光澤，因為酗酒而鬆垮下來的肌肉重新變得結實緊繃，最令人無法理解的是，頭髮一點一點全都變黑了，且髮絲十分粗壯，遠遠看去好像一個三十來歲的年輕人在不知道是誰的病床上打盹。醫生和護士每天都來，有時候除了例行的查房，還要再來個兩三次，躺在那裡的父親似乎不再是一個普通的病人，而成了醫生和護士們心裡的某種神龕，或者從現實主義層面上講，某種支撐力。每當有什麼他們無能為力的事，本來好好的病人突然以無法阻擋的勢頭死了，或者遇到了無論怎麼選擇也難以使病人善終的病狀使他們陷入了兩難的境地，他們就走進父親的病房，雖然給人的感覺是碰巧經過，進來看看也無妨的樣子，但是我清楚的知道他們是來汲取能量的。雖說如此，父親還是沒有一點醒過來的徵兆，照了無數次腦部CT，血管也確實讓血塊壓壞了，無法復原，沒人能解釋在腦袋報廢的情況下，他為什麼會出現這樣的狀況。「這就是我說的科學的極限。」醫生說，「沒人能預料到會出現這樣的事情，之前也沒有出現過。以現在的情況看，你父親一年以內不會有什麼危險，還是那句話，這只是科學提供的一種可能。」於是在和母親商量之後，我回去工作，晚上和天寧換班睡在父親的病房裡，只有周末的時候我們白天過來，母親照顧晚上。

周末的晚上就成了天寧最珍貴的時間，要在家裡做飯吃，然後逛街，看電影，給結婚的朋友買禮物，剪頭髮，約作家喝咖啡，凡此種種，我都要陪同。一旦我露出消極的表情，天寧就說：你是什麼意思？做我幾個月的男朋友吃了天大的虧是不是？不是，我說，只是和作家聊天我實在吃不消。也不用你說什麼話，你喝你的咖啡，吃你的黑森林就好，委屈什麼？你說得對，我確實可以不講話，低頭吃吃喝喝，但是還是會聽見你們聊天，實在是折磨。她拍拍我的臉，討厭作家還是討厭我？當然不是討厭你，一起看電影逛街不是好好的。那就是討厭作家了？不是討厭，只是不是一種人，坐在一起很彆扭。而且一個外人坐在旁邊，還是和文學離了十萬八千里的警察，作家們也會覺得彆扭吧。說吧，你。說什麼？我莫名其妙。

說說你為什麼討厭他們，對了，不是討厭，是為什麼會覺得彆扭？知道不說實話的下場吧，她擰了一把我的胳膊。他們不相信文學，我只好說，因為你的關係我見到的所謂作家裡，無論名氣大小，我覺得他們並不相信文學。

截止到我出事那天，和天寧交往了四十幾天。原本我是沒有吃早飯的習慣的，據我媽說，我小時候只要一吃早飯，一天就會拉三次屎，不吃的話，一天一次，正常人怎麼能夠一天拉三次屎呢？那肚子裡還有什麼？所以我就戒掉了早飯，一直到三十歲，一天兩頓飯，一天一次屎。和天寧住在一起之後，無論如何必須吃早飯，不吃就又哭又鬧，鑽進被子裡面不出來，就算我住在父親的病房，她也要做好早飯用保溫桶送來，把筷子遞給我：吃吧，今天是雞蛋糕，拌西芹和小米粥。我接過筷子，說：委實吃不下，容我休息一會，胃還沒醒。想等我走了，把飯送到阿姨那去，是不是？不是，一會肯定會吃到肚子裡，現在吃了會吐，胃給我的命令是怎麼進來怎麼出去。這時護士走進來，給父親測體溫：小夥子今天好像又年輕了一點。不知道從什麼時候，父親在醫生和護士裡面有了「小夥子」這個外號，真是讓人窘迫。是嗎，體溫怎麼樣？我想趁機轉移視線。體溫當然沒問題，比我還要正常，簡直就是實打實的正常體溫。天寧插進來說：護士姐姐你說，一個人不吃早飯是不是很危險的事情？護士愣了一下說：危險倒談不上，但是時間久了會有問題。天寧說：這就是了，你看護士姐姐都說，一個人不吃早飯，時間久了會死。護士嚇了一跳說：哪會死的？頂多比常人多一點得腎結石的可能。天寧說：就是這個意思了，腎結石久了，腎就會衰竭，腎衰竭人體內的毒素就排不出去，人體內的毒素排不出去自己就會中毒，你知道我們每天吃下多少毒物嗎？五毒教教主也沒有我們多，這些毒物就靠兩個腎勤勤懇懇毫無怨言地排出去，如果有一天你的勞模腎臟失靈了，你想想你會不會很快全身烏青，七竅流血死掉？而這樣的下場只是因為你不吃早飯的緣故。護士姐姐，你說我說的有沒有道理？護士低頭看了看我面前打開的保溫桶說：很有道理，不吃早飯一定是這樣的下場，原來我在腎臟內科，有一個病人就是這麼死的。說完衝天寧笑了笑，出去了。自從吃早飯之後，我還是每天上一次大號，沒有像小時候那樣把肚子拉空，而且每次都十分順利，身體漸漸比原來壯了一圈，很多原來的衣服都瘦了，穿在身上有點喘不過氣來，褲腰帶也向後移了兩格，只是臉和原來一樣瘦削，也許我這樣的人胖過了所有地方之後才會胖臉。那次中了李德全的五子蹦，得以活下來，醫生說：多虧年輕啊，流了那麼多血還有一口氣在。而我常以為是吃了早飯的緣故，當然，這是毫無依據的胡猜，有極大的迷信成分。

有一天姑父忽然打了電話過來，「姑姑沒事吧。」我有些惶恐。「沒事沒事，手術之後一直睡覺，和原來一樣。」「大夫怎麼說？」「大夫說，腫瘤已經處理乾淨，按道理應該兩三天就會醒過來，可是現在明明已經睡了一個月了，這些大夫啊，沒辦法。」「一次也沒有醒？」「一次也沒有，打電話就是想問問你父親怎麼樣了，我好說給你姑姑聽聽。」「不是沒醒？」「那也可能聽見啊，我的意思是萬一能聽見，如果我們什麼也不說，她不是錯過了很多東西？」「父親很平穩，而且，不知道該怎麼說，雖然不醒，可是看起來比原來還要健康，也許是因為再也沒法喝酒了吧，頭髮一根一根變黑了，現在一根白頭髮也沒有。也許這麼說比較容易理解，如果他現在忽然從床上跳下來，跑出醫院去買酒，我可能一點都不會意外。當然是從外表看起來。」「真是姐弟倆啊，你姑姑頭髮也全黑了。」「全黑了？」「全黑了，好像夜裡趁我們不注意，偷偷跑出去焗了頭又跑回來躺下一樣。容貌似乎也正在變年輕，有幾次我恍惚間覺得，她是快成了我剛剛認識她的樣子，一個幹練的女護士，講起話來砌扯咔嚓，如果不按她的要求做，她就要跟你講一長串的大道理。那年我突發心肌梗，差點死了，那些學生啊，很難對付，每天喊著要去串連，不讓去就拿皮帶上的銅扣敲你的腦袋。四十年過去了，還會夢見皮帶敲腦袋的情形。」「姑父？」「什麼？」「還沒想到尋人啟事是什麼意思嗎？」「我想到幾種可能，可能她在哪裡看到了一則尋人啟事，某個人正在找她，或者她登了一則尋人啟事去找某個人，想提醒我們不要把這件事忘了。不過，按道理說，這兩件事情如果她知道，我也應該知道的，她這麼多年一直做的事，沒有我在後面，恐怕很難一直做下去。」「比如，資助我讀書。」「是一件，有時也給孤兒院寄錢，或者下班到家，突然抱回來一隻流浪狗。總之，這麼多年這樣的事情很多，也沒什麼大不了的，做了就做了，我們也沒有破產，兒女也順利長大了，雖然沒什麼大成就，比如你表姐，四十歲了還是社會裡面普通的一員，不過至少還算是個正直的人吧。」「是。這就已經很好了。尋人啟事這件事，你說有沒有可能她是在找我的爺爺？」「我也曾經懷疑是這麼回事，不過你想，我已經七十歲了，你爺爺要多大年紀了？很可能已經不在人世。況且，這件事情十幾年前你姑姑和我，雖然沒有登什麼尋人啟事，但是也通過有關部門輾轉找過，答覆是查無此人。兵荒馬亂啊，又不是什麼大官，掉進水裡淹死，或者登船的時候被後面想要上去的人開槍打死，都有可能。」「我現在手頭壓了很多案子，休了那麼長的假，欠了局裡很多事情沒做，等這段時間過去，我就去看姑姑，給她講講我這邊的事情。」「如果交了女朋友就帶女朋友一起過來。交了嗎？」「交是交了一個……」「那就帶來。上了年紀之後，越來越喜歡看見晚輩交女朋友，結婚，生小孩兒，如果說活著還有什麼意義的話，就是能有機會看見這些。說到這兒吧。」然後掛斷了電話。

船向著某個方向疾馳前行，太陽一直在我們頭上，似乎永遠不會落下。老漢沉默不語，搖著槳，好像還在生我突然醒過來的氣。四周的大水依然廣闊無垠，我猜如果當真有孤獨這種東西，那就是這艘小船的樣子。不知道過了多久，我聽見了鐘聲，「雖然很久沒來，方向看來還是沒錯。」如果不是老漢這麼自言自語了一句，我會以為那鐘聲是我漂流太久產生的幻覺。又過了不知道多久，我看見遠方的海天一線上，升起了一座大石屋，鐘聲也更加真切，應該就是從那石屋中傳出來的。沉重地響了六下之後，周遭又恢復了平靜。「那是什麼東西？教堂？」我忍不住問。「教堂是什麼東西？」「我也沒有進去過，從書上看，應該是供奉上帝的地方。」「上帝是？」老漢認真地問，看來我們的世界確實非常不同。「應該是造物主吧，說要有光，就有了光那個人。」「完全不明白你的話。我只知道，老闆住在那裡，手冊上說，你這種麻煩的人要送到那裡去。至於那個房子，我叫它辦公室。」「辦公室？」「原來一度我們叫它大書房，不知道從什麼時候開始，都叫辦公室了，我就也跟著叫，反正叫什麼都是那個東西，叫廁所也行，我是這麼覺得。」說到這裡，我們已經到了「辦公室」的底下，我才知道這東西果然叫什麼都可以，因為完全不可能弄混，它太高，從底下向上看，根本看不到尖頂的盡頭。尖頂的底下有個足球場一般大的鐘盤，怪不得鐘聲能傳那麼遠。鐘盤的底下是無數的浮雕，因為已經到了近前，看不到全貌，不過還是可以看出刻的有動物也有人，數量眾多，相當壯觀。面前是兩扇巨大的石門。石門的一部分在水裡，露出的一部分已經遠遠大過我所見過的任何建築，公安局的辦公樓和石門比起來，只能算是一個小孩子用積木堆起來的玩具屋。整個建築都是用黑色石頭建造，以我粗淺的土木知識看不出是哪種石頭。不可思議，這個龐然大物怎麼會建在水裡，石門的大部分應該還在水下，那房子裡面豈不是早給淹得亂七八糟？

「還在等什麼？要賴在我這條船上？」老漢已經鬆開槳，雙手抱在裸露的前胸看著我。

「沒有沒有。只是要進到那個大房子裡，是不是需要有踏板或者有小船過來接駁，還有出於禮貌，我們是不是要敲一下門還是有門鈴可以按？」

「看來你明擺著是跟我過不去，老闆已經知道我們來了，敲門幹嘛？你還真把自己當作個人物啊，跟你說清楚，沒有小船也沒有踏板，趕快給我自己走過去，我還要回去繼續幹活，老闆眼睛裡面可揉不了沙子，偷懶的人要關禁閉的。」

「走過去？到處都是水啊，我沒看錯的話，這裡不是淺灘，是水的中央吧。」

「是水的中央。那和你走過去有什麼關係？再囉嗦別怪我不客氣，一槳把你打下水。」

老漢伸手把一支槳拿在手裡，看他的肌肉就知道，一槳打在腦袋上掉下水不說，非得把腦袋打成爛西瓜不可。

「從水上走過去？」

「還不快走？」

於是我咬了咬牙，從船上爬下來，準備好以自由泳的方式游到石門那裡。沒想到我並沒有浸入水裡，而是站在了水面上。原來真是可以用來行走的水，我快步向石門走過去。走了幾步，知道真的沒有可能掉進水裡了，我回頭向正在把船掉頭的老漢喊道：能不能告訴我你唱的那首搖籃曲和我有什麼關係，好像聽過，怎麼想也想不起來了。

「不是因為討厭你就不告訴你，我確實不知道，讓我唱就唱了。去問老闆。還有，剛才只是嚇嚇你，不會打你，不會因為這個就動手打人，無論怎麼說你也是很特別的一個。如果你不是這麼囉嗦，有一個人說說話也不錯，明白吧。」

「明白了，那再會。」我站在水上朝他揮手。

他頭也不回把船開走了。

我用手摸了摸石門，是真的石門，確實是我認為叫作石頭那種東西造的。不可能推開的，我試著敲了敲，聲音小得連我自己都聽不清楚。「你是誰？我來了，不要浪費我的時間。」我衝著門縫大聲喊道，其實根本沒有縫隙，兩扇石門貼得緊緊的。實在太傲慢了，我心想。蔣不凡那邊生死懸於一線，我在這裡不知道度過了多長的時間，但是我非得回去不可，就算剩下的只是他的屍體，我也得挖出來，幫他和蔣夫人葬在一起，無論現在我是死還是沒死，他確實試圖用自己的命救我一命的。還有那些殺人的人，絕不能就這麼放過。我掏出手槍，衝天空放了一槍，槍聲在水面上盪去，消失，石門還是緊緊關閉著，老漢不是說叫老闆的那個人知道我們來了？我用力朝門上踹了一腳，當然毫無反應，我又朝另一扇門踹了一腳，忽的一下，那扇門以極快的速度旋轉起來，我的腳還沒有放下，眼前一黑，人已經被旋轉的石門轉進了房子裡面。等我再次睜眼，只見一個禿頂的中年人正坐在一張桌子後面看書。一間不大的房間，只是格調甚為詭異，除了一張桌子、兩把椅子和四面白牆之外，什麼也沒有，不知道主人是要搬走還是才剛剛搬進來。更為奇怪的是，雖然沒有窗子，可房間裡十分明亮，頭上也沒有任何光源。回頭去找那扇石門，哪有石門？身後只有一個普通的紅色木頭門，上面一個鍍金的獅子頭把手。搞什麼名堂？魔術師的把戲？或者當真有什麼神力？那又怎樣？道理還講不講？我把槍放回腰上，走到那個中年人面前。他穿著對襟的灰色毛衣，戴著風格簡約的皮帶手錶，時不時用手把頭上僅有的十幾根頭髮橫向抹平，好像頭髮伏貼在頭皮上是他最為看重的事情之一。

「打擾一下，請問你就是老闆還是祕書什麼的，這裡是不是你說了算？」

「這裡只有我一個人。」中年人把書放下，抬頭看我。東方男性的面孔。

「那你就是老闆了。我要回去，情況緊急，如果你有那種力量，請讓我回到那個水潭邊上，水潭的位置就在……」

中年人擺擺手，說：「你的手腕好了？」

他不說我都忘記了，是啊，手腕怎麼突然好了，應該在船上的時候就好了，完全沒有使用的障礙，所以都沒覺得手腕已經復原了。

「好了。怎麼回事到底？」

「首先很明顯的一點，你已經脫離了你的世界，進入到另一個世界裡。這點你感覺得到吧。」

「是，我們那個世界無論如何不能在水上行走的，如果連水這東西都是徹底的兩碼事，那確實是個完全不同的世界。」

「所以，你可以想一下，兩個如此不同的世界，不是說回去就能回去的，很麻煩。」

「自從我到了這裡，聽到最多的就是麻煩兩個字。」

「確實。因為你醒過來了。這樣的事情很久沒有發生了，上次發生的時候可能我還沒有搬到這裡辦公。你這樣的人我們叫作覺醒者。說太多你也不明白，看樣子只是個普通人，意思大概就是既然你甦醒了，你就有機會去做一件事情，這點事情對你、對我都有意義。」

說太多你也不明白，看樣子只是個普通人，這叫什麼話，和小時候老師教訓成績不好的孩子有什麼分別？這基本上是我最討厭面對的一種語氣。自以為掌握真理的優勝者姿態。

「我現在想回去，能做到嗎，或者需要我做什麼，別繞彎子了。」

「你的使命只對你、對我有意義。」

「能少說點廢話嗎？你說的使命，如果完成需要多久？」

「在你們的世界裡，幾天時間。」

「那不行，我得馬上回去。這就得出發，不是小事，是去救人。」

「我知道。不過以你的世界，現在的時間點來看，蔣不凡已經死了。眉心和心臟各中了一槍，埋在了土裡。別說你根本沒可能回去，就是能夠回去也救不了他了。」他嚴肅地盯著我的眼睛。

「我憑什麼相信你？」基本上，這是非常蒼白的詰問。我有種預感，他雖然傲慢，可是確實掌握著很多真相。

他把手裡的書向我搖了搖，說：

「碰見你這樣的笨人沒有辦法，給你念念。真不知道為什麼你會醒過來。公元二〇一二年二月五日十五時十八分，蔣不凡的妻子廖卓美死亡，地點是S市和平區一棟正在裝修的五樓民宅內，方式是被繩子勒住喉嚨窒息而死。同日的十五時二十五分，綽號白頭真名叫作唐文革的中年男子，在秦皇島一家舞廳被人用鋼錐刺死。十五時三十二分，唐文革的妻子龔曉丹在秦皇島的一家超市門前被吉普車撞死，同時被撞死的還有準備和她一起去超市的十二歲女兒唐若琳。十八時四十三分，蔣不凡被自己的手槍近距離射中頭部和心臟死亡。這些人都已經在對岸了。按道理說，十八時四十六分，你應該在S市鐵西區郊外的一個水潭中溺死，可是你現在站在這裡，成了一名覺醒者。情況就是這樣，相信了嗎？如果還不相信，我寧願把你打暈，送到對岸埋在土裡，也不用你去完成使命了，這樣的腦袋只會把事情搞砸。」他把書合上放在一邊，靠在椅子上說。

唐若琳？十二歲的小姑娘？我給起的新名字？我感到窒息，喉嚨好像讓硬物卡住了。

「坐吧，我們來商量一下使命的事情。」中年人指了指書桌前面的椅子。

「如果我完成了那個使命，這一切能不發生嗎？」我坐下來，身上沒有一點力氣。

「你的使命和他們的命運之間沒有任何聯繫，他們已經到了對岸，誰也不可能再把他們拔出來，送回去。你的使命只對你、對我有意義，已經說了第三遍，還沒懂？」

「你是上帝嗎？萬能的神？」我突然說。

「這個嘛，很難講。上帝是你們造出的詞，意義也是你們賦予的，從職能上講，我和他有些相似之處，也有極大的區別。不過對於你來說，應該叫我老闆更恰當一點，以目前來看。」

「我問你，如果你的職能和上帝有相似之處，那你為什麼要他們死，好，就算蔣不凡他們有罪，就算他們的妻子也是同謀，那小孩子有什麼過錯，為什麼要她死？」

「你看你，還衝我發起火來了。」

「我還沒發完，如果你不回答我，無論你說的使命對我意義多大，我也恕難從命，趕緊給我送到對岸埋起來。還有，不要跟我擺什麼老闆的臭架子，我還沒答應你，你對於我來說什麼也不是。不知道你知不知道我們有句話叫光腳的不怕穿鞋的，翻譯給你，意思是我已經沒什麼可以再失去的了，我也就沒什麼可怕的了，懂了嗎？」

「我就說覺醒者一定有什麼特別的地方。好久沒有被人罵。你說的確實有點道理。那從現在開始，我們是一樣的地位，來談一下我們的合同，這樣行嗎，李天吾先生？」

「合同的事情請放在一邊，先回答我的問題。」

「一個人是否會死，什麼時候死，為什麼而死，這些其實和我沒有關係。真的不是推託責任，而是確實不在我的控制範圍。這麼說給你，也許你能更容易理解，我制定了一套規則，這套規則十分複雜，也因為複雜才有趣，比如任何一個物體在不受外力或受平衡力的作用時，總是保持靜止狀態或勻速直線運動狀態，直到有作用在它上面的外力迫使它改變這種狀態為止，比如人都會死，沒人可以永生，可是因為人可以活著的時候製造無數的信息，他的生命從某種程度上說隨著信息在人間擴散、流傳，人也可以繁殖，精子和卵子相互捕獲產生了新的生命，從這個層面上講，人又是不死的。我只是隨口舉了兩個例子，更多的規則你們發現了不少，也正在繼續發現，但是我只是一個規則制定者，依靠規則生活的是你們，而具體怎樣生活我無法干預，就像你們的國際足聯不可能代替球員去射門或者鏟球，是相同的道理。」

「這麼說，你把規則制定完畢之後，就拋棄了我們？」

「不要這麼忘恩負義，我沒有拋棄你們，是你們拋棄了我。我並非沒有責任，畢竟是創造者，在創造的時候，為了使這個世界更加有趣更加豐富，我給你們注入了靈魂，而這個靈魂是我身上的東西，是我的靈魂的一部分，也是我的身上唯一我無法完全控制的一部分。就是因為這樣，才出現了你們拋棄了我，自成一派的情況。但是請注意，我一直在用你們的語言和你們的概念和你對話，只有這樣，對話才能進行，可是有些概念極不準確，我沒有辦法，一旦準確你就聽不懂了，包括我現在的樣貌，也是為了讓你感覺更舒服一點，不知道效果如何，確實用了心，才選擇了這樣的造型。這麼說不算冒犯你吧。」

「不算。我問你，南京大屠殺、希特勒滅猶、文化大革命、極端分子開著滿載著無辜者的飛機去撞世貿大樓，這些事情發生的時候，你都在辦公？」

「確實如此，我無能為力，只能把死者一個一個埋在土裡。不瞞你說，這些事情發生的時候，我十分低落，什麼也幹不進去。那時不時有覺醒者出現，我疲於應付，後來才搬到這裡辦公，原來的地方有太多沉重的回憶。」

「所以沒有天堂和地獄，也沒有來生和輪迴這些東西。」

「說過了，你們的詞語不準確，因為定義上的不準確，所以無法簡單的說有還是沒有。也許，這裡我只能用也許這個詞，也許所有這些都來源於你們對我的想像。但是這些想像極為重要，我沒有想到你們能想方設法的靠近我，比如你們建造了無數的教堂、廟宇，也有自以為記述了我言行的書。這種感覺很奇妙，這也是我注入給你們靈魂的美好的方面，你們在艱辛的尋找著意義，雖然和實際情況出入很大，但是對於你們來說，努力本身十分關鍵。我不知道是否有一天有人可以離真相非常近，因為靈魂本身有其中的祕密，但是一旦關於意義的祕密揭開，一切就都失去意義，這也是規則的一部分，因為靈魂的不可控性而產生的我沒有想到的一部分。」

「這麼說，你也無法預測未來？」

「是，我連現狀都改變不了，更不能夠預測未來，未來是你們自己寫的。不過已經實際發生的事情我都知道。」

「你知道發生在我身上的所有事情？」

「所有。包括發生在你父親身上的事情，發生在你姑姑身上的事情，發生在你現在女友穆天寧身上的事情，還有發生在你的朋友安歌身上的事情。」

「安歌在哪？」我站了起來。

他示意我坐下說：

「知道這件事對你很重要，但是我還不能說，只能告訴你放心，她還沒到對岸。不是故意消遣你，而是關於安歌的事情是我們要談的合同裡面的東西。」

「那現在就談合同吧，到底是什麼樣的合同？」安歌果然還活著，我差點大聲喊出來：你果然還活著！三十歲了吧，活著就很好啊！

「很好，那就來談合同。你需要去一趟台北，幫我找一座教堂，這座教堂不簡單，是台北最高的建築。」他從抽屜裡拿出看樣子是合同文本的東西，可竟然有辭海辭源那麼厚，擺在我面前。那個抽屜看來應有盡有。

「怎麼這樣厚？」我翻了幾頁。

「合同嘛，當然要嚴謹一點，而且和一般的合同比起來，我們這個相當複雜，能考慮到的我都寫在上面了。你可以慢慢看，需要點酒嗎？」

「不需要。為什麼是台北，我這人從小到大幾乎沒出過山海關，還有，雖然我對台北知之甚少，可也知道台北最高的建築是１０１大樓，難道最近又蓋了一座比１０１還高的教堂，怎麼一點消息也沒有？」我把合同書合上了。

「這個嘛，天吾，我不能再多講，你的使命一定要發生在台北，不是倫敦，不是耶路撒冷，不是北京，只能在台北，別的地方對你我都沒有意義，而且使命本身就是找到這座台北最高的教堂，只有這些，如果講的太多，你就找不到了。」

「這叫什麼話？當然是線索越多越好。」

「知道你是警察，不過這次和破案是兩碼事。請你務必相信我，因為我也很想讓你找到，此事對我也有很大的意義。」

「對我的意義何在？這個可以說嗎？」

「當然。你有權知道。一旦你找到了教堂，就會解開安歌失蹤的祕密，至少是這樣。」

「至少是這樣？還有別的嗎？」

「可能有，可能沒有，我無法預料，但是沒有的可能性更大，以其他覺醒者的經驗看。靈魂的不可控性，記得吧？」

「我有多長時間？」

「通常來說，我們把覺醒者派下去，存活的時間是一百個小時左右，或多或少有點誤差，不過誤差的範圍不會超過十五分鐘。」

「你的意思是，我到台北，活一百個鐘頭，就會再死一次。」

「是，死亡方式千差萬別，但是一定會死。我知道死的滋味不很好受，以往的覺醒者無論使命完成與否，絕大多數到了一百個小時還賴著不走，當然這是沒有用處的，以我的角度看，與其遭遇飛來橫禍以亂七八糟的樣子死去，還不如自殺，要體面得好。我也知道這是很難的，萬一還能活下去呢？僥倖心理是你們常有的東西，我能夠理解。所以，因為你現在還沒有簽字，你可以選擇放棄覺醒者的使命，我可以馬上叫人把你載到對岸，一點問題也沒有。覺醒者只是比一般人多一個選擇，明白吧。」

我翻到合同書的最後一頁，找到了乙方兩個字，說，筆呢？

中年人把筆遞給我說：

「不用再考慮了？合同你可以再細看看。」

「不用。」

在寫上我的名字之前，我忽然說：會有嚮導嗎？

「嚮導？」

「是，嚮導。畢竟台北太陌生，人生地不熟。」

「你這個年輕人，不過嚮導確實可能會有一個，暗號什麼的也有。具體一會再來講吧。」說完，他指了指我面前的合同。

第九章　淡水河和太平洋

趕回賓館的時候已時近傍晚，黃昏從各個角落滲進來。兩個人一路匆匆趕路，沒怎麼說話，好像急行軍一樣向賓館挺進，因為經過了一個白天，小久的消失已經進入了質變的階段。所謂質變，即是不但作為人的樣貌正在急速的融解在背景裡，說話的聲音也正在減小，身上的衣服也跟著正在消融，好像陽光下水寫的字跡。漂流瓶拿在李天吾手裡，還沒有打開，寫著詩的紙放在他的口袋裡，看起來似乎所有小久穿戴或者攜帶的東西都會消失，為了以防萬一，這兩樣就放在了李天吾這裡。

收拾東西，趕快。小久進入房間之前對李天吾說。

李天吾其實沒有什麼東西需要收拾，除了幾件換洗的內衣內褲。他用帶來的手提包把內衣內褲裝好，警校時候一樣習慣性地疊好被子，去隔壁敲了敲小久的房門。

沒鎖。小久在裡面說。

推門進去，李天吾看見了平生所見過的最大的拉桿箱。看上去裝一個李天吾在裡面也毫無問題。小久正費力地把身體壓在箱子上，一手去拉拉鍊。李天吾蹲下幫她拉好。

「謝謝你。」小久喘著氣說，「現在做什麼來著？對啦，寫字。」

小久坐到桌子旁邊，拿了一張賓館的便簽寫著：您好，這裡面有三條長裙，三條短裙，一條連衣裙，三條牛仔褲，四件休閒T-SHIRT，一套運動套裝和四雙鞋子。

寫到這裡，她抬起頭說：你有沒有東西要捐？

「捐？捐給誰？」

「當然是捐給需要的人。還是要帶走？」

「那我也捐吧，只是都是些小東西，而且很私人，不知道可不可以。」

「當然可以啦，手提包都可以捐的，怕什麼。只是不要放錢進去，會把事情搞複雜，懂吧？」

小久接過李天吾的手提包，把裡面的內衣內褲拿出來逐個疊好放在自己的衣物上。

她忽然站起來說：差點忘了，剪刀剪刀。說完跑進衛生間裡面，拿了把看來是自己準備好的理髮剪。蹲在箱子旁邊開始剪頭髮。

「喂，現在剪頭髮？」

「是啊，頭髮也可以捐出去，有些癌症病人需要假髮的。不過你的不行，太短了，我的剛剛好。」

十五分鐘過去，小久把自己的頭髮幾乎剪光，挑出完整的部分用頭繩捆好，放在李天吾的手提包裡，剪刀也放了進去。李天吾在她後面把地上的頭髮碎屑掃入了垃圾桶裡。頭髮一旦脫離了小久的身體，就變回了濃密黝黑的樣子。

「如果不是我的心臟有毛病，捐的不只是這些。」小久蹲在地上繼續寫字，在一一列出了箱內的東西，包括兩條男士內褲，和三捆十八歲女生的黑色頭髮之後，小久寫道：就是這些啦，請務必捐給需要的人，給您添麻煩了，小久會保佑您的。

她拿著寫好的便簽在桌子上擺了幾次，終於擺在自認為最醒目的地方。然後把手提箱立起，拉到書桌旁。面對著桌子上面的鏡子，小久用了幾秒鐘端詳自己。「果然是要消失了，努力看也看不清楚了。不知道短髮的樣子怎麼樣。」她自言自語說。

「很不錯。」

「看得見？」

「嗯，旁觀者清。」

「算你會說話。現在，」她蹲下打開桌子下面的櫃門，拿出相冊和一個陶瓷罈。「我們出發吧。」

「這是什麼？」李天吾接過白色的罈子說。

「不認識？骨灰罈啊。」

李天吾嚇了一跳，雖然死屍見過無數，可是親手抱著骨灰罈還是頭一遭。就算明明知道，自己很快也要死掉，手裡拿著燒成灰的別人還是有點古怪。

「怎麼會有個骨灰罈在這裡？一直在你房間？」

「麻煩你拿著先，車上說。」小久把相冊裝進準備好的塑料袋，放進李天吾手裡，拉著李天吾走出了房門。房門在身後輕聲關牢了。

「你好啊，我們去哪裡？」計程車司機問。一位五十幾歲的中年人，頭髮花白了，不過花白得很乾淨。穿著計程車司機的制服，他在自己的右手邊，也就是車的檔位上面做了一個簡易的鐵架，裡面用剪掉嘴的塑料瓶養了一束百合花。收音機裡放著鄧麗君的〈在水一方〉。我願逆流而上，依偎在她身旁。她唱著。

「原來香氣是這麼來的。」李天吾心想。

「先生，去忠孝橋。」小久說。

「先生，我們去哪裡？」司機沒有發動汽車。

「忠孝橋。」李天吾明白，司機沒有聽見小久講話。

「好的。忠孝橋。」司機踩下油門。

「你能聽見我嗎？」小久貼著李天吾的耳朵說，李天吾感到小久的下巴放在了他的肩膀上。

「還聽得見，其實，也看得見一點。所以不要做鬼臉了你。」李天吾扭頭看著小久的眼睛說。

「先生，跟我說話嗎？」司機一邊開著，一邊對著後視鏡說。

「沒有。我這人喜歡自言自語，說實話，確實是有點毛病，小時候受過刺激，雖然知道這樣不對，可還是覺得有看不見的人在身邊和我聊天，總覺得不和他們說話有些失禮似的。打擾你了吧。」李天吾誠懇的說。

「沒事啦。」司機抬起一隻手擺了擺，「我母親死了三十年，有時候我也會覺得她在我身邊想讓我陪她聊天，可是說什麼也聽不清她在講什麼。只能把自己的情況說一說。你能聽見？」

「慚愧。確實聽得見。」

「那就講好啦，很了不起。當我不存在吧，沒關係的。」他伸手把音樂聲調小了一點，開始專心聽歌開車。

「說謊話你倒是很拿手啊，小吾。」小久說。

「不算吧，有很大的真實成分。」

「想知道骨灰罈哪來的？」

「當然，這東西不是說抱就能安心抱在手裡的，總得給抱著的人講講來龍去脈。」

計程車司機輕輕跟著收音機裡的歌聲哼唱起來，雖然嗓音沙啞，高音區也若有若無，可音準極準，情真意切，自己面無表情，他人卻幾乎聽之落淚。李天吾覺得，這樣的水準灌張唱片也沒什麼問題，至少他自己願意去買一張。開出租車的人能唱這麼好，恐怕自己開車的時候也不會煩悶吧。

「這罈骨灰呢，是一位老伯送我的。」小久說。

「是他留給你的還是送給你的？」

「送給我的。他住眷村，人很好，像這個司機大哥一樣也很會唱歌，也喜歡講故事，每次講到累了，就說今天解散，改天再說。不過是三級貧戶，不識字，胳膊上刺的字自己知道是什麼，但是不認得，背下來的。」

「什麼字？」

「殺朱拔毛。因為不識字，我就幫他寫信，給大陸雲南的親人，雖然他幾乎沒有錢，可是還是要想辦法給大陸的親人寄去一點。我有時候也從家裡偷些錢，給他用，那時候才發現偷東西不是很難的事情，一個人只要想偷，都會成為高手。他上了年紀，八十幾歲，一個人住，打仗的時候腿受了傷，下床很困難了。在我發現自己正在消失的時候，去看了他，跟他說我要出遠門，很久不會來了，問他還有沒有什麼事情需要我做，比如可以再幫他寫封信或者照張照片寄過去。他說，不用，親人很久沒回信了，再寫也沒什麼意義。然後拿出了這個骨灰罈送給我，拜託我如果方便，幫他撒進大海裡。」

「那這裡面的骨灰是誰的呢？」

「他的一位戰友，和他很要好。到了台灣沒多久就死了，骨灰他一直留著。他說他一直記得這個戰友，四方臉，身材不高，可是穿上軍裝很威風，認識很多字，也真的相信三民主義。只是死得太早了，沒有被日本人和共軍打死，倒是到了台灣水土不服拉肚子拉死了，很可惜。他說，在撤退的時候，我們叫轉進啦，兩個人趴在戰壕裡，共軍的炮火越來越近了，然後突然停了，用大喇叭喊話。他是想投降的，戰友說，不行，我們有一天會回來的，到時候你怎麼辦？那個夜晚很長，喇叭一直不停地叫，第二天天亮就要總攻，戰友看他很害怕，就給他唱一首家鄉的小曲，他才不害怕了，睡了一會，第二天一早，竟然頂住了共軍的猛攻，不過後來陣地還是失守了，他們活下來，繼續向南跑了。」

「我們是要把骨灰撒進大海嗎？」

小久沒有回答，而是說：「想聽那首小曲嗎？那天老伯教我唱了。」

「當然想啊，還用說。」

小久在他耳邊唱道：

月兒明風兒靜
樹葉兒遮窗櫺啊
蛐蛐兒叫錚錚
好比那琴弦兒聲啊
琴聲兒輕
調兒動聽
搖籃輕擺動
娘的寶寶閉上眼睛
睡了那個睡在夢中

「我聽過。」李天吾說。

「聽過？哪裡聽過？」

李天吾忽然發覺，一縷遺失的記憶好像大石頭下面的溪水一樣流出來，小吾，小吾，隨後一個聲音在他耳邊唱起歌，一隻大手拍著他，房間裡點著泥爐子，爐子上的水開了，冒著熱氣。窗戶上都是冰花。

「我父親唱給我的。」

「你父親也會唱？」

「應該沒錯，好像都記起來了。那個死去的老兵姓什麼？」

「姓林。」

「你確定？」

「確定。老伯叫他大林哥。和你有關係，這個老兵？」

「沒有，沒那麼巧。只是忽然想起來問了一下。」

「喂，我才發覺好像你從來沒跟我講過你的故事耶。」

「我沒什麼故事，平平淡淡長到三十歲，還是你的故事有趣，好像小說一樣。對啦，你寫的小說呢，從來沒看過。」

「帶著呢。有機會給我講講你的故事，如何？」

「有機會的話，會講給你。」李天吾緊緊地抱住骨灰罈，好像自己身體的一部分。

「先生，前面就是忠孝橋了。我們是要去新北市還是哪裡？」司機問。

「上橋停車就好。」小久說。

「上橋停車就好。」李天吾說。

「好的。」上了橋，司機把車停在了人行道邊。

把計價費上顯示的錢數遞給司機之後，李天吾忽然說：

「師傅，想把錢包送給你。」

「什麼話？送我錢包幹嘛？」

「租一間錄音室，去灌一張唱片玩玩，真的覺得你唱歌唱得好。」

「唱歌嘛，從小就會，不過說到底是性格原因，搞不了那種事，到了這個年紀，開計程車的時候偶爾唱給客人聽，當然要挑客人的，能得到稱讚，已經很開心了，錢包還是收回去。你這麼年輕，口音也是大陸人，不是專程到這裡自殺的吧？這裡是自殺勝地。」

「不是不是，說什麼也不會殺死自己，就算有一天死了，也不是跳河死的。」

「那就好了。淹死的滋味可不好受。和你說話的是一個女生？」

「是。」

「很年輕吧。」

「十八歲，台北人。」

「我的女兒也差不多這麼大，每天呱噪個不得了。要有點耐心才好。」

「耐心有的，只是她的耐心好像不怎麼夠。」

「說的是，不過男人嘛，總要多做一些。再見了。」

天已經黑了，忠孝橋上亮起了燈。這天的月亮很好，也能看見星星，獵戶座、大熊座，在千年不變的位置上亮出自己。小久已經幾乎完全融解在黑暗裡，沉默著，不過手還放在李天吾的胳膊上，拉著他往前走。大約走了五百米，差不多到了橋的中央。

「就在這裡吧。現在我們看看漂流瓶裡是什麼吧。」

「早說要看，非要等到現在。」李天吾把骨灰罈放在地上，然後把漂流瓶的木塞拔掉，拿出那捲紙。

「我覺得，只有在這裡看才對，在別的地方看會是兩種不同的東西。」小久堅定地說。

漂流瓶的裡面非常乾爽，木塞看起來是用小刀依照瓶口的尺寸仔細削成，嚴絲合縫，所以沒有鑽進去一滴水。解開細麻繩，把紙展開，李天吾知道他找到了老闆要找的東西，也找到了自己要找的東西。他掏出錢包，拿出裡面的那張紙，過去了十二年，那張紙已經微微變黃，上面的鉛筆字也變得模糊不清，需要仔細辨認才能看出寫的什麼。不過沒有關係，這張紙對於李天吾來說再熟悉不過，就算不小心遭火化為灰燼，他也可以馬上找一支２Ｂ鉛筆再寫一張一模一樣的出來。兩張紙是一樣的，準確地說，都是四開的演算草紙。漂流瓶裡的那張上面，用鉛筆畫了一幅畫，不得不說，技巧相當簡單，線條也經常起伏不定，而且全無立體感，所有圖案都在平面上解決，但是這絲毫不影響這是一幅相當奇妙的作品，而且如果李天吾沒看錯的話，畫上的東西他也曾見過。是一座教堂。是老闆的教堂。在浩瀚的水面上，矗立著他曾經走進的那座石頭教堂，高聳入雲，塔尖隱沒在紙張的邊緣，塔尖稍下一點的位置是那個鐘盤，指針指著六點十八分。再向下是長方形的教堂主體，雕刻著四種動物的圖案，老虎、犀牛、海豚和斑馬，這些動物的表情看起來都有些低落，因為牠們受了不同程度的傷。老虎正在回頭尋找自己消失不見的尾巴，犀牛用一隻前蹄捂著自己鼻子上的犄角，海豚的一隻鰭折斷了，看樣子已經擱淺在沙灘上，斑馬的一隻腳踩在了鋸齒狀的捕獸器裡，好像在引頸嘶鳴。動物的下面，是人們。全都裸著，不過和動物不同，都是兩人一組，一共四組。一個女人跪在男人面前，男人用手搧她的耳光。兩個男人在扭打，其中一個用手裡的刀刺中了另一個人的胸口。兩個女人臉貼著臉，好像很親密，可是各自的手裡都握著一塊石頭。最後一幅是一個男人和一個襁褓裡的嬰兒，嬰兒在地上哭泣，而男人則在旁邊梳頭。人們的底下是一個十字架，畫面唯一稍具立體感的東西，十字架用兩根粗樹枝搭成，樹枝的上面還有葉子。十字架的底下是一張辦公桌，桌子上面點著一根蠟燭，快要燃盡了，燭淚順著桌子邊緣流下來。蠟燭的旁邊畫著一雙手，看不出是男人的手還是女手的手，捧著一本書，書上沒有名字，從厚度上看，已經看到了最後幾頁。桌子底下露出一雙腳，沒有穿鞋，也沒有穿襪子，畫得相當粗糙，看不出是男人的腳還是女人的腳。雙腳的下面，石門之上，寫著八個簡體漢字：晝夜交替，永無停息。

在這座宏偉建築的旁邊，也就是泛著微波的水面上，站著一個小女孩，梳著兩根垂肩的辮子，背著雙肩書包，正抬頭看著教堂。與其說正在欣賞教堂上的浮雕和教堂本身的偉岸，不如說正在遲疑是不是要走進去。在教堂旁邊，高度和石門差不多，畫著另一座建築，一半在水裡，一半在水上，從水上的部分看，細長的避雷針和塔式的結構，那是台北１０１大樓。如果從常識的角度出發，畫上的這兩座建築應該是建在隱沒在水底的島嶼上面，不過和李天吾到過的那個地方一樣，常識在這裡似乎起不了多少作用，下面是一艘船或者空無一物也未可知。

李天吾懂得這幅畫的含義，或者換句話說，他看到了教堂的裡面。裡面是一座望不到邊的圖書館，大的好像一座城市一樣，一排一排的書架如同海浪，都擺滿了書。圖書館裡有無數的動物，無數的人們，犀牛幫老虎找到了尾巴，海豚幫犀牛舔著傷口，老虎幫斑馬逃出了陷阱，斑馬幫海豚回到了水中。殘缺的人們手拿著工具，修理著對方，有的用斧子劈著對方的腦袋，有的用螺絲刀擰著對方的胸膛，忙得不亦樂乎。一個禿頂的中年人穿著對襟的毛衣，戴著皮帶的手錶，坐在圖書館中間的大書桌上看書，書桌上只有一根蠟燭，把圖書館照得如同白晝，書桌上還有一台老式的留聲機，轉動著黑膠碟，放著〈Over the Rainbow〉。他的桌子上放了一整瓶威士忌，擺著無數的杯子，動物和人們休息的時候，就坐在他旁邊喝酒看書，那瓶酒怎麼喝也喝不完。

天寧啊，李天吾心裡只有一個念頭，天寧啊，我的使命達成了，我的夢魘，我的命運結束了，我的朋友用她的方式捍衛了我。真希望沒有我的時候，你也能想辦法把自己修好，在一望無際的海上，你千萬要拉緊了帆，只要這樣，無論有多大的風雨，你和你的船也不會沉沒。最要緊的，是拉緊自己的帆。

「小吾，再照一張相吧。」小久說，如同風聲一樣。

李天吾把畫捲好，放回漂流瓶，寫著〈希望是帶有羽毛之物〉的紙也放進去，木塞塞好。把漂流瓶、骨灰罈、相冊放在小久的腳邊，然後拿起相機。小久已經完全看不到了，只有燈下的忠孝橋和淡水河的河水。不過李天吾知道她在那裡，就在這些東西的中間。他按下了快門。

「你說啟恩他會不會答應我只在台北裡走走？」

「會的。為了你他一定會答應的。台北很多地方啊，到處走走會很有意思。」

「相冊送給你做紀念。不要丟了，去哪裡都要帶著，照些相放進去。」

「好。謝謝你小久。真的很喜歡這個相冊。」

「小吾？」

「嗯？」

「雖然不知道消失之後會到哪裡去，不過有可能的話，我會回到你身邊。也許會找你陪我聊天，讓你聽我唱歌，不害怕吧？」

「不害怕，我們是朋友。很難忘的經歷，永遠都會記著。隨時來找我。」

「說話算話，如果你敢忘了我，我就會要你好看。現在把骨灰撒進河裡面吧，大海去不了，河也通向海。」

李天吾就著夜色，把骨灰撒進了河裡，請務必把他帶到他想去的地方，他在心裡默默對河說。然後把骨灰罈也丟進了河裡。撲通一聲，什麼也看不見了。

「好了。」李天吾說。

沒有人回答。

「小久？」他輕輕喊了一聲。

小久消失了。他環顧四周，沒有小久了，只有星星點點亮著的台北城。

關於小久，李天吾不確定自己到底瞭解多少，她的父母是怎樣的人，是混蛋還是只是無法相處的好人，為什麼她沒有想要留下和父母的照片，她消失之後去了哪裡，是升入了天空，還是進入了誰的心裡，還是附著在城市的膜理，這些他都無法確定。可是瞭解一個人到底需要多少東西呢？他相信自己應該已經瞭解了小久，他知道她到底是怎樣的一個人。他抬頭看了看天上的月亮，覺得今晚的月亮離他特別近。

拂曉時分，月亮隱去了。李天吾看了看錶，然後活動活動已經在橋邊坐得發麻的腳，合好相冊，拿上漂流瓶，沒有多少猶豫，跳進了淡水河裡。

第十章　介入者的使命

李天吾坐在車廂裡，看著老漢想要發笑。老漢還是那個老漢，頭髮和鬍子還是沒有理，只是穿上了列車員的制服，手裡握著方向盤。頭上的帽子歪戴著，不是故意要顯俏皮，而是頭髮太多，把帽子頂歪了。李天吾摸完了身上，槍、手銬、錢包都在，相冊和漂流瓶沒有了。漂流瓶倒沒什麼需要擔心，理應放回海裡，相冊哪裡去了？也讓河水沖走了？沖到了海裡？

「知道我的相冊哪裡去了嗎？」李天吾問。

「去問老闆，上次告訴你的事情難道忘了，我什麼也不知道，只是個船夫。」

「船夫怎麼穿成這個樣子？」

「忘記了，現在已經是司機，老闆一聲令下，搖了一輩子的槳就換成了方向盤。」老漢搖搖頭，把手上的汗在制服上衣上擦了擦。

「是不是不喜歡，畢竟火車和木船差得實在太多。」

「喜歡極了，覺得自己天生就是個火車駕駛員。好心載你，想讓我關禁閉是不是？」

「沒那個意思。喜歡就好。我們這是去哪裡？」李天吾向車窗外望了望，大水還是大水，只是大水上面鋪了一條鐵軌，一直綿延向天際線，似乎沒有盡頭。火車頭頂上冒著黑煙。

「當然是去辦公室。覺醒者回來，老闆一定要找你聊聊的。」老漢目不轉睛盯著前方，和新手司機一樣的表情。

「謝謝你來接我。」

「這還像句話。本來不是我，自己申請的。」

「你還記得我？以為你每天運人，早把我忘了。」

「沒那麼糊塗，特別的幾個還是記得住。而且你上次說要再見我，我想來想去，不能不來。」

「我說過？」

「我掉頭的時候，你揮手說，再會。忘了？」

「沒忘，能再見到你真的很高興。」

「不要說客套話了，辦公室馬上就到。這趟事情辦得怎麼樣？」

「辦好了。」

「辦好了是什麼意思？這一趟去了好幾天，怎麼只用三個字？」

「辦好了的意思就是，我可以去對岸了。」

「死而無憾？」

「遺憾還是有，和這次辦事沒關係，那個世界還有掛念的人。不過既然早知道回不去了，也算是沒有遺憾的一趟旅行。」

「上次就知道你這小子機靈了，果然沒看錯。只是回不回得去，好像還不能這麼早下結論。」辦公室的尖頂和鐘盤已經在雲端了。

「沒明白你的意思。」

「不算洩密，手冊上白紙黑字寫著，完成使命的覺醒者可以介入。我一個做工的，不知道介入的意思，可是想也想得到，不會是馬上把你送到對岸去那麼簡單。」

「還有這回事，怪不得合同搞那麼厚，看也看不完。老闆這人實在不是個誠實的人。」

「也許是為你好，況且最終的解釋權也在老闆手裡，勸你還是心平氣和一點。到了。」

李天吾下了水。背對著石門，衝老漢擺了擺手。老漢把頭從車窗伸出來說：

「不要說再會。你可能要去別的地方。」

「但是終究要回來的，是吧。」

「那倒是。」

「到時候還是想見到你。」

「如果這樣的話，再會。」

「再會。」

說完，李天吾轉身進了旋轉門。

門裡面的景象在李天吾的意料之中，相互幫助的動物，相互修理的人們，城市一樣的圖書館，老闆點著蠟燭，坐在桌旁邊看書，酒瓶擺在旁邊。雖說如此，可看到腦海中的圖像變成真實的場景，還是被其震撼，因為實在是太廣闊的圖書館，太多的動物，太多的人們。和他在鉛筆畫中看到的景象略有不同的是，桌子上擺的不是留聲機，而是組合音響，放的也不是〈Over the Rainbow〉，而是台北的教堂裡，孩子們唱的那首聖詩。

「回來了？」老闆示意李天吾坐在他對面，放下書說。

「回來了。」

「感覺怎麼樣？」

「應該是完成了吧，至少對於我來說是如此。」

「對於我來說也是如此，不過問你的不是這個，這個已經知道了，辦公室的感覺如何？」

「很好，基本上差不多。只是組合音響是不是太浮誇了一點？」

「人各有所好，我也有權利按照自己的喜好稍微調整一下吧？」老闆給兩人倒上了酒。

威士忌和科羅娜啤酒。

「包括放的聖詩？你不是上帝，怎麼還要聽對上帝的讚美？」

「不是是不是，級別差不多，聽聽歌頌也沒什麼不好。還是要說，你這次事情做得非常不錯，拋開你從中受益的部分，我本人非常感謝。」說完喝了一大口威士忌，李天吾也喝了半杯啤酒，然後繼續看著老闆的眼睛。

「不用瞪我，知道你在等著什麼，開火車的人多嘴，也沒有辦法，他明知道我聽得見還要說，看來真的是怕你吃虧。」

「會關他禁閉嗎？」

「用不著，他不說我也會告訴你，所以是多嘴嘛。現在來談介入。」老闆把那本合同拿了出來。

「首先要說的是，當初我確實隱瞞了關於介入的事情，如果告訴了你，這次的使命很可能完不成，相信你可以理解。第二，你這次去台北，雖然使命完成得十分漂亮，可是也造成了一些麻煩，比如拿槍指著別人的頭和壓門撬鎖，不過你不用擔心，這些東西會被台北這座城市自動吸收消化，而且你，李天吾這個人，很快會被這座城市遺忘。第三，請你尊重我一些，我的力量比你想像的強大，上次見面有謙虛的成分，也是為了你能更好的完成我們的使命。這幾點清楚了嗎，李天吾先生？」

「清楚了。我要說的是，我的所有思考和所有行為都基於你提供給我的信息，所以無論你到底是怎樣的人，出於什麼樣的目的，擁有怎樣的力量，是否撒謊，我都會誠懇地面對你，這是我的原則，相信你也清楚這點。」

「很好，很清楚。下面可以談介入的事情了。」老闆關掉了音響，用手指調大了蠟燭的火焰。「我們的世界原則上說，除了死亡這一條路徑是不會相連的，就像是天空和大地，隔著無法逾越的距離。但是天空可以下雨下雪，這是天空和大地相接觸的方式。我們兩個世界除了死亡之外，相接觸的唯一方式就是覺醒者，完成使命的覺醒者，這些覺醒者可以像雨滴一樣回到大地，對大地施加影響，這就叫作介入。」

「是對覺醒者的獎勵嗎？」

「不完全是。更多的是現實層面的考慮，因為完成使命的覺醒者和失敗的覺醒者靈魂所攜帶的信息不同。這個我不想多講，因為講了你也不會記得。總之，你現在得到了回到原來世界的機會。而且因為你相對優異的表現，你靈魂中的信息相對豐富，這也就使你獲得了更多的機會，你可以選擇你回到現實的方式，或者換句話說，你可以選擇回到哪裡。」老闆指著合同上一處條款說。

「任意選擇回到的地點、方式？」

「當然不是，沒那麼不得了。有三個地方都可以選擇，這三個地方都可以完成我通過你對現實世界的介入，別的地方沒法完成。安歌身邊、台北市、原來的地方。只有這三個，你也可以選擇不回去，如果你厭倦了的話，雖然我不喜歡這個選擇，可是還是要提醒你，你可以轉身出去到對岸永遠休息。想知道安歌在哪嗎？生活得怎麼樣？為了你更公平的選擇，可以告訴你。」

「不用。」李天吾簡潔的說。「我回去之後，還記得過去發生的所有事情嗎？」

「不錯，問到了關鍵。如果你回到安歌身邊，時間軸會有變化，你會回到十六歲和她相遇的時候，醒來的地點我看一下。」老闆用手指向下尋找著相應的條款，

「地點是你們高中的教室，你在用安歌的ＣＤ聽莫札特的《安魂曲》，睡著了。你回去的時候，十六歲的你就會醒來。當時的所有其他事情，包括你的家庭、她的家庭、你們的學校、牆上的黑板、周圍的同學都不會變化，你只是回到十六歲的你，僅此而已。如果你選擇回到台北，時間是現在沒錯，不過你的身分會有變化，你會成為一名台北國中國文老師，教國中二年級，名字還是李天吾，三十歲，外省人第三代，祖父是軍人。妻子是一個小有名氣的舞團的舞蹈演員，叫林美惠。你們在台北大安區租了一間公寓，正在要小孩。如果你回到

原來的地方，S市郊的水潭邊，你還是你，大陸警察，被人扔進水潭，只是沒有淹死，五天之後浮了上來，躺在岸邊。下面來說關於記憶的部分，無論你選擇哪一個方案，和你所處身分不相符的記憶，關於我的記憶，關於覺醒者和使命的記憶都會鎖上，注意，不是消失，是鎖上。鎖上的意思是埋藏在你記憶的最深處，你不會察覺，也許某句話、某個手勢、某段文字、某段歌聲會讓你感覺異樣，不過你不會想起來到底是為什麼。它會在記憶的最深處支配你的某些行為和決定，這也是介入的意義所在。而讓這些記憶留存的方式是存檔，也就是如果你選擇回去，簽字之後，我會給你紙筆，你把你認為重要的記憶寫下來，存在我這裡，我會幫你整理好放在書架上。這樣你就不會把它們忘記，它們就進入了你的內心深處。關於介入的事情明白了嗎？」

「我離開的這幾天，原來的地方有變化嗎？」

「你離開了五天時間，蔣不凡死了，你已經知道，中了兩槍之後被埋在坑裡。除了上次跟你說的那幾個，沒有再死人，對方的計劃已經完成了，只是關於你的部分他們也在尋找，因為你的屍體沒有找到，不知所蹤。在這五天快結束的時候，大約是你把那個骨灰罈的骨灰倒入淡水河的時候，你的父親因為腦出血復發去世了，不過在去世之前，他變回了一生中最漂亮的樣子。你的姑姑還在昏迷，但病情在好轉，腫瘤沒有擴散，嶄新的細胞在腦袋裡面生長，不久就會醒過來。你母親病倒了，沒有大礙，只是過於焦慮悲痛，犯了高血壓，天旋地轉而已，不會致命。穆天寧四天五夜沒怎麼睡覺，到處張貼印著你照片的尋人啟事，還經常去你失蹤的水潭邊尋找，是唯一堅信你還沒死的人。就是這些了。」老闆從合同上抬起頭說。

「父親去世了。」李天吾心想，「父親去世了。」

「如果我回到我十六歲的時候，我還會遇見天寧嗎，我的父親還會生病去世嗎，蔣不凡他們……」

「抱歉打斷你一下。這些我並不清楚，超出了我的能力範圍，這是真的，沒有謙虛。尤其是穆天寧的部分，未來你會遇見誰，那完全是你的事情，誰也決定不了。可能你永遠不會遇見她，可能你遇見她，在某個地方擦肩而過，你會突然有所感覺，但是說不清楚那是什麼，然後她就消失掉。也許你們會成為朋友，到底是在一個城市裡面生活，又是同齡人，這樣的機率也有，不過很可能那個穆天寧不是你所記得的穆天寧，因為你的不同，她也不同了，這麼說能明白嗎？」

「好像可以明白。」

「關於你父親，因為你這個人的關係，不是因為你幫我完成了使命，單純因為你這個人，我願意提醒你。以我的經驗，他已經得到了不錯的結局，不錯的含義你應該瞭解，可能更好，也可能更壞，更壞的可能性更大。而關於蔣不凡這些人，包括那個小女孩，變數很多，三言兩語無法說清，概括來說，更好和更壞的機會幾乎均等。雖然對於未來我無法確定，但是對於過去我無所不知，這點我想你知道，所以你可以把這個當作是一個活了很久的老鄰居給你的建議。」

「也明白了。我在台北遇見的女孩小久，我還能再見到她嗎？在這三種可能性裡面。」

「不能。她消失了。」

「去了對岸嗎？」

「當然沒有。說過了，她消失了。」

「既沒有活著，也沒有死去？」

「為什麼老是聽不懂我的話呢？消失了就是消失了，你再也不可能見到她，僅此而已，還要說幾遍才懂呢？」

「她送給我的相冊不見了，是不是在你手裡？」

「越來越過分了，竟然懷疑我拿你的東西。你抱著相冊和漂流瓶跳進河裡，在你失去知覺之後，鬆開手，兩樣東西當然給沖走了。我這樣的人難道會偷你的東西不成？」

「漂流瓶我確實是鬆開了手，它應該回到大海裡的。可相冊我記得我一直緊緊抱著，應該不會記錯。」

「你這小子，是不是要搜我的身？」老闆從書桌後面站起來，下半身什麼也沒穿，怪不得腳上也沒有襪子。

「雖然是警察，也不會動不動就去搜別人，既然你說沒拿，那就算了。知道那本相冊很重要就好了，如果看見一定要還給我。」李天吾聽從老漢的建議，心平氣和地說。

老闆坐下，用手理了理那幾根頭髮，說：

「雖然這麼多年來，經常被人懷疑，各個方面，但是被人當面懷疑，感覺還是不怎麼好。還有，準確的說，現在的你是警察，而不是你是警察，兩碼事。不說這個，你有決定了嗎？」

「有了。但是想先把記憶存上，感覺一旦把決定說出口，一些記憶就會模糊。」

老闆把紙筆推給天吾。

「不得不說，你比我想像的聰明一點，但是我還沒有聽見你的決定，不能完全下結論。存檔這東西，請務必真實，如果你擅自篡改，無論你選擇哪一種生活，都會出現極大的不確定性，具體的原因我想你清楚，人生的協調性問題。」

「按道理說，我寫的你應該都知道。」

「我知道發生的事，但是無法知道其中包含的意志。而意識的力量甚至能扭曲現實。這就是我的極限。所以你的記憶以你的手記為準。」老闆又給自己倒了杯威士忌，拿在嘴邊說。

存檔這東西，請務必真實，如果你擅自篡改，無論你選擇哪一種生活，都會出現極大的不確定性，他剛才是這麼說的，不確定性。他已有了決定，並把自己的決定在心裡反覆想著，也許那算不上篡改，也許他能夠獲得更多的結局。他想著穆天寧，想著關於她的一切，他從未想到，就要失去她會是這麼一種切中要害的痛苦，同時他也發現了他擁有過真正的眷戀。兩種同時發生卻相互撕咬的情緒使眼淚從他的眼角流出來，渾圓如豆，一直流過下巴，滴在紙上。只能這麼做。他擰開了鋼筆帽。

第十一章　最後的存檔　再見吾愛

風吹動著枯草和枯草上的積雪。是南風。遠處傳來火車經過的聲音，車輪輾壓著鐵軌的縫隙，匡當匡當，鋼鐵之間的語言。哪裡飄來百合花的氣味？可確實是百合花，如同南方清晨一樣的香氣。天空正中一個亮堂堂的太陽，沒有雲彩，好像給拖把拖過一樣的潔淨的天空，如同透明而無限的水。更遠的地方。更遠的地方傳來城市的喧囂，挖土機、吉普車、中央空調、電腦、手機發出的喧囂，也有人的聲音，腳步聲，匆匆趕路的腳步聲，去尋找、去丟失、去獲取、去偷竊的腳步聲。在這些聲音中間，似乎有人在呼喚我的名字。

我坐了起來，身邊的水潭起著輕微的波瀾，一隻瘦小的黑魚從水潭中跳起來，又落入水中。再沒有動靜，不知游去了哪裡。也許水潭裡只有這一隻魚吧。我把腰上的槍掏出來，應該沒有問題，和身上的衣服一樣，已經乾了，子彈全都好好的，扣動扳機就可以射到五百米以外，只是數量上少了一顆，什麼時候開了一槍呢，怎麼也想不起來。把槍放回槍套，我發現自己的嘴裡已沒有手帕，手腕也活動自如，記得手腕給擰斷了的。傷疤，臉上的傷疤當然還在，兩個島嶼一樣的深坑。這不是我掉入的那個水潭，應該是那更大的一個，到底還是從那個洞口游了過來，手腕的事情可能是幻覺，深冬的時候掉入冰冷的水裡，拚命游想要活下來，產生個把錯覺並不令人意外。奇怪，腳上穿著一雙紅色的跑步鞋，我記得出門的時候穿的是黑色皮鞋，似乎我從沒買過這個顏色的鞋子，難道是慌忙之間把天寧的鞋子穿了出來？

可是大小怎麼剛剛好，奇怪。也搞不懂為什麼那些人都不見了，難道是我們的人趕來了？或者是因為火光？一定有什麼原因吧，不過活下來總是好的，而且沒有受傷。我發現身邊不遠處有一本相冊，封面很漂亮，是一座雄偉的教堂，但也只是雄偉的教堂而已，沒什麼特別，可能是德國或者意大利那種名勝之地。翻開裡面，一張照片也沒有，空空如也，整本相冊落滿了灰塵，有幾頁紙骨折斷壞掉了，沒有壞掉的也都發黃或者有蟲蛀的痕跡。主人覺得相冊舊了，把照片拿出去，空相冊丟在這裡，應該是這麼回事。也許是因為經過一番生死，也許是因為在水裡泡了太久腦袋裡面有點潮濕，我的腦海中飄過了許多思緒，安歌這個人，也許真的找不到了，當警察當到現在，差點死了兩次，也沒有找到她的下落，其實一直找下去也不是什麼困難的事情，膽怯是一點也沒有的。只是我意識到此中的關鍵是安歌本人也許並沒有躲藏，只是不停地走在路上，想把世界看個遍，現在可能南極、北極、庫頁島、斐濟都去過了，還是不去打擾她為好，也許某一天她會走回來，走到我面前，背著書包，一副從沒離開過的樣子。朋友就是如此吧，各自在各自的生活中前行，想起對方來就找個時間一起坐坐，不用每時每刻都清楚對方的狀況。我哪也不去，就在這裡等她，她想找我的時候就給她找到，也許也算是捍衛她的一種方式。如果她正過著她想要的生活，就活在她最喜愛的時光裡，那就如此下去也許沒什麼不好，就算找到她，知道的也許並不會比這個多。至於當警察這件事，說什麼也要一直做下去，蔣不凡交代的事情，沒有忘記。也許總有一天會死，給渡到對岸去，那些人不會善罷甘休，這次讓我走脫，很快就會再來。可是人都會死的，沒什麼大不了，況且對方是不是善罷甘休和我的關係實在不大，正好我也要去找那些人，那些力量，分個勝負？也許不應該這麼說，更準確的說法是努力清掃，努力照亮一間黑屋。屋子裡的黑暗無窮無盡，就算把所有的燈點亮，也無濟於事，以我這麼多年所見來看，黑暗吞沒一個人簡直就如同打個響指那麼簡單，或者說，我也曾經是黑暗的一部分，可就算如此，就算黑暗曾經滲進了自己，就算手中除了有一支手電筒，別無他物，恐怕也要照著巴掌大的一塊地方在這裡慢慢打掃，用那一點光照亮自己，照亮前路。這是我的使命，作為一個人的使命，不是因為別的，一長串的大道理什麼的，只是因為我是一個人，這屋子是我的居所，我親人的居所，所以就要這麼做。台北，怎麼忽然想到了台北這座城市，我覺得莫名其妙，孤島上的東方都市。八十歲去阿爾卑斯山以前，也許可以三十歲的時候和天寧先去一次台北，完全沒有緣由，就是想要去一次，看看那些和我們一樣的人在怎麼生活，那是一個什麼樣的房間，對台北的好奇心突然佔據了我的內心，成為了一件非做不可的事情。和天寧一起去台北。一座類似於燈塔的東西在我心裡一閃而過。

「李天吾，你這個混蛋，給我出來。」是天寧的聲音，已經沙啞了，在至少三百米之外，土丘擋著，還看不見她的人。

「我在這。」我站起來喊道。

「李天吾，你再不出來，我就馬上把你忘了，說話算話。快出來。再說最後一次。」天寧沒有聽見我的話，向另一方向走去。

「小吾，還不趕緊追過去，追到趕快跪下認錯就對了。」一個聲音說。

「跪下不用吧，認錯倒是十分應該。」我準備邁開步子。

「相冊不要？」

「是啊，相冊還可以用，沒有完全壞掉，去台北可以照些照片放進去。丟掉可惜了。」

我撿起蟲蛀的相冊，手槍掏出來拿在手裡，向天寧的方向追了過去。

我知道，我永遠不會忘記你。永遠不會的。

附錄 推薦文

我像一顆墜落的星，不停地穿過夜空尋找你

盧郁佳

在世故和勇敢之間，這是一本勇敢的書。如果你輕視愛情，必然鄙夷勇敢。但《天吾手記》證明了雙雪濤是讀者可以交心的作者，如果你經歷過艱苦煎熬，不敢言希望，他會為你說出來。

雙雪濤說，《天吾手記》向村上春樹致敬。學者王德威評道：「村上作品善於處理日常生活的小奇蹟。淡淡的奇想懸念，似曾相識的邂逅與分離、無可承受之輕的生命思考，曾被一個世代的全球小清新讀者奉為經典。但同樣的裝置放在雙雪濤的鐵西世界裡，畢竟格格不入。他早期的《天吾手記》就有這樣的毛病。」《天吾手記》確有村上春樹常用的冷硬派偵探奇幻冒險框架和元素。但村上春樹是不是一個止於小清新追捧的過氣暢銷作家，而《天吾

手記》是否受村上春樹之累，把日本資產階級風花雪月的小清新，誤放進中國無產階級集體痛苦的大敘事？必須先釐清這點。

●

為什麼《天吾手記》要致敬村上春樹，非如此不可嗎？雙雪濤短篇〈自由落體〉裡，高中生小鳳說，因為父母行醫忙碌，總不回家，寂寞的小鳳總賴在鄰居家吃飯，聽鄰居拉小提琴聽得出神。一夜鄰居猝病，經父親手術，死了。隔天小鳳悲痛夢醒，只聽見父母在抱怨這事妨礙了升遷，也不懂小鳳有什麼好難過。同學胡波由此明白了她的孤寂，暗自感謝她說了這個故事，因為兩人雖熟，但要原原本本說自己的事兒，這還是頭一次。但小鳳卻說這事沒發生過，是小說裡的，「我順口胡編，把我爸媽編進去了。」胡波是否被耍了一記，而小鳳是否存心撒謊耍人呢？

兩人平日裡都不說自己的事，它們全是痛苦難言的祕密。別人看得到那些表面的情節，以爸媽的觀點，批判小提琴手犯錯死在不該死的節骨眼妨礙我，斷言小鳳的悲傷無的放矢，為賦新辭強說愁。就好比人說「村上春樹還有什麼呢，就小奇蹟、小清新嘛」。所以，當事人唯一說出來的方式，是透過別人的故事，彼此達成理解。村上春樹的小說表面寫實，實是象徵，往往借配角的故事，隱喻主角的祕密。《天吾手記》前往內心的捷徑是借道村上春樹，真相只能假謊言之口道出。原原本本說自己的事兒，《天吾手記》還是頭一次，至今或許也是最後一次。

非如此不可。

●

如果按照雙雪濤小說在台灣出版的順序閱讀，少作《天吾手記》反而晚出，就像一批順序顛倒的信，因倒敘而更添懸疑和張力。讀者先讀到雙雪濤《平原上的摩西》當中的同名短篇，寫一樁殺警懸案多年後起死回生，寫一個在婚姻中臥底多年的女畫家，驚心動魄。結尾筆鋒一轉，主旨竟然是要寫故事邊緣一張蒼白模糊的少女小臉。多年前引起警察蔣不凡辦案被殺，只因為少女李斐一心完成青梅竹馬莊樹的願望。李斐因為與莊樹自小分離，相信只要心念夠誠，海水就會在你面前分開，讓出一條乾路，讓你走過去，天涯海角總會相見。而多年後，重啟懸案果真把莊樹帶回李斐面前。連環兇案錯中有錯，只為成全李斐相見的心願。

〈平原上的摩西〉結構上聲東擊西，和主旨「念念不忘必有回響」，都令人想起《1Q84》的主角青豆雅美與川奈天吾。青梅竹馬闊別的兩人，各自從一九八四年誤入了岔開的平行時空「1Q84」。別人告訴青豆，她會來到1Q84，是因為和天吾強烈地互相吸引。青豆覺得天吾不可能記得她，男人說，天吾不但記得妳，而且正需要妳，他除了妳一次也沒有愛過別的女人。他叫青豆不要害怕，青豆連自己在害怕都無從察覺。

〈平原上的摩西〉極少著墨兩人關係，李斐心念再誠，遂也顯得虛浮，到底為什麼李斐執著愛莊樹？讀者期待《天吾手記》解開謎底。《天吾手記》的英雄夢幻冒險，中國新科警察李天吾搭檔老鳥蔣不凡辦案，見識社會的暗黑，原來會破的案子都是沒警察罩著才會破。他在陌生女子突如其來的追求中進退失據，想要接受又似有阻礙，一面休假照顧住院瀕危老父，逐漸適應了女友的熱情關愛。一夕偕蔣辦案遇險，李穿過瀕死冰湖，來到異國的台北，邂逅邁向死亡的少女小久。一邊限時一百小時尋找故人，打聽線索「台北市比101大樓還高的教堂」；一邊陪伴孤寂又熱情的小久完結從小學到成年的幾樁無望情債。奇異地，天吾前半生的各種片段，都在台北重組為新的面貌出現，小久的愛情也儀式性重演了天吾的悲劇。藉書店裡一本朱天心《擊壞歌》的台北少女心事，招魂故人，再活一遍。未竟的思念，在此完成告別。渴望與哀傷不再浮游無影，終於著了實，有了根柢。台北讀者初看或會著眼於「你說的台北不是我的台北」的違和感。但與其指責穿越劇考據錯誤，不如去看歷史劇吧，不同類型各有其倫理關懷。等讀完恍然大悟書中的台北為何物，忘了文化鴻溝誤會，再思前想後，它會讓讀者發炎劇痛。

●

村上春樹的井，雙雪濤的湖。

雙雪濤《飛行家》中的短篇〈光明堂〉結尾，主角落入冰封的影子湖，審訊者變成六鰭怪魚，胸前帶爪，主角與之格鬥。《平原上的摩西》的〈詩人〉結尾，客運司機利欲薰心，結尾化為湖中六鰭怪魚。當現實撒謊，破綻百出時，維繫謊言的方法就是懲罰說真話的人。於是主角陷於思覺失調。湖裡是精神世界，入水後一切打回原形，眼前就是不可碰觸的祕密真相。

無論處境如何艱苦，外人總覺得反正貧民窟大家一樣慘，男主角也自以為適應良好；只有湖能揭露他內心的損壞之深。〈自由落體〉裡，小鳳在泳池中向胡波告白，胡波打岔否認。〈走出格勒〉裡，煤山積水成湖，一路誘惑主角男孩的少女老拉，結尾消失了，取而代之的是水邊露出一隻手，男孩抓住拖出一個陌生溺水少女，背負她去求救。在男孩眼中，溺水少女臉龐清秀，鼻子小巧精緻。從旁觀者看來，那屍體嚴重腐爛。我想起多年前中國花兒樂團主唱，描述讀書時前女友變心，「別瞧外頭看著挺好的，其實裡面連根兒都爛了。」男孩看待老拉和溺水少女是同一人，既想拯救脆弱可憐的透明感少女，又恐懼背叛和被拋棄，就像如花少女秒變腐屍。

雙雪濤短篇〈跛人〉中，少女劉一朵像《麥田捕手》主角般，邀男友逃家奔向美夢，其真相卻是她用性愛控制男友、交換保護。保護容易嗎？〈平原上的摩西〉母親教幼子莊樹，你要保護李斐。說來理所當然，然而在人人遭受踐踏不能反抗的高壓社會裡，這最容易的誓約竟可以難如登天。少女劉一朵遭陌生人施暴，便遷怒怪罪男友「不保護她」，將挫敗投射為對男友失望，在他恥辱傷口上撒鹽。純愛是英雄主義，但不平等之下，沒人能保護別人，他註定令愛人失望，這是男人深沉的恐懼。

書中女人並不是真人，而是主角愛別人的能力。在後來的作品中，它已經消耗磨損，不再灼燙。青豆在害怕愛，但自己不知道。《天吾手記》不知害怕，透過預設天吾與小久兩人的限時必死，凡事都自由奔放一無阻礙。《平原上的摩西》非常害怕。

●

《天吾手記》和《1Q84》的距離，就是和雙雪濤其他作品的距離，是解讀雙雪濤小說世界的鑰匙。《1Q84》全靠偶然令男女主角重逢。如果以幾米的作品來譬喻，就是一九九九年的《向左走．向右走》，偶然，像個全能好媽媽，眷顧他們、捉弄他們，引領他們走向快樂結局。在被追殺的陰影下，希望仍舊樂觀振翅。但幾米十七年後的《忽遠忽近》揭曉，男女主角就算心存思念，去找對方仍舊千難萬難。現實是，他們不會在一起的機率，大於百分之百。現實完全違背讀者的善良期待，其實男女主角不找對方，就算遇到也不挽留對方，就算挽留了也不說真心話，就算說了真心話對方也裝耳背沒聽見，回家喝醉睡一覺就當沒事。

《天吾手記》裡，李天吾為尋找失蹤的至交女同學安歌，所以當了警察。他把生涯交託在找安歌上，有了前述的現實基礎，顯露押上這籌碼的重量石破天驚，也不輸王小波《黃金時代》文革中下放知青王二竟敢獨排眾議跟人稱破鞋的陳清揚好上了。心理學者薩提爾在《當我遇見一個人》書中說，人們都著重研究病理，其實更應去發現健康狀態是怎樣的。這當中，她定義「信任」是「一種特質，允許一個人主張自己的想法、願望、感受和知識，而不害怕遭到其他人摧毀、波及或抹煞，也不害怕傳達給另一個人」。《天吾手記》的底氣，就是信任。李天吾少時陷落在自己的困境中，看不見安歌的困境，安歌也順從了，沒有透露自己也處於崩潰的極限。李天吾傷害了安歌，但因為安歌的告白，所以他沒覺得安歌不想被他找到。再千瘡百孔，在這點上他是一個尚未崩壞的人。

●

《天吾手記》是雙雪濤小說世界的動力核心。如果少了《天吾手記》的痛與愛，〈自由落體〉的胡波聽小提琴手故事就只是被耍了一記，小鳳就只是存心撒謊耍人，如胡波深信「人和人之間有著永恆的距離」，在這世界裡不是肥羊就是騙子，不是吃就是被吃。你我都毫無價值。

有了《天吾手記》，晚期作品未明說的悲痛才從虛空中現身。少女們忽然走出紙頁，口吐冤情：

〈平原上的摩西〉裡，李斐訴說她的祕密思念如何分開人海、得以和莊樹重逢。而莊樹說，如果不是為了辦案，也不會來找她。

〈走出格勒〉裡，老拉反覆用鋼筆為餌誘迫暗戀的少年陪她。而少年反覆索討鋼筆，一心只想拿了回家。

〈自由落體〉寫小鳳面臨被父母送去留學，不願分離，哀求胡波留她下來。而胡波聽而不聞，只顧計較她說她腳抽筋是不是騙人。事後說，沒過多久就把她忘了。

又寫胡波成年後，老同學張舒雅藉口挑選新衣約他，胡波拒絕。上床後隔天早餐，胡波說要走了，張舒雅說要再吃個蛋。胡波說去探病，張舒雅要跟，獲准，這蛋就不吃了。說明吃蛋只是藉口挽留他。

中國自古歧視婦女，相信女人無權向男人求愛。張愛玲小說〈傾城之戀〉說：「本來，一個女人上了男人的當，就該死；女人給當給男人上，那更是淫婦；如果一個女人想給當給男人上而失敗了，反而上了人家的當，那是雙料的淫惡，殺了她也還污了刀。」錢鍾書小說

《圍城》令妻子心死的一句話，就是丈夫撇清責任說「當初是妳千方百計嫁我」，理直氣壯把婚後問題全歸咎她下賤算計活該。女人告白失敗，不只得不到愛，連尊嚴也一起丟失，屈辱感大到無以復加。要跨出這一步身涉重險，只能繞道而行，找藉口勾搭男人。無論辦案，鋼筆，腳抽筋，選新衣，再吃個蛋，都是藉口。小說為了生藉口，〈傾城之戀〉香港傾覆了，《1Q84》邪教和暗殺組織對決了，《天吾手記》和〈平原上的摩西〉血祭開啟了靈界。儘管女人千方百計，而雙雪濤各篇男主角都仍執著於藉口，女人在示愛，男主角假裝渾不知情，膽顫心驚把藉口貫徹到底，唯獨《天吾手記》作出超越。

〈自由落體〉寫胡波寄了鋼筆給獄中父親，父親回信也討鋼筆要看一看。可是鋼筆被監獄退件了，因為可作凶器。鋼筆隱喻小說中的男女主角，一方給出愛，一方想得到愛，都盡了力，可是最終誰也沒收到。

男人們失去了回應愛的自由。因為，愛，可作凶器。

愛就是民主，容許別人和你平等。不愛就是心存防備，深怕受暗箭所傷。《世界如此險惡，你要內心強大》、《你的善良必須有點鋒芒》等設防指南在中國和台灣暢銷，顯示了剝奪信任感有多廣泛。集體痛苦，絕不限於瀋陽鐵西區為政策所拋棄的無產階級，是在階級不平等的壓力下，全民鋒芒互指。

村上春樹《沒有女人的男人們》中的〈Yesterday〉，重考生阿明經歷了喪失自我的剝奪過程，無法再靠近青梅竹馬戀人一步，甚至千方百計找藉口推開她。女主角說：「我常常做同樣的夢。我跟阿明坐在船上。長途航海的大船。只有我們兩人在小船艙裡，那是深夜，圓形的窗外看得見滿月。但那月亮是由透明的漂亮冰塊做成的。而且下面一半沉在海裡。『那看起來是月亮，其實是冰塊形成的，厚度大約二十公分的東西。』阿明告訴我。他說：『所以到了早晨太陽出來的話，就會融化掉。趁著這樣看得見的時候，不妨好好欣賞喔。』」

留戀美麗短暫的冰月亮，透露了女孩想靠近阿明、卻預感分手的悲哀。小說也藉此點出，阿明在表面推拒底下，相同的恐懼和渴望。《天吾手記》就是雙雪濤的冰月亮，是當初眼睛仍凝視渴望的時候，後來就剩失望和恐懼了。後來他往深處寫，寫得精采成熟，痛處潰爛得深不見底。使讀者望著《天吾手記》那飽漲盛滿童話的眼神，會因預感，會因為不忍其失望，而哀傷難已。

《天吾手記》如冰月亮，在你見到它時，其實它早已消融。對愛的渴望雖然難以壓抑，但為了活下去，我們難免在沉默中一天天失去它。稍縱即逝，所以珍貴。

國家圖書館出版品預行編目（CIP）資料

天吾手記 / 雙雪濤 著. -- 初版. -- 臺北市 : 大塊文化, 2019.08
面； 公分. -- (to ; 106)
ISBN 978-986-213-997-4 (平裝)

857.7 108011179

LOCUS

LOCUS

LOCUS

LOCUS